ars vivendi

[Publisher logo mark]

Jan Beinßen

Görings Plan

Kriminalroman

ars vivendi

Originalausgabe

1. Auflage April 2014

www.arsvivendi.com

Lektorat: Dr. Hanna Stegbauer
Korrektorat: Eva Elisabeth Wagner, Margit Schwab
Umschlaggestaltung: Philipp Starke, Hamburg
Druck: Appel & Klinger Druck und Medien GmbH,
Schneckenlohe
Gedruckt auf holzfreiem Werkdruckpapier der Papierfabrik Schleipen.
Das eingesetzte Material stammt aus ökologisch und sozial
verantwortungsvoller Forstwirtschaft.
Printed in Germany

ISBN 978-3-86913-420-8

Görings Plan

1

Reglos saß er auf seinem Stuhl und starrte durch das vergitterte Fenster in den Abendhimmel. Irgendwann schlug er die graue Wolldecke von seinen Oberschenkeln zurück und nahm das Buch in die Hände. Das Buch, das seinen letzten großen Plan enthielt.

Jetzt flackerte ein Hoffnungsschimmer über sein rundes Gesicht. Ganz legal hatte er das Gesetzbuch in seine Zelle mitnehmen dürfen. Die Gefängnisverwaltung hatte den Antrag genehmigt. Zwischen den Seiten 334 und 335 fand er, was er suchte: eine schmale Unebenheit, eingelassen in das Papier. Mit dem Nagel seines kleinen Fingers ritzte er das Blatt an den Kanten des Einschubs auf und entnahm dem Versteck einen hauchdünnen, gefalteten Bogen.

Er ließ das Buch auf seine Beine fallen und beugte sich über den schmalen Tisch unter dem Zellenfenster. Handbeschriebene Notizen, Stifte und Fotos seiner Frau und Tochter lagen auf der abgeschabten Tischplatte. Er zog die Schreibtischschublade auf und holte eine Brille mit leicht verbogenem Gestell heraus, faltete den winzigen Brief auseinander, strich ihn mit dem Daumen glatt und hielt ihn dicht vor seine Augen. Dann las er:

»Ich habe lange nachgedacht. Ich übernehme die Sache.«

Er ließ die Botschaft sinken. Sein Unterkiefer schob sich vor, seine Augen wurden schmal. Er atmete scharf und kurz durch die Nase. Und etwas, das an ein Lächeln erinnerte, legte sich auf seine Züge.

Er las die kurze Botschaft ein zweites Mal. Anschließend ließ er die Flamme eines goldenen Benzinfeuerzeugs, das man ihm zum Entzünden seiner Pfeife zugestanden hatte, am Rand des Briefes lecken, bis feine Ascheflocken durch die Luft wirbelten. Er warf das brennende Papier in das blecherne Waschbecken an der Zellenwand und sah grimmig zu, wie die Buchstaben vom Feuer verzehrt wurden.

2

»Danke, Maike, für deinen Musikwunsch, den wir dir gern erfüllen werden. Gleich nach der Werbung. Bleib dran!«

Das aufgesetzte Lächeln verschwand aus Julian Heldts Gesicht, kaum dass das rote Licht erloschen und sein Mikro tot war. Zu diesem Lächeln zwang er sich seit einiger Zeit bei seinen Sendungen, weil er erkannt hatte, dass die hochgezogenen Mundwinkel es ihm erleichterten, seine Gute-Laune-Stimme beizubehalten. Und ohne gute Laune lief es nun mal nicht in der Morning Show eines kommerziellen Radiosenders. Doch kaum ließ er das Grinsen sein, verdüsterte sich seine Stimmung und die nagenden Zweifel kehrten zurück.

War er mit seinem Job auf Dauer zufrieden, fragte sich Julian Tag für Tag. Gehörte er eigentlich noch hierher?

Schön und gut: Julian galt als Aushängeschild der Morning Show, was im Rundfunkhaus einer Spitzenposition gleichkam. So gesehen hatte er durchaus Karriere gemacht. Damit war das Ende der Fahnenstange aber auch schon erreicht. Das Rundfunkhaus bot ihm kaum noch eine Perspektive und keine weiteren Aufstiegschancen. Wohin sollte ihn ein Aufstieg denn auch führen? Von der seichten Unterhaltung am Vormittag zu der lapidaren am Abend?

Die größten Sorgen bereitete ihm der Zeitfaktor. Er war nun Mitte dreißig und hatte das Gefühl festzustecken. Die Wochen, Monate und Jahre flossen dahin, umströmten ihn immer schneller, ohne dass er selbst vorankam, während er Kolleginnen und Kollegen vorbeiziehen und die Arbeitsplätze wechseln sah.

Das hatte natürlich seine Gründe. Julian hatte sich mit seinem Leben arrangiert, wie er sich eingestehen musste, hatte die Vorzüge eines regelmäßigen Gehalts und einer gewissen Prominenz in der Stadt genossen und dabei die Tatsache verdrängt, dass er nicht das Leben führte, das ihm ursprünglich vorgeschwebt hatte. Journalist hatte er sein wollen, und zwar ein ernst zu nehmender. Ein akribischer Rechercheur und gnadenloser Aufklärer. Während seines Studiums hatte er sich in die Redaktionen von *Spiegel* und *Süddeutscher* geträumt, gelandet aber war er im Nürnberger Rundfunkhaus, zunächst als Praktikant, später dann als fester Freier und schließlich als Frontmann der Morning Show.

»Haderst du mal wieder mit der Welt?« Die tiefe, warme Stimme gehörte zu Ingo, Julians gemütlichem Co-Moderator, dessen Breite in etwa seiner Größe entsprach. Ingo walzte zum Mikrofon, stellte den Galgen auf seine Höhe ein und legte sich seine mit Eselsohren gespickten Textblätter für die gleich folgenden Lokal-News zurecht. Von der zeitgemäßen Variante, sie vom Bildschirm abzulesen, um gegebenenfalls Aktualisierungen berücksichtigen zu können, hielt Ingo, das Sender-Urgestein, nicht besonders viel. Wie übrigens von allem, was seine Routine störte und ihn womöglich zu so etwas Unbequemem wie einer Fortbildung nötigen könnte.

»Mit der Welt nicht gerade. Ich genüge mir selbst zum Hadern.« Julian lächelte gequält. »Hast du auch was für mich dabei? Etwas, das für mehr reicht als für einen Zehnsekunder?«

Ingo sah auf das digitale Uhrdisplay: noch knappe zwei Minuten bis zum Nachrichtenblock. Während Maikes Wunschhit über den Äther lief, hielt Ingo ihm einen zusammengetackerten Stapel Blätter hin. »Du kannst es mal damit probieren«, meinte er und reichte ihn Julian.

»Was ist es diesmal? Wieder ein Politskandal, der keiner ist? Oder eine Umweltsünde, über die sich kein Mensch mehr aufregt?« Julian fand es wirklich nett und fürsorglich von dem Kollegen, dass er ihn immer wieder mit News-Brocken versorgte, aus denen sich seiner Meinung nach »vielleicht etwas machen ließe«. Doch die wirklich guten Storys schnappten ihnen meistens die Online-Menschen, die etablierten Printmedien oder die personell viel besser aufgestellte Konkurrenz der Öffentlich-Rechtlichen weg. Fürs Rundfunkhaus mit schmalem Etat und dünner Personaldecke blieben Brosamen – für Mister Morning Show nicht einmal die.

»Nein, nein, ist echt was Interessantes«, versicherte Ingo und zwinkerte ihm mit dunklen Knopfaugen über seine Pausbacken hinweg aufmunternd zu. »Lies es dir mal durch. Ist ein Nazistoff. So was läuft immer.«

»Nazistoff?« Julian hielt die Papiersammlung mit spitzen Fingern hoch. »Nee, ne? Bitte nicht die tausendste Wiederholung irgendeiner Hitler-Story. Das Thema ist abgegrast, ausgeweidet, tot.«

»Überhaupt nicht! Der braune Spuk zieht heute mehr denn je. Wenn du mit einer Story landen willst, liegst du mit dieser Thematik goldrichtig. In Buchform könntest du damit die Bestsellerlisten stürmen. Vertraue einem Veteranen wie mir.«

»Lieb gemeint, Ingo. Aber danke, nein. Meinen Durchbruch als Reporter möchte ich mit einem Thema von heute schaffen. Auf Nazis kann ich dabei gut verzichten.«

»Wirf wenigstens mal einen Blick drauf.«

Julian winkte ab. »Du bist gleich dran mit den Nachrichten. In fünf, vier, drei …«

»Die Story wäre der Mühe wert. Ich spüre das.«

»… einer Sekunde. Dein Einsatz!«

Das rote Licht leuchtete, und Julian lehnte sich in seinem barhockerhohen Stuhl zurück. Während Ingo Neues aus der Welt verlas, ließ Julian seinen Blick durch das Studio gleiten, verweilte auf den Tastaturen, Schiebereglern und Monitoren, dann sah er hinüber zu den Wänden mit ihren schallschluckenden Styroporelementen und schließlich zur hermetisch abgedichteten Tür, deren Schließmechanismus an den eines Safes erinnerte.

Er würde hier nie mehr rauskommen, dachte Julian. Nicht in diesem Leben.

Den Rest der Sendung wickelte er routiniert ab und atmete auf, als für ihn Schluss war. Er durchquerte das Großraumbüro, das sich fünf verschiedene Lokalsender teilten, schnellen Schrittes. Julian hatte heute keine Lust auf Small Talk und schon gar nicht auf irgendwelche kurzfristig einberufenen Meetings. Das sah man ihm wohl an, denn niemand heftete sich an seine Fersen, keiner rief ihm etwas zu. Sie ließen ihn einfach in Ruhe. Schwein gehabt, dachte er, als er das lindgrüne Foyer erreichte, die Fahrstuhltür sich öffnete, er unbehelligt hineinschlüpfte und auf die Erdgeschosstaste drückte.

Zu früh gefreut: Victoria zwängte sich durch die zugleitenden Lifttüren. Alle nannten sie hier Vic. Volontärin beim Kuschelrocksender. Sie war ganz nett anzusehen, vornehm blass und blond, aber mit ihrer aufdringlichen Art auch etwas nervig. Julian nickte ihr unverbindlich zu und schaute auf den Boden. Jetzt bloß kein Gespräch anfangen.

»Das ist ja schön, dass ich Sie mal treffe.« Vic respektierte sein Bedürfnis nach Ruhe leider nicht.

»Wieso?«, fragte er und merkte selbst, wie abweisend er klang. »Du triffst mich jeden Tag.«

»Ja, aber nur so im Vorbeigehen. Sie haben es immer eilig. Ist ja auch verständlich in Ihrem Job.«

»Okay, Vic. Der Fahrstuhl ist gleich unten. Willst du mir irgendwas Bestimmtes sagen?«

Die Volontärin mit dem kurzen, fransig geschnittenen Haar nahm ihre Brille ab und sah ihn aus knallblauen Augen an. »Wenn ich es jetzt nicht mache, dann tue ich es nie.«

»Bitte? Was?« Julian schaute sie fragend an. Ihm schwante Böses. Wollte sie ihn jetzt etwa anmachen?

Vic holte tief Luft, schloss für einen Moment die Augen und schien Julians Ahnung zu bestätigen. Dann fasste sie sich und sagte: »Ich möchte Partnerin in Ihrer Show werden!«

Julian blieb für den Moment die Spucke weg. Das kam überhaupt nicht infrage!

Bevor er zu einer Antwort fähig war, redete die junge Frau weiter: »Die Sendung ist ursprünglich für ein zweigeschlechtliches Moderatoren-Duo konzipiert worden. So wie früher, als Lea noch dabei war, und ich sehe mich …«

»Zweigeschlechtlich? Was ist denn das für ein Quatsch?« Die Fahrstuhltür glitt auf. »Kein Interesse, Vic. Tut mir leid.« Julian verließ den Aufzug, Vic folgte ihm auf den Fuß.

Die Volontärin hatte einen wunden Punkt bei ihm erwischt, und das mochte er sich keinesfalls anmerken lassen. Julian wollte sein lästiges Anhängsel abschütteln, doch Victoria hing an ihm wie eine Klette.

»Die Hörer vermissen das nette Mann-Frau-Geplänkel. Lesen Sie das nicht auf Facebook?«, rief sie ihm nach.

»Facebook ist mir scheißegal.« Er hatte es eilig, zu seinem Wagen zu kommen, der weit hinten auf dem Hof stand.

»Aber wenn Sie bei der nächsten Hörweitenanalyse abkacken, wird Ihnen das nicht egal sein«, sagte seine Begleiterin und stolperte über eine niedrige Hecke, die die Parzellen voneinander trennte.

Das saß. Julian hielt an, wandte sich zu ihr um. »Was willst du eigentlich von mir?«

Vic rappelte sich auf und strich den Dreck von ihren Knien. »Ich möchte Ihnen nur einen Vorschlag machen.«

»Hör mit dem Gesieze auf, das ist albern. Im Rundfunkhaus duzen sich eh alle.« Er sah sie scharf an. »Wenn ich eine neue Partnerin brauche, werde ich sie mir selbst aussuchen.«

Sie trippelte nervös von einem Fuß auf den anderen. »Glauben Sie, ähem, glaubst du, Lea kommt so bald zurück aus Köln?«

Julian spürte den Zorn in sich aufsteigen. Doch er riss sich am Riemen. »Nichts gegen deine Karrierepläne. Die sind legitim. Aber Lea ist immer noch die Frontfrau der Morning Show. Und solange die Sendeleitung sie nicht aus dem Cast streicht, bleibt sie das. Bis zu ihrer Rückkehr wird Ingo sie vertreten. Köln ist bloß eine Phase für Lea, eine Etappe …« – Ihm wollte nicht das richtige Wort einfallen für das, was Leas Aufenthalt am Rhein bedeutete.

Victoria schob ihre Brille zurück auf den Nasenrücken, nuschelte eine Verabschiedung und flüchtete trippelnd über den Parkplatz.

War seine Reaktion zu heftig gewesen, fragte sich Julian, während er ihr nachsah. Vielleicht. Vielleicht aber auch nicht. Denn selbst wenn er Vic ein schnelles Vorankommen im Beruf gönnte und ihren Ehrgeiz respektierte, war sie zu weit gegangen. Sie wusste – wie jeder im Rundfunkhaus –, dass Lea nicht nur Julians Pendant in der Show, sondern seine Freundin war. Auch dass die momentane räumliche Trennung ihm zu schaffen machte, musste Vic klar sein. Also war es schlichtweg taktlos und verletzend, ihm gerade jetzt die Frage nach Leas Nachfolge zu stellen.

Oder musste man Vics Vorstoß als rein professionelles Engagement bewerten? Als einen Versuch, der Morning Show durch einen neuen weiblichen Part den alten Schmiss zurückzugeben, den viele Hörer wohl wirklich vermissten? In diesem Fall hätte er überreagiert und müsste sich bei ihr entschuldigen.

Er würde eine Nacht darüber schlafen. Vielleicht wäre es zu erwägen, sie doch ins Team aufzunehmen. Aber was, wenn Vic sich in seiner Sendung festsetzte? Lea, deren Comeback in Nürnberg schon von einigen Lästerzungen angezweifelt wurde, wäre damit die Rückkehr verbaut. Dieses Risiko durfte er nicht eingehen. – Oder etwa doch?

Kopfschüttelnd über die eigene Unschlüssigkeit öffnete er die Tür seines Exoten, einer rabenschwarzen Corvette C2 Sting Ray, Baujahr 1965. Der einzige wahre Luxus in seinem Leben, denn Benzin und Reparaturkosten des schnittigen Oldtimers erlaubten ihm kein weiteres Hobby.

Kaum hatte er sich in den tiefen, schalenförmigen Sitz fallen lassen, drückte ihn etwas. Er zog es aus der Gesäßtasche: das Papierbündel, das Ingo ihm aufgenötigt hatte. Julian schnaufte missmutig und faltete es auseinander. Es handelte sich um gut zehn Seiten, eng bedruckt, gefolgt von einem Quellenverzeichnis.

Er dachte an Ingos Worte: eine Nazistory. Was konnte das schon sein? Mal wieder eine Verschwörungstheorie, die Entdeckung einer neuen alten Wunderwaffe, oder waren zur Abwechslung Hitlers »echte« Tagebücher aufgetaucht?

Da er die Blätter nun schon mal in der Hand hielt, warf Julian einen Blick darauf. Die Absenderin, wohl eine Studentin, hatte eine Art Abstract an die Redaktion geschickt, anscheinend die Zusammenfassung einer längeren wissenschaftlichen Arbeit, die ihre wichtigsten Thesen verriet, jedoch nicht deren genaue Begründung. Außerdem hatte sie sorgsam ihre Bezugsquellen und Gewährsleute aufgeführt. In der Erwartung, den Stoß Papier spätestens nach der fünften Zeile aus den Händen zu legen, überflog Julian den Textanfang. Doch dann blieb er hängen.

Er las die klar und präzise formulierte Darstellung eines Teilaspekts der Nürnberger Prozesse, des internationalen Tribunals zur juristischen Aufarbeitung der Verbrechen während der NS-Diktatur sowie der Aburteilung der Täter. Besonderes Augenmerk legte die Verfasserin auf einen der Hauptangeklagten: Hermann Göring. Hatte Julian zunächst durch die Seiten geblättert, sprang er nun von Absatz zu Absatz, um die restlichen Passagen schließlich Zeile für Zeile zu studieren. Denn die Geschichte, die sich hier um die Person des Reichsmarschalls und stellvertretenden Kanzlers entspann, entwickelte einen Sog und ließ ihn bis zum packenden Ende nicht los.

Alle Achtung, dachte Julian. Für eine studentische Arbeit hatte es dieser Text in sich. Die Schreiberin besaß ohne Frage journalistisches Talent. Und die Story, die er inzwischen in Form der abgelösten Blätter auf dem Beifahrersitz verteilt hatte, hatte das Potenzial für einen Knüller. Spannend, provokant und reich an historischen Details. Ob sich die gewagten Annahmen der Studentin würden halten lassen, wagte Julian zwar zu bezweifeln, doch die These an sich war frisch, neu und eine kleine Sensation. Ingo lag richtig: Julian hatte endlich seine Herausforderung gefunden.

Er nahm sein Handy zur Hand und tippte die Nummer ein, die Ingo ihm auf einem gelben Post-it notiert hatte für den Fall, dass Julian doch noch Interesse an dem Thema entwickelte und Kontakt mit der Verfasserin aufnehmen wollte.

Es verging eine Weile, bis sich jemand meldete: »Melanie Schmitz, hallo?« Die Stimme einer jungen Frau. Klar, offen, aber kurz angebunden.

»Hallo, Frau Schmitz. Hier ist Julian Heldt vom Rundfunkhaus. Sie haben uns da einen interessanten Text geschickt.«

Im Telefon blieb es still.

»Sind Sie noch dran?«, fragte Julian.

»Ja, ja.« Die Antwort fiel sehr knapp aus, hörte sich für Julian beinahe abweisend an.

»Wir würden gern etwas darüber bringen. Können wir uns für ein Interview treffen? Haben Sie in den nächsten Tagen Zeit? Am liebsten wäre es mir, wenn Sie zu uns ins Studio kommen könnten, denn Telefoninterviews sind tontechnisch nicht das Gelbe vom Ei.«

Wieder Stille, gefolgt von einer Absage: »Tut mir leid. Die Sache hat sich erledigt.«

Julian hob verwundert die Brauen. »Bitte? Sie haben doch den Kontakt zu uns gesucht, warum jetzt ein Rückzieher?«

»Schauen Sie mal aufs Datum der Mail, mit der ich Ihnen meine Zusammenfassung geschickt habe. Es ist fast zwei Wochen her, dass ich Ihrer Redaktion geschrieben habe.«

»Heißt das, jemand anderes bringt Ihre Story exklusiv?«, fürchtete Julian und verfluchte im Stillen die Schlamperei von Ingo, der schon manche Nachricht viel zu spät weitergeleitet oder sogar ganz unter den Tisch fallen lassen hatte.

»Nein, niemand wird berichten. Ich darf mit meiner Arbeit nicht an die Öffentlichkeit gehen.«

»Verstehe ich nicht. Wieso dürfen Sie nicht? Wer kann es Ihnen verbieten?«

»Mein Professor. Wenn studentische Arbeiten ausgewertet werden, läuft das ausschließlich über ihn. Er war nicht gerade begeistert darüber, dass ich mich an die Medien wenden wollte.«

»Er fühlt sich also übergangen, der werte Herr …«

»Professor Dr. Ingolf Schachtmeister. Ja, er duldet keine Alleingänge seiner Studenten. Ich hoffe, Sie haben dafür Verständnis.«

Julian verpasste dem schwarzen Lenkrad einen Klaps. »Nicht, nachdem ich Ihre Rechercheergebnisse gelesen habe«, blieb er beharrlich.

»Aber ich habe es Ihnen erklärt: Es geht nicht! Sie können darüber nicht berichten. Tut mir leid.« In ihre Stimme mischten sich Besorgnis und Unruhe.

Julian konnte sich denken, unter welchen Druck er die junge Frau gerade setzte. Dennoch wollte er sich die Sache nicht durch die Lappen gehen lassen. »Soll ich mal mit Ihrem Prof reden?«, schlug er vor.

»Auf keinen Fall!« Ihre Antwort klang panisch. »Ich möchte mir meinen Abschluss nicht vermasseln.«

Nun legte Julian allen radioerprobten Schmelz in seine Stimme: »Liebe Frau Schmitz, Ihre Arbeit ist zu gut und wichtig, als dass man sie in den Annalen des Universitätsarchivs verstauben lassen dürfte. Überlegen Sie es sich noch einmal. Lassen Sie uns zusammen einen Kaffee trinken und nach einer Lösung suchen.«

Es war deutlich zu hören, wie sie nach Luft schnappte. »Nein. Unmöglich. Vergessen Sie das Ganze. Ich werde jetzt auflegen.«

Julians Ton wurde drängend: »Ich will das nicht einfach vergessen! Ihre Studie könnte die Geschichtsschreibung der Nachkriegszeit verändern. Meine Hörer sollen erfahren, dass Görings Selbstmord in seiner Nürnberger Zelle womöglich gar kein Selbstmord war.«

3

Julian forderte dem Motor seiner Corvette die Leistung ab, für die er konstruiert worden war. Zwar vermied er es, das Tempolimit um mehr als zwanzig Stundenkilometer zu überschreiten, um sich keine Punkte einzufangen. Dennoch kam er dank der guten Beschleunigung und Agilität seines Wagens erfreulich flott durch den Stadtverkehr. Daran war ihm auch gelegen, denn Julian befürchtete, dass Melanie Schmitz, die auf sein Drängen schließlich doch noch in ein Treffen eingewilligt hatte, es sich wieder anders überlegen könnte. Zu sehr schien sie unter der Fuchtel ihres Professors zu stehen, der sich publicityträchtige Auftritte offensichtlich ungern von seinen Studenten wegschnappen ließ. Also musste Julian schnell zu Melanies Adresse in der Nordstadt gelangen.

Er überholte waghalsig, handelte sich dafür wütendes Hupen und sogar einen Stinkefinger ein, lag aber gut in der Zeit. Auch wenn man seinen Fahrstil nicht eben rücksichtsvoll nennen konnte, gab ihm das rasante Tempo ein gutes Gefühl. Endlich tat sich was in seinem Leben! Dies war das Gegenteil von Stillstand, dachte er beschwingt und wechselte zum wiederholten Mal die Spur.

Während er seinem Ziel zügig näher kam, wuchs seine Neugierde auf das, was die emsige Studentin über Göring herausgefunden hatte. Denn viel war ihm über Hitlers Paladin nicht bekannt, außer dass der Reichsmarschall zu den schillerndsten Figuren des Nationalsozialismus gezählt hatte, Macht, Reichtum und Popularität genoss und bereit war, dafür jedes noch so abscheuliche Verbrechen zu verantworten. Ein ambitionierter Mann, der alles im Überfluss wollte und darüber vom ranken, schlanken Emporkömmling zum trägen, durch und durch korrupten Fettwanst mutierte.

Aber sonst? Soviel Julian wusste, hatte Hermann Göring kein Tagebuch hinterlassen, kaum persönliche Dokumente oder Aufzeichnungen. Was ihn bewegt und geprägt hatte, lag weitgehend im Dunkeln. Womöglich blieb von allem, was Göring einst umgetrieben hatte, am Ende nur die Prunksucht übrig und ein Charakter, der über Leichen ging.

Julian verließ den Nordring, verringerte das Tempo und suchte nach der genannten Adresse.

Über Görings Tod war ihm noch weniger bekannt als über sein Leben. Dass er sich mit Gift umgebracht hatte, kurz bevor man ihn aufhängen wollte, war ihm geläufig. Auch die Tatsache, dass nie gänzlich geklärt werden konnte, woher er das Gift für seinen Suizid bekommen hatte. Zweifel an einem Freitod hatte es für Julian indes nie gegeben – genauer gesagt hatte er nie darüber nachgedacht. Warum auch? Nun aber interessierte ihn Melanie Schmitz' überraschende These. Denn gesetzt den Fall, dass Göring seine Zyankalikapsel nicht aus freien Stücken geschluckt hatte, hätte es sich um Mord gehandelt.

Diese Annahme warf natürlich Fragen auf: Wer hätte einen verurteilten Kriegsverbrecher ermorden sollen, wenn das Todesurteil wenige Stunden später sowieso vollstreckt worden wäre? Das ergab auf den ersten Blick keinen Sinn – bot aber Stoff für jede Menge Spekulationen und somit eine gute Story! Genau diese Mischung aus Fakten und Mutmaßungen bildete die Zutaten dafür. Das war Julian voll und ganz bewusst und stachelte ihn an. Und zwar so sehr, wie seit seinen Anfangsjahren als Redakteur nicht mehr.

Er zwängte sich mit seinem Ami-Schlitten in eine Parklücke, stieg aus und fing sich einen abfälligen Blick von zwei Fußgängerinnen ein. Diesen Blick kannte er, denn mit seiner schwarzen Corvette erzielte er eine völlig andere Wirkung, als es etwa mit einem italienischen Sportwagen der Fall gewesen wäre. Sein niedriges, breitbereiftes Gefährt löste Assoziationen wie »Zuhälterauto« oder »Aso-Schlitten« aus. Doch das störte Julian kaum, denn er stand zu seinem Hobby – selbst wenn ihn das Bezahlen an der Tankstelle angesichts des horrenden Spritverbrauchs ab und zu ins Schwanken brachte.

Die Haustür war unverschlossen, sodass er ins Treppenhaus und gleich hinauf in den dritten Stock gehen konnte. Ein Mietshaus wie viele andere mit eierschalenfarbenen Wänden. Abgetretene Steintreppen, Handlauf aus verblasstem Kunststoff. Das Türschild mit dem Namen Schmitz war handgeschrieben in ordentlicher, geschwungener Mädchenschrift. Julian hoffte, dass er nicht zu spät kam, und drückte beherzt auf den Klingelknopf.

Als sich nichts rührte, klingelte er erneut und klopfte zusätzlich an die Tür. Drinnen blieb es still. Schon glaubte Julian, dass sich seine Ahnung bewahrheitet hatte und er versetzt worden war. Doch dann näherten sich leise Schritte. Eine Frau, schätzungsweise Mitte zwanzig, öffnete. Einen Kopf kleiner als er, kurzes schwarzes Haar, blasser Teint. Sie trug einen grauen Jogginganzug, unter der halb geöffneten Jacke lugte ein pinkfarbenes T-Shirt hervor.

»Sie sind umsonst gekommen«, sagte sie flapsig, wobei sie ihn abschätzig taxierte. Sie ließ ihre Blicke über sein Gesicht gleiten, verweilte kurz auf seinen graublauen Augen, dann auf dem struwweligen dunkelblonden Haar, bevor sie Oberkörper und Beine einer blitzschnellen Überprüfung unterzog. Dabei machte sie keinerlei Anstalten, ihn in die Wohnung zu bitten.

»Wie meinen Sie das, Frau Schmitz?«, wollte Julian wissen.

»Gerade habe ich mit Professor Schachtmeister gesprochen. Ich muss mich ja absichern. Und natürlich: Er ist strikt dagegen, dass ich mit Ihnen rede.« Sie verzog ihre Lippen zum Schmollmund.

Seltsam, durchfuhr es Julian. Irgendwie hatte er sich Melanie Schmitz nach dem Telefongespräch ganz anders vorgestellt. »Wenn seine Ablehnung für Sie so ›natürlich‹ ist, frage ich mich, weshalb Sie uns überhaupt geschrieben haben.«

»Zugegeben: war eine blöde Idee. Ich dachte, ich würde groß rauskommen. Aber das geht ja nicht so einfach am Professor vorbei. Hätte mir eigentlich klar sein müssen.«

Verhalten und Sprache kamen Julian wenig erwachsen vor. Er spürte einen klaren Widerspruch zu dem Eindruck, den Melanie in ihrem Schreiben und auch am Telefon gemacht hatte.

»Jedenfalls«, sagte sie und drängte ihn aus der Tür, »gibt es zwischen uns nichts zu bequatschen. Hat sich erledigt, die Sache, okay?« Sie grinste und ließ einen Edelstein aufblitzen, der in einem ihrer Schneidezähne eingelassen war. »Und tschüss!« Damit krachte die Tür ins Schloss.

Julian blieb perplex davor stehen. Dann eben nicht! Lassen wir es also bleiben, lautete sein erster Impuls. Er war ziemlich verärgert über diese schroffe Abfuhr, und als er das Haus verließ und auf seinen Wagen zuging, kam er zu dem Schluss, dass das Thema Göring für ihn gestorben wäre.

Statt aber die Sache innerlich abhaken zu können, stellte er fest, dass die Angelegenheit weiter in ihm gärte. Deshalb suchte er nach Ablenkung und fand sie in einem China-Imbiss auf der anderen Straßenseite. Es war ohnehin fast Mittagszeit, und Julian entschied sich für zwei Frühlingsrollen mit Sojasoße.

»Sie sind es doch, oder?«, fragte ihn der kleine Asiate hinterm Tresen und legte die Hand auf ein plärrendes Kofferradio. Er strahlte. »Julian Heldt aus der Morning Show! Es ist mir eine Ehre, Sie zu bedienen.«

Julian war es gewohnt, in der Stadt von Leuten angesprochen zu werden. Denn sein Sender warb auf Plakatwänden mit ihm, und auch im Internet war sein Konterfei präsent. Normalerweise schmeichelte ihm der Zuspruch seiner Hörer. In diesem Fall aber hätte er einfach nur gern in Ruhe seine Frühlingsrollen verspeist.

»Heute schon Feierabend?«, erkundigte sich der Koch, während er an der Fritteuse hantierte.

»Ja, das ist der Vorteil eines Morgenmoderators. Man hat den Nachmittag für sich. Dafür muss ich aber verdammt früh aufstehen.«

»Muss ich auch«, sagte der Koch. »Großmarkt geht um fünf los. Und abends um sieben stehe ich immer noch hier.« Dieser Satz klang nicht wie ein Vorwurf und war wohl auch nicht so gemeint. Dennoch löste er bei Julian ein schlechtes Gewissen aus. Obwohl sein Wecker für sein Gefühl regelmäßig zur Unzeit läutete, hatte er doch ziemlich komfortable Arbeitszeiten und nicht wirklich einen Grund zum Klagen.

»Ich nutze meine Nachmittage viel zum Recherchieren«, fühlte er sich zu einer Rechtfertigung genötigt.

»Klingt spannend. Was recherchieren Sie denn?«, fragte der neugierige Imbissmann.

»Dies und das«, blieb Julian vage, da ihm auf Anhieb nichts einfiel. Die Wahrheit sah doch meistens so aus, dass er seine freien Stunden mit Müßiggang und etwas Sport herumbrachte. Da ihn aber der Koch so erwartungsvoll ansah, wollte er ihn nicht enttäuschen.

»Göring«, deutete Julian an. »Sagt Ihnen der Name etwas?«

»Ja. So heißt diese Grünen-Chefin.«

»Nein, die meine ich nicht«, stellte Julian belustigt klar. »Es geht um den Nazi Hermann Göring. Ein großes Tier im Dritten Reich.«

»Nazi?« Der Asiate wirkte auf einmal sehr besorgt. »Mit denen hatte ich schon öfter Ärger. Die mögen keine Ausländer.« Er wedelte abwehrend mit beiden Händen: »Kein gutes Thema. Nicht für uns, die Hörer der Morning Show. Machen Sie lieber so weiter wie bisher. Lustig soll es sein und Spaß machen. Dann macht mir meine Arbeit auch mehr Spaß.«

Julian sagte kein Wort mehr, sondern schlang in aller Eile sein Essen hinunter. Er war froh, als er in seinem Auto saß. Dieser Imbisskoch hatte bei ihm etwas ausgelöst. Indem er exakt auf den Punkt gebracht hatte, was die Hörer von der Show erwarteten, wurde Julian seine prekäre Position bewusst. Wenn er auch nur annähernd seinen selbst gesteckten journalistischen Ansprüchen genügen wollte, musste er Pfade jenseits seiner Sendung beschreiten.

Nun also erst recht, entschied er aus dem Bauch heraus. Der ganze Nachmittag lag ja vor ihm: lauter freie Stunden, die genutzt werden wollten. Das war er seinem Ego schuldig. Und es gab noch einen zweiten Grund weiterzumachen: Lea, die sich in letzter Zeit wiederholt über seine Lethargie beschwert hatte – mal offen, mal unterschwellig. Wenn er sie zurückholen wollte, nach Nürnberg und vor allem in sein Herz, musste er ihr etwas beweisen. Beweisen, dass er kein Waschlappen war. Er wollte ihr zeigen, dass er etwas leisten und eine große Geschichte an Land ziehen konnte. Das, so hoffte er, würde sie beeindrucken, mehr als jedes materielle Geschenk. Weil ja auch Lea Vollblutjournalistin war und ihre Werte und Ansprüche daran ausrichtete. Julian konnte also nur punkten, indem er dranblieb.

Wenn Melanie dicht machte, musste eben der Professor selbst herhalten. Mit frischem Elan machte sich Julian auf den Weg zur Universität in Erlangen, die er eine knappe halbe Stunde später erreichte.

Die geschichtswissenschaftlichen Lehrstühle verfügten über ein gut organisiertes Sekretariat, über das der Kontakt zu Professor Ingolf Schachtmeister schnell hergestellt war. Julian kam mit ihm in der gut besuchten *Cafete* zusammen, wo ihn der hochgewachsene, sehr schlanke Lehrstuhlinhaber freundlich und mit festem Händedruck begrüßte. Schachtmeisters Lächeln zeigte zwei Reihen ebenmäßig weißer Zähne. Über einer geraden Nase und dunklen Augen zierte ein Kranz brauner Haare seinen bereits kahlen Schädel. Sein etwas steifes Auftreten verlieh ihm den Habitus eines Oberlehrers.

Julian kam gleich auf den Punkt und offenbarte sein Anliegen.

»So so, Göring«, nahm Schachtmeister den Faden auf und ignorierte den Lärm der Studenten, die am Nachbartisch in eine lautstarke Diskussion über die Qualität des Mensakaffees verwickelt waren. »Da haben Sie sich einen schwierigen Kandidaten für Ihren Bericht ausgesucht.«

»Nicht ich, sondern eine Ihrer Studentinnen«, stellte Julian richtig. »Wieso schwierig? Halten Sie das Thema nicht für geeignet, um darüber zu berichten?«

Schachtmeister schürzte die Lippen. »Diese Entscheidung liegt bei Ihnen. Göring stellt ohne Frage ein interessantes Studienobjekt dar. Denn obwohl er die Nummer zwei im Dritten Reich war, populär wie kein anderer der hohen Naziführer, ist bislang keine ernsthafte Bemühung unternommen worden, das Leben Hermann Görings dokumentarisch belegt darzustellen.«

»Sie meinen, es existiert kein aussagekräftiges Material über ihn?« Julian sah seinen eigenen Eindruck bestätigt. Ihm fielen zwar eine ganze Reihe von Büchern und Fernsehdokus über alle möglichen Nazigrößen ein, von Beiträgen über Hitlers Lieblingsarchitekt Albert Speer bis hin zu TV-Mehrteilern über »Wüstenfuchs« Erwin Rommel. Aber über Göring las, sah und hörte man in der Tat relativ wenig und wenn, dann eher Belangloses.

»Es gibt selbstverständlich die eine oder andere Arbeit über ihn, darunter aber kaum etwas Seriöses. Aus irgendeinem Grund, der sich mir nicht erschließen mag, hat sich bisher keine unserer Koryphäen Görings angenommen. Möglicherweise erscheint ihnen der Mann als zu profan und schlicht gestrickt. Keine Herausforderung für einen Akademiker. Ich sehe das anders. Denn was weiß man schon über Göring?« Er sah Julian an, als erwarte er eine Antwort. Diese gab er sich jedoch selbst: »Ein hoch dekorierter Jagdflieger, dessen langer Sinkflug nach dem Ersten Weltkrieg begann, als er in den Dunstkreis Adolf Hitlers geriet. Ein bekennender Republikgegner mit einem romantisch-forschen Männerbild, äußerst empfänglich für die Ideologie der Nationalsozialisten. 1923 beim Marsch auf die Feldherrenhalle lebensgefährlich verletzt, seitdem morphiumsüchtig. Dass sich die pathologischen Züge seiner Psyche mehr und mehr verstärkten, das weiß man. Dass er mit zunehmender Brutalität und Rücksichtslosigkeit seine Ziele verfolgte, ebenfalls.« Schachtmeister neigte leicht den Kopf. »Andererseits besaß Göring ein weltmännisches Auftreten, hatte Zugang zum gesellschaftlichen Establishment und zog Diplomatie und Wirtschaftsmacht der kriegerischen Auseinandersetzung vor. Ein Mann mit zwei Gesichtern, dessen widersprüchliches Wesen viele Fragen aufwirft. Aus rein wissenschaftlicher Perspektive wäre hier noch ein großes und durchaus ergiebiges Feld zu bestellen. Deshalb habe ich Frau Schmitz ermuntert, sich der Materie anzunehmen.«

»Mit Erfolg, wie mir scheint. Denn das, was sie herausgefunden hat, ist …«

»… ist gar nichts!« Schachtmeister zog die Brauen zusammen. »Frau Schmitz steht ganz am Anfang ihrer Analysen. Sie befindet sich erst in der Sammelphase: Zusammentragen der Materialien und Auswertung der Quellen. Eine Bewertung ihrer Forschungsergebnisse steht ihr zum jetzigen Zeitpunkt nicht zu. Schon gar nicht ohne Rücksprache mit ihrem Dozenten. Dass sie sich an die Öffentlichkeit gewandt hat, ist unverzeihlich.«

»Ich kann Ihren Ärger verstehen, Herr Professor«, sagte Julian im Versuch, ihn zu einer Kooperation zu bewegen. »Aber nehmen wir an, ich mache meine Story mit Frau Schmitz und Ihnen zusammen. Ihr Lehrstuhl würde in der Öffentlichkeit sehr gut dastehen, zumal damit zu rechnen ist, dass das Thema bundesweit Wellen schlägt. Wenn nicht sogar international.«

Schachtmeister strich sich mit der Hand das Resthaar glatt, und für einen Moment schien es Julian so, als hätte er ihn bei seiner Eitelkeit gepackt. Doch prompt erfolgte die Abkehr: »Nein, darauf kann ich mich nicht einlassen. Frau Schmitz' Arbeit beruht auf einer Reihe von Vermutungen und Hypothesen, die kaum belegt sind. Es fehlt der solide Unterbau, eine hieb- und stichfeste Argumentationskette. Die Sache ist schlichtweg unausgegoren.« Er schnaufte verärgert. »Nach allem, was vorgefallen ist, überlege ich ernsthaft, Frau Schmitz das Thema wieder zu entziehen. Sie ist offenbar nicht imstande zu eigenverantwortlicher Forschungsarbeit.«

Julian dachte an die kurze Begegnung mit Melanie Schmitz, die ihm jung und flatterhaft erschienen war. Eine gewisse Oberflächlichkeit bei der Recherche war ihr zuzutrauen, da mochte der Professor durchaus recht haben. Dennoch wollte Julian nicht aufgeben. »Wenn Sie sich die Arbeit von Frau Schmitz noch einmal selbst vornehmen oder ihr einen Ihrer wissenschaftlichen Assistenten zur Hand geben, ließen sich die fehlenden Details vielleicht ergänzen«, appellierte er. »Ich kenne ja nur die Zusammenfassung, aber die allein hat mich von den Socken gehauen. Dass Göring ermordet worden sein soll …«

Damit entlockte er seinem Gegenüber bloß ein spöttisches Lächeln. »Sie sind wohl leicht zu beeindrucken.« Schachtmeister stieß ein leises Stöhnen aus, bückte sich nach einer Aktentasche und beförderte einen Ordner zutage. Er legte ihn auf den Tisch und klappte ihn auf. Mit sichtlichem Widerwillen blätterte er durch die Unterlagen. »Wie gesagt: Die Recherche ist lückenhaft und unzureichend. Man müsste mindestens ein weiteres Semester investieren. Besser noch, ich würde das Thema einem ihrer Kommilitonen überlassen, der sorgfältiger vorgeht und etwas mehr Verantwortungsbewusstsein zeigt.«

Schachtmeister wirkte unerbittlich, sodass Julian keinen Sinn mehr darin sah, ihn weiter zu löchern.

»Danke«, sagte er enttäuscht und ohne eine Vorstellung, wie er seine Recherche fortsetzen könnte. »Nett von Ihnen, dass Sie sich Zeit für mich genommen haben.«

»Gern«, entgegnete der Professor, anscheinend noch immer erbost über seine eigenwillige Studentin. »Im Gegensatz zu Melanie Schmitz kann man sich auf mich verlassen. Die gute Frau hält es nicht mal für nötig, meine Vorlesungen zu besuchen. Heute früh haben wir einen wichtigen Teilaspekt der Nürnberger Prozesse behandelt, aber Frau Schmitz glänzte durch Abwesenheit.«

Genau, dachte Julian, denn er hatte sie ja in ihrer Wohnung angetroffen.

Als er die Mensa verließ, überlegte er, warum Melanie die Uni geschwänzt hatte, wenn das Thema sie doch so sehr interessierte. Krank schien sie nicht zu sein. Es musste wohl an der Angst vor einem Anschiss ihres Professors liegen. Oder sollte es noch einen anderen Grund geben?

Diese Frage beschäftigte ihn auch noch, als er in den Wagen stieg und den Zündschlüssel drehte. Mit gemischten Gefühlen machte er sich auf den Rückweg.

4

Wie üblich trug sie ihre flachen Schuhe, deren Sohlen kaum mehr vorhanden waren, und fror an ihren nackten Beinen, die dürr wie Spargelstängel unter ihrem leichten Mantel herausragten. Schnellen Schrittes eilte Margarete Galster über das Kopfsteinpflaster den Burgberg hinab und richtete ihren Blick auf die protzige Fassade des Rathauses, über dessen Hauptportal die US-amerikanische Fahne wehte. Der imposante Renaissancebau war zumindest an der Frontseite kaum zerstört worden und lenkte sie bei ihrem täglichen Gang zur Arbeit von der deprimierenden Trümmerwüste ab, in die sich ihre Stadt durch die alliierten Bombenangriffe am 2. Januar 1945 verwandelt hatte. Innerhalb von nur einer halben Stunde waren mehr als sechstausend Spreng- und über eine Million Brandbomben auf die Dächer der Stadt niedergeprasselt. Mit verheerenden Auswirkungen. Heute, weit über ein Jahr danach, waren die Spuren der Verwüstung noch überall zu sehen.

Kaum wandte sie den Blick in die andere Richtung, wurden die Erinnerungen an die Bombennacht wach: Die Sebalduskirche hatte mehrere schwere Treffer hinnehmen müssen. Granaten hatten den Dachstuhl zerfetzt, von den beiden stolzen Kirchtürmen standen nur noch die rußgeschwärzten Stümpfe. Zwei geköpfte Riesen, dachte sie.

Nicht viel besser sah es am Hauptmarkt aus, den Margarete Galster kurz darauf erreichte. Auch hier waren die meisten Häuser Skelette, Ruinen mit misshandelten Sandsteinfassaden und unwiederbringlich vernichtetem Innenleben. Überall türmten sich Schutt und Abraum, dazwischen schlängelten sich die Gleise der Lorenbahnen, mit denen geborstenes Holz, zersprungene Ziegel und verbogene Regenrohre abtransportiert wurden. Ein ewiger Treck der Trümmerarbeiterinnen, einer Ameisenstraße gleich.

Sie ging weiter, vorbei an provisorischen Läden, die ihr überschaubares Angebot in selbst gezimmerten Einrichtungen anpriesen oder ihre Geschäfte unter den grauen Planen ausgedienter Wehrmachtlastwagen abwickelten. Verängstigte Katzen streunten einsam herum. Blumentöpfe standen in Fenstern, hinter denen es keine Zimmer mehr gab. Alle paar Meter kam sie an Bombentrichtern vorbei, umgeben von Ringen aus verbranntem Asphalt. Sie begegnete Kindern, die unbekümmert zwischen den Ruinen tobten, als sei die malträtierte Stadt ein einziger großer Abenteuerspielplatz. Dabei schwebten sie in ständiger Gefahr: Die leichteste Erschütterung, die kleinste Unachtsamkeit, schon konnte einem ein Blindgänger um die Ohren fliegen. Das aber kümmerte die Strolche nicht. Sie machten das Beste aus ihrer belasteten Kindheit und improvisierten: Ein Bub trieb einen Papierknäuel als Fußballersatz vor sich her, ein Mädchen balancierte auf einer zerbeulten Radkappe. Margarete lächelte der Kleinen zu und setzte ihren Weg fort.

Sie traf andere Fußgänger, ausgemergelte Gestalten in viel zu weiten Mänteln. Ab und zu kam ein Radfahrer des Wegs, selten auch Autos. Sie sah halb umgerissene Ziegelmauern und abgeknickte Schornsteine. Dazwischen eroberte sich die Natur die Stadt zurück: Brombeeren wucherten, auch Sauerampfer, aus dem aufgeplatzten Kopfsteinpflaster sprossen Löwenzahn, Disteln und die allgegenwärtigen Trümmerblumen: schmalblättrige Weidenröschen.

Ihr Weg war lang, und wo früher Stadtbusse und Straßenbahnen verkehrten, musste man sich nun selbst behelfen. Ein Rad konnte sie sich nicht leisten, und die Mitfahrgelegenheit, die ihr ein junger US-Soldat offeriert hatte, hatte sie ausschlagen müssen. Das gebot der Anstand. Also lief sie Tag für Tag zu Fuß, bei Wind und Wetter, sechsmal in der Woche bis zum Justizpalast an der Fürther Straße. Nur sonntags hatte sie frei. Dazu kamen zehn Tage Jahresurlaub.

Ihre Arbeitszeit lag bei zehn Stunden am Tag, manchmal dauerte es auch länger. Ihren Lohn erhielt sie regelmäßig und in bar. Dazu kamen Bezugsscheine, einzulösen gegen Grundnahrungsmittel und Kohle oder Petroleum. Sie konnte sich nicht beklagen, auch wenn die Aufgaben, mit denen man sie betraut hatte, ihr alles andere als leicht fielen.

Margarete Galster war Hilfskrankenschwester. Nach ihrer kriegsbedingt verkürzten Ausbildung hatte sie für wenige Wochen bei einem Allgemeinmediziner am Egidienplatz gearbeitet. Danach pendelte sie zwischen verschiedenen Krankenhäusern und Feldlazaretten und lernte mit dem Grauen zu leben. Mit einer ganz neuen Dimension des Schreckens wurde sie kurz nach Kriegsende konfrontiert, als sie sich auf einen Aushang der Stadtverwaltung meldete, um sich für eine Stelle zu bewerben: Der Alliierte Kontrollrat suchte nach politisch unbelasteten Deutschen für Hilfsarbeiten rund um das Nürnberger Tribunal. Margarete Galster wurde dem Sanitätskorps zugeteilt – und hatte seitdem täglichen Kontakt mit den schlimmsten Verbrechern, die die Welt je gesehen hatte.

Eine besonders schwere Bürde für sie, denn durch den Krieg hatte Margaretes Familie große Verluste erlitten: Ihr Vater war ebenso gefallen wie ihr älterer Bruder Franz. Zwei Cousins, die an der Ostfront gekämpft hatten, galten als vermisst. Wahrscheinlich waren auch sie gefallen oder in russische Kriegsgefangenschaft geraten. Margarete wusste nicht, welches das geringere Übel sein mochte. Ihre Mutter war durch die erschütternden Erlebnisse traumatisiert und nicht mehr arbeitsfähig. Das bedeutete, dass Margarete allein für sie und den kleinen Bruder Harald, das Nesthäkchen, sorgen musste. Wem sie all das Leid der vergangenen Jahre zu verdanken hatten, war Margarete spätestens seit 1940 klar. Denn sie hatte sich, so jung sie auch war, nicht von der Goebbels-Propaganda einfangen lassen, hatte sich einen klaren Blick bewahrt und weiter zu unterscheiden gewusst zwischen Gut und Böse. Zwischen Aggressor und Opfer. Deutschland hatte einen verbrecherischen Angriffskrieg geführt und übelste Menschenrechtsverletzungen zu verantworten. Das stand für sie fest.

Nun hatte sie es mit den Köpfen dieses Verbrechersystems zu tun, stand ihnen jeden Tag von Angesicht zu Angesicht gegenüber, wenn sie die Visite der Stabsärzte begleitete. Das erzeugte einen permanenten psychischen Druck, der auch ein halbes Jahr nach ihrem Arbeitsantritt nicht nachlassen wollte, und machte ihr ein ums andere Mal Gänsehaut. Die Gefangenen erschienen ihr wie böse Geister aus der Vergangenheit, die, ließe man sie los, immer weiter brandschatzen und morden würden. Reue erkannte sie bei kaum einem der Inhaftierten.

Endlich erreichte sie ihr Ziel: Margarete passierte die Wachen an den haushohen schmiedeeisernen Toren des imposanten Gerichtsgebäudes, auf dessen weitem Vorplatz Jeeps und Panzerwagen parkten, flankiert von rund um die Uhr besetzten Geschützen. Dahinter erstreckte sich der riesige Komplex des Justizpalastes. Wie durch ein Wunder war der im Stil der Deutschen Renaissance errichtete Monumentalbau weitgehend unzerstört geblieben. Mit intaktem Schwurgerichtssaal und angeschlossenem Gefängnis. Das war wohl der eigentliche Grund, warum das Tribunal in Nürnberg und nicht in irgendeiner anderen deutschen Großstadt tagte, vermutete Margarete.

Noch vor dem Hauptgebäude wurde sie von einem kleinen, gedrungenen Mann mit schwarz geränderter Brille abgefangen, der sein Haar mit viel Pomade zurückgekämmt hatte. US-Sergeant William Stringer entstammte einer deutschstämmigen Familie und beherrschte die Sprache seiner Ahnen nahezu perfekt. Stringer gehörte ebenfalls zum medizinischen Stab und erfüllte die Funktion eines Gefängnispsychologen.

»Wie geht es Ihnen heute, Fräulein Galster?«, fragte er höflich und geleitete Margarete die ausladenden Treppenstufen hinauf. Stringers Stimme war weich, beinahe sanft, und entsprach ganz seiner Art, die Margarete als einfühlsam empfand. Das genaue Gegenteil vom Wesen der Männer, mit denen Stringer und sie es hier Tag für Tag zu tun bekamen.

»Danke, so weit gut.« Sie nickte ihm lächelnd zu und brachte damit ihr welliges kastanienbraunes Haar zum Wippen.

»Nur ›so weit‹?«, erkundigte sich Stringer fürsorglich, während das Klackern seiner Stiefelabsätze bei jedem Schritt von den hohen Flurwänden widerhallte.

Margarete war sich nicht zu schade, die Gutmütigkeit des Sergeanten auszunutzen. Immerhin ermunterte er sie ja regelmäßig dazu. »Es ist zur Zeit so schwer, an Gemüse zu kommen. Geschweige denn an frisches Obst. Auf dem Wochenmarkt gibt es nur Kohl und Steckrüben aus der letzten Ernte.«

»Ich werde Ihnen Kartoffeln und Salat zukommen lassen. Vielleicht auch ein paar Äpfel.«

»Das ist wirklich sehr nett von Ihnen.«

»Wie sieht es mit Eiern aus?«

»Könnten Sie denn …?« Sie schlug bescheiden die Augen nieder.

»Es wäre mir eine Freude.«

Margarete nahm dankend an, zumal sie inzwischen wusste, dass Stringer keinerlei Gegenleistungen erwartete. Er besaß ein zurückhaltendes, niemals aufdringliches Wesen. Das, was er ihr zuliebe tat, tat er gern.

Sie durchquerten das zentral gelegene Treppenhaus mit seinem wilhelminischen Prunk und Protz, mit Marmorfliesen, Stuckdecken und lebensgroßen Büsten. Pflichtbewusst zeigten sie vor jedem Trakt unaufgefordert ihre Dienstausweise und gelangten schließlich zu dem Korridor, der das Gericht vom Gefängnis trennte. Dieser Bereich war besonders gesichert und wurde von britischen und sowjetischen Soldaten gemeinsam bewacht.

Hinter der unsichtbaren Grenze lagen die Zellen der Angeklagten. Stringers Aufgabe bestand darin, sich möglichst häufig mit ihnen zu unterhalten, um den Kommandanten über ihre seelische Verfassung auf dem Laufenden zu halten. Eine psychologische Ergänzung der ebenfalls regelmäßig stattfindenden körperlichen Untersuchungen durch den Gefängnisarzt. Stringer genoss somit das zweifelhafte Privileg, jederzeit Zugang zum Zellenblock zu bekommen – und mit ihm Margarete als seine Assistentin.

»Mit wem haben wir es heute zu tun?«, erkundigte sie sich mit banger Stimme. Sie hoffte inständig, dass es nicht Julius Streicher sein würde, der unsägliche Judenhetzer und Chauvinist, der sie bei jeder Visite mit Blicken verschlang. Und auch Rudolf Heß sollte es nicht sein, dessen große Gestalt und irre Blicke ihr Angst machten.

Stringer salutierte vor einem höherrangigen Offizier, als sie den Gefängnisbau betraten. Dann blieb er stehen und richtete seine Aufmerksamkeit ganz auf das blasse Gesicht seiner schmalen Begleiterin.

»Einen harten Brocken haben wir heute vor uns. Mal sehen, ob wir ihn diesmal ein wenig mehr aus der Reserve locken können«, kündigte er an. »Wir besuchen Hermann Göring.«

5

Seine Chefin war jemand, für den Julian gern die Bezeichnung »ambivalent« verwendete. Die Frau mit den zwei Gesichtern. Heike Ehlers war Ende dreißig, groß und schlank. Ihr glattes schwarzes Haar trug sie schulterlang. Passend zum Haar und ihren dunklen Augen wählte sie ihre Garderobe meist ebenfalls in gedeckten Farben. Heike Ehlers gab eine elegante Schönheit ab, die ebenso viel Würde ausstrahlte wie Sexappeal, aber auch Strenge, Härte und Entschlusskraft.

Diese letzten drei Eigenschaften bekam Julian zu spüren, als er im puristisch eingerichteten Büro der Programmleiterin saß, um sich eine Standpauke anzuhören. Sie hatte Wind von seinen Göring-Recherchen bekommen, und ihr gefiel es ganz und gar nicht, dass er neuerdings den investigativen Journalisten mimte, statt sich um das Wohlbefinden seiner Hörer zu kümmern. Und diese wollten – davon war sie überzeugt – beim Morgenkaffee keine alten Nazigeschichten hören, sondern den neuesten Stadttratsch, Infohäppchen über Stars und Sternchen und wie das Wetter im Großraum in den kommenden drei Tagen sein würde.

»Das ist deine Aufgabe, Julian, dafür wirst du bezahlt, ziemlich gut sogar«, sagte sie eindringlich und sah ihn dabei fest an. »Die Leute mögen dich als Sonnyboy. Sie hören dich, um gute Laune zu bekommen, etwas zum Amüsieren und Schmunzeln, bevor sie der graue Alltag wieder einfängt. Darum schalten sie deine Sendung ein, weil sie wissen, dass sie dabei nicht mit Problemen konfrontiert werden, von denen die meisten eh schon mehr als genug haben, sondern mit – …«

»Mit leichter Kost«, führte er ihren Satz zu Ende.

Sie zögerte einen Moment, hob den Zeigefinger, ließ ihn jedoch wieder sinken. Mit ihrer ruhigen, etwas rauen Stimme sagte sie: »Wenn du es so ausdrücken willst – ja. Du bist lange genug im Geschäft, um die Spielregeln zu kennen. Du arbeitest bei einem Privatsender, bei dem allein die Quote zählt. Und die erhöhst du nicht mit Beiträgen über angestaubte Themen, selbst wenn sie deinem Ego noch so schmeicheln mögen. Sei mir nicht böse, wenn ich das so offen ausspreche, aber du kennst mich. Ich bin nicht der Typ, der um den heißen Brei herumredet.«

Das war sie beileibe nicht, dachte Julian. Weder in dienstlichen noch in privaten Angelegenheiten. Heike hielt mit ihrer Meinung grundsätzlich nicht hinterm Berg. Neulich erst hatte sie sich über seine Beziehung ausgelassen und ein baldiges Ende prophezeit. Entsprechend ablehnend reagierte Julian heute.

»Sorry, Heike, aber ich lasse mich von dir nicht als reiner Gute-Laune-Moderator abstempeln. Du unterschätzt meine Hörer, wenn du denkst, sie würden journalistischen Anspruch nicht würdigen«, sagte er und versuchte zu verdrängen, dass der Mann vom China-Imbiss gestern sehr ähnlich argumentiert hatte wie Heike.

Barsch fiel sie ihm ins Wort: »Einen Scheißdreck tue ich!« Heike umrundete ihren gläsernen Schreibtisch in einem solchen Tempo, dass ihr Haar wie eine Schleppe wehte. »Deine Story ist tot. Verstehst du? Tot! Genauso wie deine Informantin.«

Gar nichts verstand er. Weder den plötzlichen Wutausbruch noch die Aussage selbst. Julian richtete sich auf und sah die Programmchefin ratlos an. »Wie meinst du das mit der Informantin?«

Heike schnaubte, griff nach einem Papier auf ihrem Schreibtisch und hielt es ihm hin. Eine Presseinformation mit dem Wappen des Polizeipräsidiums in der Kopfzeile. Er las die knapp formulierte Meldung und merkte, wie sein Körper sich mit jeder weiteren Zeile versteifte.

»Verflucht«, presste er zwischen zusammengebissenen Zähnen hervor. Ohne den Blick von der Nachricht zu heben, sagte er: »Die tote Studentin, von der die Rede ist, ist Melanie Schmitz, ja?«

»Richtig. Sie hat sich das Leben genommen. Sprung von einer Autobahnbrücke an der A 73. Ein ziemlich krasser Abgang.« Heike legte den Kopf schief. »Das arme Mädel muss noch ganz andere Probleme gehabt haben als den Ärger mit ihrem Professor. Ich tippe auf Liebeskummer oder eine Psychonummer, die ihr zu schaffen machte. Jedenfalls«, sie schnippte mit den Fingern, »ist deine Quelle versiegt und damit hoffentlich auch dein Interesse an dieser Geschichte.«

Julian merkte, wie seine Hände zitterten, als er das Blatt Papier endlich beiseitelegte. Mühsam hob er den Blick, sah seiner Chefin direkt in die Augen. »Ganz im Gegenteil«, entgegnete er widerborstig und wiederholte: »Ganz im Gegenteil. Bei allem Respekt vor deiner Weisungsbefugnis, aber wenn ich mich in meiner Freizeit mit dem Thema beschäftige, ist das nicht deine Sache.«

Heike setzte zu einer Widerrede an, besann sich jedoch. »Julian«, sagte sie ruhig und klang kompromissbereit. »Es geht mir nicht darum, dich auszubremsen oder dir den Spaß zu verderben. Ganz im Gegenteil. Ich schätze dein Engagement und deine vielen Ideen. Deswegen lasse ich dir – wie auch jedem anderen hier – so viel Freiraum wie möglich.« Sie zog die Brauen zusammen, als sie hinzufügte: »Aber ich bin auch diejenige, die den Kopf hinhält, wenn die Quote sinkt. Deswegen sieh bitte ein, dass ich in gewissen Dingen durchgreifen muss. Etwa wenn du dein erfolgreiches Profil, für das dich die Menschen lieben, auf Biegen und Brechen verändern willst.«

Julian drehte sich zur Seite: »Keine Sorge. Mein Profil ist schön wie eh und je«, spottete er.

»Sei nicht so übermütig. Helden können fallen. Das gilt auch für einen Julian Heldt.«

Ingo wischte sich die Mayonnaise aus den Mundwinkeln, letzte Spur des gigantischen Sandwiches, das er sich einverleibt hatte. Anschließend faltete er seine Hände über seinem T-Shirt, womit er die Buchstaben C und D des Bandnamens »ACDC« verdeckte. Seine Kulleraugen suchten die von Julian.

»Heike will dich also nicht spielen lassen?«, fragte er, was Julian gar nicht witzig fand.

»Das ist nur ein Teil des Problems.« Julian brachte den Kollegen auf den neuesten Stand der Dinge.

Dieser wunderte sich sichtlich. »Da ist ja wohl der Wurm drin.« Er suchte die Schubladen seines Arbeitsplatzes nach einer Süßigkeit ab, die er sich wahlweise als Nachtisch oder als Nervennahrung zu gönnen pflegte. Er fand einen Schokoriegel, riss die Hülle auf und verschlang ihn in einem Stück.

»Lass mich kurz rekapitulieren«, sagte er schmatzend. »Die Studentin Melanie Schmitz schreibt uns, um uns ein Interview über ihre Forschungsergebnisse in Zusammenhang mit dem Gifttod von Hermann Göring anzubieten. Als du dich daraufhin mit ihr in Verbindung setzt, weist sie dich am Telefon ab mit der Begründung, dass ihr Professor es ihr untersagt hat. Bei einem Besuch in ihrer Wohnung bekommst du die nächste Abfuhr von ihr, woraufhin du dich direkt an ihren Professor wendest. Der aber steht ebenso wenig für ein Interview zur Verfügung. Zu allem Überfluss ist die Studentin jetzt tot. Gründe dafür wirst du nicht erfahren, weil die Polizei bei einem Suizid keine Details an die Presse gibt. Die Quintessenz: Du hast keine Story.«

Julian raufte sich die Haare. »Ja, aber das kann doch alles nicht wahr sein. Die Sache ließ sich so vielversprechend an.«

Ingo lehnte sich zurück und machte damit aus seinem Doppel- ein Dreifachkinn. »Willst du meinen Rat hören?«

»Sonst wäre ich nicht hier.«

»Zugegeben: Ich habe dich ja selbst erst auf das Thema gestoßen, aber lass die Finger davon. Diese Melanie scheint eine überspannte Person gewesen zu sein, die nicht nur zu voreiligen Handlungen neigte, sondern psychisch labil war. Wie sonst erklärst du den Brückensprung? Ein armes Mädel, ziemlich wirr im Kopf.«

»Mmm.« Julian führte seinen Zeigefinger zum Kinn. »Fest steht, dass ich von ihr nichts mehr erfahren werde. Das, was uns von ihrer Arbeit vorliegt, reicht nicht aus. Und weitere Teile wird mir ihr Professor gewiss nicht überlassen.«

»Na eben.« Ingo lächelte ihn aufmunternd an. »Vergiss die ganze Geschichte. Lass uns lieber ein paar neue Sketche für die Morning Show vorbereiten. Heike liegt nicht ganz falsch: Unser Humoranteil lahmt in letzter Zeit etwas.«

Julian ging nicht darauf ein. »Wie ich dich kenne, hast du dich mittlerweile selbst schon über Göring schlau gemacht. Ist dir da etwas Besonderes aufgefallen?«

Ingos Lächeln erstarb. »Was hoffst du denn zu hören? Dass ich als Laie auf etwas stoße, das eine Hundertschaft Historiker bisher übersehen hat?«

»Wenn es Melanie gelungen ist, könnte es uns genauso möglich sein.«

»Das glaube ich kaum.« Ingo wischte die Krümel von seiner Schreibtischplatte. »Okay, ja, ich habe etwas in den Annalen gestöbert. Aber alles, was ich gewonnen habe, ist ein wenig schmeichelhafter Gesamteindruck dieses Herrn.«

»Das war nicht anders zu erwarten. Lass hören!«

»Göring musst du dir als ehrgeizig und intelligent vorstellen. Er war vielleicht der hellste Kopf unter all den Nazibonzen.

Doch seine Talente nutzte er nicht, um Gutes zu tun. Er ließ sich auf Dinge ein, die korrupt oder sogar kriminell waren. Denk ihn dir als Mischung aus einem machtbewussten Politiker und einem, der genauso gut eine Räuberbande hätte anführen können. Gewissensbisse kannte er bis zuletzt nicht, sondern schob die Verantwortung immer anderen zu. Dafür habe ich ein sehr bezeichnendes Zitat gefunden: ›Ich habe kein Gewissen. Mein Gewissen heißt Adolf Hitler.‹«

»Was weißt du noch?«

Ingo stieß ein angestrengtes Schnaufen aus. »Er war der klassische Jäger und Sammler. Ersteres aus Passion: Reichsjägermeister mit Leib und Seele. Und als Sammler widmete er sich Ämtern und Orden, vor allem aber der Kunst. Seine Motoryacht, die ›Carin 2‹, stattete er mit Originalen großer Meister aus, und sein Herrensitz Carinhall bei Berlin – benannt nach seiner ersten Frau übrigens, genau wie die Yacht – stand dem Louvre nicht viel nach. ›Ich bin ein Mensch der Renaissance. Ich liebe die Pracht‹, soll er gesagt haben.«

Ingo zufolge galt Göring zeitweise als einer der reichsten Männer Europas. Ein Reichtum, der auf Beschlagnahmungen und Raub beruhte und durch Beutezüge in den besetzten Ländern sowie die Plünderung jüdischen Eigentums gemehrt wurde.

»Also ein Egozentriker, wie er im Buche steht. Und ein Kunstenthusiast, der über Leichen ging«, fasste Julian zusammen.

»Aber dennoch, man soll's kaum glauben …« Ingo schüttelte behäbig den Kopf. »Im Volk war Göring trotz all seiner Schwächen, seiner leeren Versprechungen, des herrschaftlichen Auftretens und seiner allseits bekannten Morphiumsucht bis zuletzt beliebt. Man riss Witze über ihn, ja, aber die Leute blieben ihm seltsamerweise zugetan.«

Und Ingo führte eine beinahe gespenstische Begebenheit an: der zweite Mann im Staat, zusammen mit Normalbürgern in einem Berliner Luftschutzbunker Anfang 1945, als längst alles verloren war. In einer seiner Prachtuniformen setzte Göring sich zwischen die Wartenden, nickte ihnen zu, schüttelte Hände. Nach der Entwarnung verschwand er wieder, und zwar völlig unbehelligt. Niemand kam auf die Idee, ihn zur Rechenschaft zu ziehen, ihn zu lynchen, niemand hatte auch nur ein kritisches Wort geäußert. Etwas ganz Ähnliches spielte sich einige Monate später ab, als Göring sich samt Gefolge in den Alpen aufhielt. Unterwegs wurde eine Gruppe Landarbeiterinnen auf ihn und seinen Tross aufmerksam. Die Frauen ließen die Feldarbeit liegen und jubelten ihm zu. »Hermann, unser Hermann!«, riefen sie.

»Diese seltsamen Anekdoten sind übrigens verbürgt«, beteuerte Ingo.

»Wirklich kaum zu glauben nach all dem, was inzwischen passiert war. An Görings Stelle hätte ich mich in einem Erdloch versteckt wie Saddam Hussein.«

»Hat er aber nicht. Ganz im Gegenteil. Sein Ego und sein Selbstverständnis waren schier unerschütterlich. Der hat sogar nach der Niederlage noch eine Zukunft für sich gesehen. War fest davon überzeugt, er würde einen ruhmreichen Platz in der Geschichte einnehmen«, meinte Ingo. »Selbst als er längst in Haft saß, tönte er, dass in fünfzig oder sechzig Jahren in ganz Deutschland Standbilder Hermann Görings zu sehen sein würden.« Er angelte sich einen weiteren Snack aus der Schublade und riss die Zellophanhülle auf.

»Er hatte einen Anwalt, Dr. Otto Stahmer, der stieß ins gleiche Horn. Schau, was er verfasst hat: vierundsiebzig eng beschriebene Blätter über die guten Seiten seines Klienten.« Ingo legte den Riegel beiseite und wedelte mit einem Stoß

Druckerpapier. »Darin bescheinigte er Göring einen ›ernsten Willen, den Frieden zu erhalten und zu England wieder gute Beziehungen herzustellen‹. Göring sei auch kein Antisemit gewesen und habe sogar vielen Juden geholfen, behauptete sein Advokat. Göring, der verkannte Gutmensch!« Ingo schmiss die Ausdrucke zurück auf die Schreibtischplatte. »Letztlich hat ihn der Glaube an sich selbst aber doch verlassen, und er beging Selbstmord.«

Julian beugte sich über den Tisch und stibitzte sich Ingos Schokoriegel. »Oder eben nicht«, sagte er und biss hinein. »Ich finde, wir sollten Melanies Forschungsansatz eine zweite Chance geben. Und ich bin nach wie vor überzeugt, dass das eine gute Story für uns wird. Du doch auch, gib es zu!«

»Oje«, lautete Ingos Kommentar, zum Schokodiebstahl wie auch zu Julians Vorhaben, und: »Das gibt Ärger.«

Während Julian im Hof des Rundfunkhauses dem Freizeichen lauschte und vergeblich darauf wartete, dass seine Freundin an ihr Handy ging, zog er mit der freien Hand den Ausdruck der Polizeimeldung aus seiner Hosentasche, den er aus Heike Ehlers Büro mitgenommen hatte. Geistesabwesend faltete er ihn auseinander.

Da Lea nicht abnahm, versuchte er es unter ihrer dienstlichen Nummer. Die sollte er zwar nur im Notfall wählen – darum hatte sie ihn ausdrücklich gebeten –, doch das scherte ihn wenig. Er hatte das dringende Bedürfnis, mit ihr zu sprechen, dafür nahm er es auch in Kauf, sie womöglich bei einem Meeting zu stören.

Während er das gleichförmige Tuten hörte und wartete, überflog er noch einmal den knappen Text, der sachlich vom Brückensprung einer Melanie S., 23 Jahre, berichtete. Beiläufig registrierte er das genannte Datum und die Uhrzeit des Suizids – und zuckte zusammen.

»Was …«, stammelte er, drückte die Unterbrechtaste des Handys und legte es beiseite. Er hielt die Polizeimeldung jetzt in beiden Händen und las sie erneut.

Kein Zweifel: Er hatte sich nicht getäuscht.

Julian hatte es eilig, zurück zu Ingo zu laufen. Der packte gerade seine Sachen und war schon fast auf dem Sprung.

»Was gibt es denn noch?«, erkundigte er sich besorgt, weil ihm Julians rote Gesichtsfarbe auffiel.

»Hier, lies!« Julian hielt ihm die Pressemeldung hin.

»Kenn ich doch schon«, winkte Ingo ab.

»Die Uhrzeit! Achte auf die Uhrzeit!«

»Also schön«, schnaufte Ingo und nahm ihm den Zettel ab. »Wo steht's? Ach, hier. Gegen 10:30 Uhr stieg Melanie S. über die Brüstung der …«

»Halb elf!«, rief Julian dazwischen. »Um halb elf hat sie sich von der Brücke gestürzt.«

»Ja, ich bin doch nicht blind. Und auch nicht taub.«

»Begreifst du es nicht?«, fragte Julian aufgebracht.

Ingo schüttelte behäbig den mächtigen Schädel.

»Wenn Melanie um halb elf gestorben ist, mit wem habe ich mich dann um elf in ihrer Wohnung unterhalten?«

»Wie, was?«

»Das kann nur eines bedeuten, nämlich dass es gar nicht die echte Melanie war, die ich getroffen habe. Sondern dass sich eine andere eingeschlichen und sich mir gegenüber als Melanie ausgegeben hat.«

»Was … was? Nicht so schnell.« Ingo wirkte genauso perplex, wie Julian sich fühlte. »Was soll denn das heißen?«

Julian, der sich über die Begriffsstutzigkeit des anderen ärgerte, ergänzte hektisch: »Wahrscheinlich habe ich die falsche

Melanie dabei überrascht, wie sie die Wohnung durchstöberte. Warum auch immer. Deswegen fertigte sie mich vor der Haustür ab, damit ich nur ja nicht reinkam.«

»Eine Einbrecherin?« Ingo sah ihn fragend an. »Aber sie wusste über Melanies Arbeit Bescheid und kannte sogar den Namen ihres Profs. Woher denn?«

»Das weiß ich auch nicht. Jedenfalls war das nicht die echte Melanie Schmitz.«

Ingo war ratlos. »Was willst du jetzt unternehmen?«

Julian zögerte nicht eine Sekunde mit seiner Antwort: »Die Polizei benachrichtigen. Die müssen erfahren, dass da etwas nicht stimmt.«

6

Margarete und Sergeant Stringer wurden von einem der Schließer durch den Gefängnisblock geleitet. Drei Stockwerke mit Laufgängen, darüber ein gewölbter Himmel mit Querstreben. Der Wandanstrich war ockergelb, die vielfach ausgebesserten Stahltüren waldgrün umfasst. In den offen liegenden Heizungsrohren an der Wand gluckerte es bedrohlich. Der Geruch nach Schimmel und Feuchtigkeit drang aus jeder Pore des alten Mauerwerks.

Zwei Posten in der Uniform der amerikanischen Militärpolizei mit weiß lackiertem Stahlhelm und MP-Armbinde flankierten die Zelle Nummer fünf. Beide hatten die Verschlussringe am Gürtel entsichert, ihre Hände ruhten auf den Knäufen der Schlagstöcke. Die Kontrollklappe der Zellentür stand offen. Nach einem Blick durch den Sehschlitz schob einer der Wächter die Riegel zur Seite und wuchtete die eisenbeschlagene Tür auf. Sie quietschte in ihren Scharnieren und gab den Blick auf einen schmalen, weiß gekalkten Raum frei, der durch ein kleines, weit oben liegendes Gitterfenster spärlich erhellt wurde.

An der Seite eines der Wachmänner traten sie ein, und in Margarete regte sich das beklemmende Gefühl, das sie jedes Mal erfüllte, wenn sie in direkte Nähe zu einem der Inhaftierten kam. Obwohl ihre Rolle nur darin bestand, ihren Chef zu begleiten und ihm zu assistieren, indem sie auf sein Zeichen hin mitschrieb, ansonsten aber still in der Ecke zu sitzen, war ihr allein die unmittelbare Anwesenheit der Kriegsverbrecher unangenehm. Sie hatte nicht wirklich zu befürchten, dass ihr jemand etwas antat, das hätte das Wachpersonal augenblicklich unterbunden. Und doch fühlte sie sich in diesen Situationen ausgeliefert und schutzlos. Es schien ihr, als könnten diese bösen Menschen ihr allein durch die Macht der Gedanken Schaden zufügen. Deshalb hatte sich Margarete angewöhnt, bei den Visiten den Blick stets gesenkt zu halten, damit keiner der Gefangenen Gelegenheit bekam, sie mit Blicken oder Gesten zu beeinflussen und ihr noch größere Angst einzuflößen, als sie ohnehin schon hatte. Den Zellenboden kannte sie daher bestens: Dort, wo infolge der Monotonie des Gefängnisalltags der Bodenbelag durchgescheuert war, verliefen dunkle Trampelpfade. Vom Bett zum Schreibtisch, von dort zum Waschbecken und Klosett und zurück.

Es fiel ihr schwer, schließlich doch noch aufzusehen: Ihr heutiger Kandidat kehrte ihnen den Rücken zu. Hermann Göring saß an seinem schäbigen Schreibtisch, in gebeugter Haltung, die Schultern hängend. Schmal war er geworden, der einstige Fettwanst, seit man ihn auf Diät gesetzt und ihn per kaltem Entzug von seiner Morphiumsucht geheilt hatte. Sein dunkles Haar klebte ihm fettig im Nacken. Er trug einen schlichten, grauen, an den Ellenbogen durchgescheuerten Anzug. Ein Schatten seiner selbst, mochte man glauben. Doch Margarete wusste es besser. Sobald Göring seinen nächsten Auftritt vor Gericht hatte, da war sie sich sicher, würde er sich herausputzen und für kurze Zeit alten Glanz und Größe zurückerlangen. Dafür sammelte er Energie in der Abgeschiedenheit seiner Einzelzelle.

Margarete blieb in gebührendem Abstand stehen, während Stringer einen dreibeinigen Schemel heranzog und sich dicht neben Göring setzte. Er beugte sich vor und schenkte Göring einen aufmerksamen Blick, den Außenstehende als freundlich hätten deuten können. Doch Margarete kannte Stringer inzwischen gut genug, um zu wissen, dass sich seine Professionalität darin ausdrückte, jeden Patienten gleich zu behandeln.

Und als solchen betrachtete er Göring: als Patienten, dessen Seelengrund er zu erkunden hatte.

»Wollen wir also beginnen«, läutete Stringer die psychologische Befragung ein.

Margarete setzte ihren kaum daumenlangen Bleistift am oberen Rand ihres eierschalenfarbenen Blocks an, um mitzuschreiben, wie sie es bereits bei zahlreichen Visiten getan hatte.

Doch dann geschah etwas Ungewöhnliches: Statt auf Stringer einzugehen und sie und die Wachmänner wie üblich mit Missachtung zu strafen, wandte sich Göring um und sah Margarete an. Sie erstarrte vor Schreck, denn in seinem stumpfen Blick meinte sie die Glut eines erloschenen Feuers zu erkennen, das kurz davor stand, von Neuem aufzulodern.

»Du bist sehr spät dran«, beschwerte sich ihre Mutter. Die von der Gicht gekrümmte Gestalt, das von Trauer, Schmerz und ständigen Entbehrungen gezeichnete Gesicht ließen sie viel älter aussehen, als sie war. Ihr Haar war vorzeitig ergraut. Die Lumpen, die sie trug, rundeten das bemitleidenswerte Bild einer Kriegerwitwe in ärmlichen Verhältnissen ab. Noch dünner war sie geworden. Gerade jetzt fiel es Margarete besonders auf. Sie waren nicht gut genug vorbereitet worden auf diese schweren Zeiten, dachte sie. Man hätte ihnen beibringen müssen, wie sie mit einem Brotkanten überleben und sich wie Bettler durchschlagen konnten.

»Entschuldige, Mama, auf der Arbeit gab es heute viel zu tun für mich.« Sie hängte ihren Mantel an die Garderobe, gleich neben das zerschlissene Jäckchen von Harald, der bereits in seinem Bett lag und schlief. Das konnte sie schon vom Eingang aus sehen, denn die Kammer, die Margarete sich mit ihrem kleinen Bruder teilte, hatte keine Tür mehr. Letzten Winter hatten sie mangels Brennstoff alles verfügbare Holz verfeuern müssen, um den bitterkalten Januar zu überstehen. Trotzdem hatten sie gefroren, denn die Wohnung war zugig und klamm. Fast täglich wurden die Risse im maroden Gemäuer größer. Sie hatten Stofffetzen hineingestopft und Lehm darübergeschmiert. Aber das war nur Flickschusterei.

Um ihre Verspätung gutzumachen und ihrer Mutter wenigstens ein kleines Lächeln zu entlocken, öffnete sie einen mitgebrachten Jutesack und schüttete den Inhalt auf den Küchentisch. Zum Vorschein kamen die Lebensmittel, zu denen ihr Stringer verholfen hatte.

Tatsächlich erzielte Margarete die erhoffte Wirkung: Die Augen ihrer Mutter weiteten sich, ihre bleichen Finger spreizten sich, um nach einem der verführerisch prallen Lageräpfel zu greifen. Doch dann zog sie die Hand zurück, runzelte die Brauen und deutete nach oben.

»Es tropft wieder durch die Decke. Vier Töpfe habe ich aufstellen müssen.«

Margarete folgte ihrem Fingerzeig, erkannte die dunklen Flecken auf dem Putz. Das Haus hatte einen Bombentreffer erlitten, die oberen Etagen galten seitdem als baufällig und standen leer. Reguläre Handwerker gab es kaum noch, und die wenigen verbliebenen waren auf Monate ausgebucht oder unbezahlbar. Zusammen mit Harald hatte Margarete sich daher ein paar Mal selbst die Treppe hinaufgewagt, um mit Holzbrettern und Schindeln provisorisch ein Notdach zusammenzuzimmern. Ihr war klar, dass die Lösung allenfalls dazu diente, ihre Mutter zu beruhigen, und ihr Pfusch spätestens beim ersten starken Schauer auffliegen würde. Doch sie war nun mal keine Handwerkerin und konnte den Mann im Haus ebenso wenig ersetzen wie Harald, ihr kleiner Bruder.

»Vielleicht kann ich etwas organisieren«, improvisierte sie, um ihre Mutter bei Laune zu halten. »Die Armee beschäftigt auch Dachdecker und Zimmerer. Bei den Pionieren zum Beispiel ...«

»Weder die Briten noch die Amerikaner werden einfachen Leuten wie uns helfen«, fuhr ihre Mutter in barschem Ton dazwischen. »Erst recht nicht die Franzosen und schon gar nicht die Russen. Die werden einen Teufel tun, uns das Dach zu reparieren.«

Margarete seufzte. Wenn sie daran dachte, dass ihre verbitterte Mutter vor Kriegsbeginn eine lebenslustige, hübsche Frau voll Optimismus und Zukunftsplänen gewesen war, bekümmerte sie das heutige Bild umso mehr.

»Gertrud«, sagte sie sanft und streichelte ihr übers silberne Haar. »Wir werden das schon hinkriegen. So wie wir bisher alles irgendwie geschafft haben.«

Der gut gemeinte Trost löste eine unerwartete Wutattacke aus: »Gar nichts haben wir geschafft, sondern alles verloren!«, keifte die Mutter und schlug Margaretes streichelnde Hand beiseite. »Alles! Dein Vater, dein großer Bruder – alle, die mir etwas bedeutet haben, sind tot! Begreifst du das? Tot!« Wut und Trauer standen in ihren rot geränderten Augen, über die sich sogleich ein wässriger Film legte.

Auch Margarete konnte die Tränen nicht zurückhalten, als sie mit stockendem Atem erwiderte: »Aber *wir* leben, Mama. Du, Harald und ich. Bedeutet dir das etwa gar nichts?«

Gertrud sah sie starr an, unfähig, auf diese Frage eine Antwort zu geben.

Margarete spürte plötzlich einen ungeheuren Druck und meinte, ihre Lunge würde zusammengepresst. Die Beklommenheit, die der Fatalismus und die absolute Hoffnungslosigkeit ihrer Mutter in ihr auslösten, traf sie diesmal mehr als an anderen Tagen. Das mochte mit ihren heutigen Erlebnissen zusammenhängen.

Während Margarete in das leere, aller Liebe beraubte Gesicht der Mutter blickte, fällte sie einen spontanen Entschluss. Sie atmete tief durch, eilte zurück in den schmalen Flur und durchwühlte die Innentasche ihres Mantels.

Gleich darauf kam sie zurück und streckte ihren rechten Arm aus, die Hand zur Faust geballt. Ganz langsam spreizte sie die Finger und gab den Inhalt preis.

Gertruds Mund öffnete sich ungläubig, als sie ein goldglänzendes und mit Edelsteinen besetztes Benzinfeuerzeug erblickte.

»Ist das … – mein Gott! Ist das etwa echt?«, stammelte sie.

Margarete nickte. Doch bevor ihre Mutter danach greifen konnte, drehte Margarete das Feuerzeug um und ließ sie die Rückseite sehen, auf der ein eingraviertes Hakenkreuz und die Initialen H.G. prangten.

Ihre Mutter schreckte zurück. Mit geweiteten Augen starrte sie auf das glänzende Metall in der Hand ihrer Tochter. Das Symbol der Naziherrschaft stieß sie ab und mehr noch die beiden Buchstaben, die sie sofort richtig zuordnen konnte.

»Er hat es mir gegeben«, sagte Margarete, eingeschüchtert durch die heftige Reaktion der Mutter, entschuldigend. »Als wir seine Zelle verließen, stand er auf, um sich zu verabschieden. Dabei steckte er mir das Feuerzeug zu, ließ es in die Tasche meines Kittels gleiten. Niemand sonst hat etwas davon mitbekommen, und als ich später sah, was es war, traute ich mich nicht, es zu melden.«

Noch immer haftete Gertruds Blick fest auf dem Gold. Sie schien außerstande, sich über das fragwürdige Geschenk zu äußern.

Margarete bereute inzwischen ihre verhängnisvolle Entscheidung, es ihrer Mutter zu zeigen. »Ich werde es natürlich zurückgeben«, sagte sie schnell, um den Fehler wieder gutzumachen. »Er hat mich überrumpelt, aber das lasse ich mir nicht gefallen. Bei der nächsten Visite werfe ich es ihm vor die Füße.«

Die Mutter sprach sehr leise, als sie nach langer Pause antwortete: »Das lässt du bleiben.«

»Wie?« Margarete sah sie verwundert an.

»Du wirst es nicht zurückgeben.« Endlich löste sie ihren Blick von dem Feuerzeug und richtete ihre Aufmerksamkeit auf die Tochter. »Wir behalten es.«

»Nein, nein, das ist nicht gut«, widersprach Margarete, deren schlechtes Gefühl wegen des unerwünschten Geschenks stetig wuchs. »Es wäre Unrecht.«

»Unrecht?« Gertrud stieß ein hohles Lachen aus. »Unrecht war, was Göring und seine Spießgesellen uns in den zwölf Jahren ihrer Terrorherrschaft angetan haben. Und das Ding hier …«, sie nahm das Feuerzeug behutsam aus Margaretes Hand, »... ist eine kleine Wiedergutmachung. Auf dem Schwarzmarkt bringt es uns so viel, dass wir Handwerker für unser Dach bezahlen können.«

»Aber nein, Mama. Denk bitte nach!«, appellierte Margarete an den gesunden Menschenverstand ihrer Mutter. »Glaubst du etwa, Göring ist plötzlich ein Herz für seine Mitmenschen gewachsen? Wenn jemand wie er etwas gibt, erwartet er eine Gegenleistung.«

»Na und? Was soll das schon Großartiges sein, Kindchen?«, tat Gertrud den Einwand ab. »Vielleicht bittet er dich eines Tages um Tabak oder ein Fläschchen Alkohol. Ist nicht auch im Gefängnis Geben und Nehmen üblich? Du wärst sicher nicht die Erste und auch nicht die Letzte, die einem Häftling eine Gefälligkeit erweist.«

Margarete schüttelte den Kopf. Hätte sie ihr das Feuerzeug doch bloß nie gezeigt! »Göring bekommt Tabak, soviel er will.

Auch sonst genießt er alle möglichen Privilegien. Er braucht mich nicht, um etwas in die Zelle zu schmuggeln.«

»Na siehst du, dann ist ja alles gut«, sagte Gertrud mit zufriedener Miene. »Freuen wir uns über das Geld, das uns dieses Ding einbringen wird. Danach vergessen wir die Sache.« Mit diesen Worten schlossen sich ihre Finger fest um das schwer wiegende Metall.

7

»Wie ist es gelaufen?«, erkundigte sich Ingo, auf dessen Schreibtischunterlage sich die Reste von zwei Leberkäsesemmeln in Form von Brötchenkrümeln und Senfflecken gesammelt hatten. Die Knöpfe seines karierten Hemdes standen offen, darunter spannte sich ein weißes T-Shirt mit aufgedrucktem Totenkopf.

Julian ließ sich neben ihm auf einem Sideboard nieder, in der Hand einen Becher Kaffee.

»Na ja«, sagte er ermattet, »wie soll ich es ausdrücken? Zumindest habe ich meine Bürgerpflicht getan und muss mich nicht mit einem schlechten Gewissen herumplagen.«

»Klingt nicht so, als hätten die Bullen sofort ihre Kavallerie in Bewegung gesetzt«, feixte Ingo.

Julian sah ihn resigniert an. »Nein. Das werden sie wohl auch nicht tun.«

»Erzähl schon: Wie war es gestern im Präsidium?«

»Zunächst einmal musste ich ziemlich lange nach dem richtigen Ansprechpartner suchen. Man schickte mich von Pontius zu Pilatus, bis ich bei einer Kriminalkommissarin landete, die eigentlich auch nicht zuständig war, sich meiner aber erbarmte. Eine nette Biene, und als sie meinen Namen hörte, outete sie sich als Fan unserer Show. Das war wohl der Grund dafür, dass sie mich nicht auch abblitzen ließ. Denn für die Polizei besteht nicht der geringste Zweifel daran, dass sich Melanie Schmitz umgebracht hat. Die haben sogar einen Abschiedsbrief gefunden, in dem Melanie von depressiven Schüben schreibt, die immer stärker wurden und ihr das Leben zur Hölle machten. Auch die Eltern sollen ihre Tochter als psychisch labil bezeichnet haben.«

»Und was hat die Kommissarin zu der fremden Frau in Melanies Wohnung gesagt?«

»Sie will der Sache nachgehen, misst ihr aber keine besondere Bedeutung bei. Sie vermutet, dass ich an eine Kommilitonin geraten bin, die einen Wohnungsschlüssel hatte.«

»Und die gibt sich für Melanie Schmitz aus? Das macht doch keinen Sinn.«

»Jedenfalls habe ich eine Kopie des Göring-Dossiers abgegeben. Die Kommissarin hat es angenommen und zugesichert, dass sie es sich anschaut. Aber wahrscheinlich ist es in einer Schublade gelandet, sobald ich ihr Büro verlassen hatte. Oder in der Ablage P – Papierkorb.«

Ein mitleidiges Lächeln legte sich auf Ingos Gesicht. »Die nette Biene hielt dich also für einen Spinner.«

»Schon möglich. Aber mein Status als Morning-Show-Moderator hat mich davor bewahrt, dass sie auf einen Alkoholtest bestand«, nahm sich Julian selbst auf die Schippe.

»Damit wären wir nun wirklich am Ende dieser Geschichte angelangt. Mehr kannst du nicht tun«, stellte Ingo fest.

»Was den Tod von Melanie anbelangt, pflichte ich dir bei. Aber in der Göring-Sache kann ich durchaus noch was reißen.«

»Das sehe ich genauso!« Eine helle Stimme unterbrach den Wortwechsel der Kollegen. Beide Männer sahen sich um. Hinter ihnen stand Volontärin Victoria, in der Hand einen Stapel Kopien.

»Vic? Hey, was treibst du heute so?« Ingo versuchte sich locker zu geben.

Die nordisch kühle Schönheit ignorierte ihn geflissentlich. Sie stellte sich dicht an Julians Seite, der nun erkannte, dass es sich bei den Kopien um Melanie Schmitz' Abstract handelte. Victoria schlug die letzte Seite auf und deutete auf die klein gedruckten Fußnoten.

Sie erläuterte: »Hier sind die Quellen, auf die sich Melanie in ihrer Arbeit beruft. Die meisten der zitierten Autoren sind über die ganze Welt verstreut, viele sind schon längst gestorben. Aber diese beiden …« Sie rückte ihre Brille zurecht. Dann nahm sie einen Textmarker zur Hand, wobei sie wie beiläufig Julians Arm streifte, und unterstrich zwei Namen. »An diese beiden Herren müsste man relativ leicht rankommen. Sie sind aus der Region und mit etwas Glück aufgeschlossen für ein Interview.«

»Gute Arbeit«, lobte Julian und erntete ein sonniges Lächeln von Vic.

»Du kannst es nicht lassen, was?«, fragte Ingo bärbeißig, wobei Julian nicht wusste, ob er das auf das Festhalten an seiner Recherche bezog oder an der augenfälligen Annäherung zwischen Vic und ihm.

»Nein«, gab er augenzwinkernd zurück. »Du kennst mich doch. Wenn ich einmal Blut geleckt habe, kann mich nichts bremsen.«

Julians Corvette, die röhrend die Einfahrt des Oberlandesgerichts passierte, erregte die Aufmerksamkeit einiger Passanten. Mit seinem flunderplatten Amischlitten erzeugte er wieder einmal ganz andere Emotionen als der Fahrer eines schnittigen Porsches, wohl ein Rechtsanwalt, der ihm entgegenkam. Nur wenige konnten sein Faible würdigen, das er pflegte, seitdem er bei einem USA-Aufenthalt 2005 eine geliehene Chevrolet Corvette über die schnurgeraden Highways des Mittleren Westens gejagt hatte. Was in den Vereinigten Staaten völlig normal war, blieb in Deutschland eine misstrauisch beäugte Exotik.

Während er eine Parklücke suchte, die breit genug für seinen Sportwagen war, dachte Julian daran, dass genau hier vor über sechzig Jahren viele weitere Kraftfahrzeuge amerikanischer

Bauart abgestellt worden waren. Zur Zeit des Internationalen Militärgerichtshofs musste der Vorhof des Gerichtsgebäudes von Amikutschen und -transportern übergequollen sein.

Der Ort der Verabredung, die er kurz zuvor telefonisch vereinbart hatte, konnte passender nicht sein. Nachdem er ein verschwenderisch mit Marmor bestücktes Treppenhaus durchquert und einige von kalkweißen Säulen flankierte Gänge durchschritten hatte, erreichte Julian den Schwurgerichtssaal 600. Er klopfte an die Flügeltür, obwohl er nicht davon ausging, dass gerade ein Prozess stattfand. Als sich drinnen nichts rührte, drückte er die Klinke herunter und trat ein.

Der holzvertäfelte Raum, der als Tagungsort der Nürnberger Prozesse weltweite Berühmtheit erlangt hatte, wirkte auf ihn enttäuschend klein. Er konnte sich nur schwer vorstellen, dass in dem fast quadratischen Gerichtssaal Dutzende Prozessbeteiligte, Wachleute und Pressevertreter Platz gefunden haben sollten, wusste er doch, dass heutzutage schon bei einem gewöhnlichen Verfahren der Raum fast aus allen Nähten platzte und die Zuschauerzahlen limitiert werden mussten. Die dunkle Farbgebung und die ebenfalls dunkelbraune, von zwei Kronleuchtern gezierte Holzdecke verstärkten den beengenden Eindruck. Ein überdimensioniertes Kreuz, an der Wand über dem Richtertisch angebracht, trug auch nicht gerade zur Auflockerung bei. Aber, so dachte Julian, dies sollte ja kein Raum zum Wohlfühlen sein.

»Kaum zu glauben, dass hier Geschichte geschrieben worden ist, nicht wahr?«, sagte eine dünne Fistelstimme, die einem kleinen grauhaarigen Mann von schmaler Statur gehörte. Er trug einen anthrazitfarbenen Anzug, der mit seinem breiten Revers ebenso aus der Mode gekommen war wie die zu kurz geratene, grün gesprenkelte Krawatte.

»Dr. Baumann?«, fragte Julian. »Ich bin Julian Heldt.«

»Sehr erfreut«, lächelte der ziegenbärtige Zwerg, um gleich darauf den Kopf zu schütteln. »Sie haben sich ja angekündigt. Eine eigenwillige Geschichte, der Sie da nachgehen. Wie, sagten Sie, hieß diese Studentin, auf die Sie sich bezogen?«

»Melanie Schmitz. Sie muss auch bei Ihnen gewesen sein für ihre Forschungen, erinnern Sie sich?«

»Wissen Sie, als Kurator habe ich jeden Tag mit so vielen Menschen zu tun, dass ich mir schwerlich jeden einzelnen merken kann. Außerdem bekommen wir Anfragen von Studenten und Schülern zuhauf.«

»Der Forschungsansatz von Frau Schmitz kreist vor allem um die Figur Hermann Göring.«

»Das sagten Sie ja bereits am Telefon.« Er winkte beinahe verächtlich ab. »Nur ein Teilaspekt des großen Theaters, das hier gespielt wurde.« Daraufhin breitete er seine Arme aus, hob den Blick und begann zu referieren: »Selbstverständlich bauten die Amerikaner 1945 den gesamten Justizpalast für den Prozess um. Der Architekt Dan Kiley, eigentlich ein Landschaftsplaner, schaffte es mithilfe lokaler Handwerker, aus dem teilweise zerstörten Gerichtsgebäude einen funktionierenden Bau mit allem Drum und Dran zu machen.« Dafür, erzählte Baumann, sei erst einmal ein Holzmodell angefertigt worden. An jedes Detail sei gedacht worden, an grüne Vorhänge ebenso wie an den passenden Teppichboden, den der Modelleur auf einem Pariser Flohmarkt erstanden hatte. Anschließend wurden die Pläne zügig umgesetzt.

Anschaulich beschrieb Baumann den damaligen Rahmen: An der Decke hingen anstelle der beiden Kristallkronleuchter große Lichtstrahler, weil die Fenster aus Sicherheitsgründen verhängt worden waren. Mehrere Wanddurchbrüche über und in der Holzverkleidung dienten als Einsichtsmöglichkeit für Reporter und Kameraleute.

»Die größte bauliche Veränderung war wohl die Installation einer Zuschauertribüne«, meinte Baumann. »Die ganze Rückwand des Saals wurde entfernt, um Platz dafür zu schaffen.«

Er berichtete vom enormen personellen und technischen Aufwand während der Prozesse: Über zweihundert Leute brachte allein Chefankläger Jackson mit, und an Bord eines amerikanischen Militärtransporters wurde eine Simultanübersetzungsanlage von IBM, eine Weltneuheit, mit fünfhundertfünfzig Kopfhörern eingeflogen. Und ein Aufzug mit drei Zellen verband den Tunnel zum Gefängnis direkt mit dem Gerichtssaal.

Baumann vollführte eine halbe Drehung, während er mit dem Zeigefinger deutend weitersprach. Seine Begeisterung für die Materie war ihm unschwer anzumerken: »Dort saßen die Angeklagten, ihnen gegenüber zweihundertfünfzig Journalisten aus aller Welt und noch einmal so viele Zuschauer. Und dort die vier Richter der Anklagenationen und ihre Stellvertreter. Die Amerikaner, Engländer und Franzosen müssen Sie sich in strengen Talaren vorstellen, die Russen aber in prächtigen Uniformen. Da hat so mancher neidisch dreingeschaut.«

Baumann ging einige Meter über den Parkettboden und blieb an der Brüstung der schlichten Besucherbänke stehen. Julian folgte ihm. »Nach Rückgabe des Saals 1961 ließ die Bayerische Justizverwaltung alle Umbauten beseitigen. Die Wände wurden wieder zugemauert, die Anklagebank deutlich verkleinert und der Richtertisch kehrte an die Stirnseite zurück. Heute sind nur die vier schmalen Fenster dort oben geblieben, die den Raum mit einem Ausstellungsbereich verbinden.«

Julian ließ die Atmosphäre des Raums und Baumanns Exkurs in die Vergangenheit auf sich wirken. Er schaltete sein digitales Aufnahmegerät ein und folgte dem Archivar zur

Anklagebank, wo beide auf recht unbequemen Stühlen mit kerzengerader Lehne Platz nahmen.

»An Göring sind Sie also interessiert«, sagte Baumann in leicht abfälligem Ton. »Ausgerechnet an Göring. Dabei könnte ich Ihnen über die anderen Delinquenten weitaus mehr erzählen. Streicher zum Beispiel, dieser wahnwitzige fränkische Judenhetzer …«

»Nein, es geht mir bei meiner Reportage tatsächlich nur um Hermann Göring«, definierte Julian klar sein Interessengebiet.

»Nun gut«, seufzte der betagte Gerichtshistoriker und begann vom Aufstieg und Fall des Angeklagten Nummer eins zu berichten. Von seiner Geburt in Rosenheim 1893, seiner Jugend auf der wildromantischen Burg Veldenstein, wo er sich als Ritter und Edelmann verkleidete, prahlerisch schon als Bub. Seine eigene Mutter wurde mit dem Ausspruch zitiert: »Er wird entweder ein großer Mann oder ein großer Verbrecher.« Es folgte eine steile Karriere in der preußischen Fliegertruppe. Im Ersten Weltkrieg brachte es der damals noch schlanke und schneidige Göring, wie es hieß, auf zweiundzwanzig Feindabschüsse. Dann der erste Bruch in der Vita: Wegen einer Verwundung behandelte man ihn zur Schmerzlinderung mit Morphium. Er wurde abhängig, kam aufgrund seiner Sucht in die geschlossene Abteilung einer psychiatrischen Klinik. Als er 1928 für die NSDAP in den Reichstag gewählt wurde, blieb die Sucht, so Baumann, Görings ständiger Begleiter.

»Er erwies sich als Steigbügelhalter für Hitlers rasanten Aufstieg, erklomm rasch die parteiinterne Karriereleiter und häufte die Ämter nur so an: Reichskommissar für das preußische Innenministerium, Reichsminister der Luftfahrt, Leiter des Vierjahresplans und, und, und.« Es folgten Krieg und Zerstörung, der Niedergang seiner angeblich unschlagbaren

Luftwaffe. Spätestens hier folgte der zweite Bruch im Lebenslauf. Denn, so meinte Baumann zu wissen, Göring hatte sich auf den dauerhaften Erhalt seiner Macht und seines wachsenden Reichtums eingestellt. Eine Niederlage war auch für ihn privat eine Katastrophe, der Weltenbrand konnte daher nicht in sein Konzept gehört haben. »Dennoch brach er über ihn herein mit all seinen verheerenden Folgen. Schließlich die Gefangennahme, Verurteilung und Tod durch Selbstmord.«

»Nicht so schnell, bitte«, bremste Julian den Schwung Baumanns, der offenbar ein intimer Kenner der Nazigeschichte war. »Gerade der letzte Abschnitt ist interessant für mich. Die Sache mit dem Selbstmord …«

»In der Tat ein prekärer Punkt«, pflichtete Baumann ihm bei. »Die Flucht in den Suizid passt eigentlich nicht zu einem Mann, der so vorbehaltlos von der eigenen Größe und Genialität überzeugt war. Aber man kann es sich doch erklären.«

»Wie denn?«

Baumann lächelte beinahe verschmitzt, als er erläuterte: »Göring war geblendet von sich selbst und für lange Zeit blind für die Realitäten. Doch letztlich, in der nüchternen Tristesse seiner Arrestzelle und unter Zwangsentzug vom Morphium, erkannte er das ganze Ausmaß des Unheils, zu dem er ja selbst maßgeblich beigetragen hatte. In dieser hoffnungslosen Situation setzte er dem eigenen, fatal verfehlten Lebensweg ein Ende.«

Julian öffnete seine Umhängetasche und entnahm ihr Melanies Göring-Papier. »Voll und ganz sind Sie von der Selbstmord-Variante aber nicht überzeugt, oder? Darf ich aus einem Memorandum zitieren, das Sie im Juli 1998 in der Zeitschrift *Geschichte aktuell* veröffentlicht haben? Dort gehen Sie dezidiert auf Görings Festnahme durch die Amerikaner ein und geben unter anderem die Aussage eines Zeitzeugen, eines Landwirts, wieder, der zufällig alles beobachtet hatte: ›Sie schüttelten sich die Hände. Die haben sich begrüßt wie alte Freunde. Es sah absolut nicht so aus, als ginge er in Gefangenschaft.‹ So verhält sich doch niemand, der seinen Gifttod plant.«

Der gnomenhafte Baumann förderte aus dem Inneren seines Jacketts eine Lesebrille zutage und sah sich die Passage an.

»Das ist aus dem Zusammenhang gerissen«, monierte er. »Man muss sich die vollständige Lage vor Augen führen. Hier geht es um ein Ereignis aus dem Mai 1945, als Göring den Amerikanern auf einer Landstraße in Österreich entgegenfuhr. Dazu muss man aber wissen, dass Göring sich bereits am 22. April nach einem Nervenzusammenbruch Hitlers gegen seinen Führer gestellt hatte und drauf und dran war, das marode Reich selbst zu übernehmen.« Hitler habe damals von Hochverrat gesprochen, den ungehorsamen Göring all seiner Ämter entheben und von der SS auf Burg Mauterndorf im Salzburger Land festsetzen lassen. Gefangen in dem Kastell, spann sich Göring Pläne für eine politische Karriere nach dem Krieg zusammen. Als er nach Hitlers Tod frei kam, war er felsenfest davon überzeugt, als Regierungschef mit Unterstützung der Alliierten ein neues Deutschland aufbauen zu können.«

»Tatsächlich? Das war mir nicht bekannt.«

»Ganz konkret plante er Waffenstillstandsverhandlungen mit dem Westen und sah sich bereits im Vier-Augen-Gespräch mit Dwight D. Eisenhower, von Oberbefehlshaber zu Oberbefehlshaber sozusagen«, wusste Baumann. Vor dem Hintergrund dieser Verblendung und völlig fehlgeleiteten Selbsteinschätzung sei die denkwürdige Begegnung vom 9. Mai zu werten: In seinem Dienstmercedes, einen Tross von siebzehn Lastwagen mit Gepäck hinter sich, fuhr Göring einem Spähtrupp der 36. US-Division entgegen, um als einzig legitimer Nachfolger Hitlers und Unterhändler mit der Militärführung ins Gespräch zu kommen. Auf der Biegung eines Feldweges bei Zell am See trafen sie aufeinander, schilderte Baumann anschaulich die denkwürdige Begegnung.

»Für die GIs muss es ein seltsamer Anblick gewesen sein. Der meistgesuchte Mann des Landes in Paradeuniform und goldverzierter Schirmmütze«, meinte Julian.

Baumann nickte. »Göring soll sogar noch ganz huldvoll seinen Marschallstab geschwungen haben. Die Soldaten, die wohl mit einem Feuergefecht gerechnet hatten, waren dermaßen perplex, dass sie mehr oder weniger tatenlos herumstanden. Und, ja, das ist wahr, der stellvertretende Kommandeur Robert J. Stack nahm Görings Handschlag an.«

»Zugegeben«, meinte Julian. »In diesem Kontext bekommt die ach so herzliche Begrüßung einen anderen Stellenwert. Aber – so viel weiß ich aus Melanie Schmitz' Abstract – es ging Göring in der Folgezeit auch nicht gerade schlecht.«

Baumann nickte unwillig. »Das stimmt und gibt gewisse Rätsel auf. Der Kommandeur hat Göring zunächst in einem herrschaftlichen Privathaus bei Kitzbühel untergebracht. Göring revanchierte sich, indem er abends eine große Party für die Sieger schmiss. Der Alkohol soll dabei in Strömen geflossen sein, Göring spielte auf seinem Akkordeon und war bester Laune. Erst tief in der Nacht fiel er sturzbetrunken ins Bett.«

Julian betrachtete forschend Baumanns faltiges Gesicht. »Mal ehrlich: Verhält sich so jemand, der damit rechnet, als Kriegsverbrecher am Galgen zu enden?«

Baumann begann abermals von Görings Verblendung und Selbstbetrug zu reden, doch Julian wollte es genau wissen: »Fest steht doch, dass Göring lange Zeit weitgehend unbehelligt blieb. Er durfte sogar Presseinterviews geben. Auch später, in der Gefangenschaft, ist es ihm verhältnismäßig gut gegangen, er genoss allerlei Privilegien, durfte viele seiner luxuriösen Habseligkeiten behalten. Oder stimmt es etwa nicht, was Melanie Schmitz in ihrem Bericht schreibt?«

»Doch, doch«, bestätigte der Kurator.

»Gut«, hakte Julian diesen Punkt ab. »Kommen wir also auf den Selbstmord zu sprechen. Trifft es zu, dass bis heute nicht klar ist, wie Göring an das Gift gekommen ist?«

Baumann straffte die schmalen Schultern und gewann an Souveränität zurück, als er antwortete: »Nein, der Ablauf ist sogar relativ transparent. Sehen Sie hier.« Er klappte seine Brieftasche auf und entnahm ihr einen Fotoprint, der einen bräunlichen, zylinderförmigen Gegenstand zeigte. Ein danebengelegtes Maßband gab Aufschluss über die Länge, etwa fünf Zentimeter. »Da ich bei Führungen oft danach gefragt werde, trage ich dieses Bild bei mir. Es zeigt die leere Hülle einer Giftkapsel, so wie sie die meisten Nazioberen besaßen. Eingeschlossen war sie in einem Schutzmantel aus Metall, der aus einer leeren Patronenhülse bestand. Wenn man den Verschluss aufdrehte, konnte man den Zylinder mit der Giftkanüle herausnehmen und das Glas zwischen die Zähne stecken. Biss man darauf, ergoss sich der Inhalt in die Mundhöhle. Der Tod trat für gewöhnlich eine Minute später ein. Auch Göring verfügte über eine solche Kapsel.«

»Wie kann das sein? Wurden die Zellen nicht gefilzt?«, wollte Julian wissen.

»Doch, selbstverständlich. Mehrmals täglich sogar. Bei jedem Freigang und sobald die Insassen ihr Quartier verließen, um auf der Anklagebank Platz zu nehmen.«

»Wie soll er es also angestellt haben?«, fragte Julian.

»Eine Weile ging das Gerücht um, Göring hätte einen GI bestochen, der die Kapsel in seine Zelle schmuggelte. Man weiß, dass Göring einige seiner Wertgegenstände im Austausch gegen Gefälligkeiten verschenkte. Auch seine Autogramme waren beliebt und wurden hoch gehandelt. Mittlerweile geht man aber davon aus, dass Göring die Kapsel bereits bei seiner Festsetzung mit sich führte und sie unter seiner Matratze verbarg«, erklärte Baumann. »Immer bevor er aus dem Raum ging, ließ er sie in den Schaft seiner Reiterstiefel rutschen, die er bei den Freigängen trug.«

»Mit anderen Worten, die Selbstmordthese ist gesichert«, bemühte sich Julian, Baumann festzunageln.

Der wiegte den Kopf. »Nun, wie die Arbeit von Frau Schmitz zeigt, kommen immer mal wieder Zweifel auf. Aber ich frage Sie: Weshalb sollte sich jemand die Mühe machen, Göring zu ermorden, wenn er tags darauf ohnehin am Galgen gelandet wäre?«

Darauf wusste Julian eine Antwort: »Mal angenommen, dass die zuvorkommende Behandlung Görings ihren Grund hatte. Womöglich schonte man ihn, weil es eine Art Übereinkunft gab – anständige Behandlung gegen Schweigen. Vielleicht wusste Göring etwas, das unter keinen Umständen an die Öffentlichkeit gelangen sollte. Und am Ende hatte man Angst, dass er das Schweigen kurz vor seiner Hinrichtung doch noch brechen würde.«

Baumann sah ihn nachdenklich an. Dann steckte er das Foto von der Giftkanüle wieder ein und klappte seine Brieftasche zu. »Sehr spekulativ«, meinte er. »Die Arbeit von Frau Schmitz zielt auf eine solche Folgerung ab, ja, aber halten Sie das für glaubhaft?« Baumann erhob sich. »Gibt es sonst noch etwas, das ich für Sie tun kann?«, leitete er das Ende der Unterhaltung ein.

»Nein, danke, Herr Dr. Baumann. Sie haben mir sehr geholfen.« Julian stand ebenfalls auf und schaute sich noch einmal in aller Ruhe in dem Raum um, den er nun mit anderen Augen sah. Selbst wenn die Erweiterung rückgebaut und das originale Mobiliar längst verschwunden war, meinte er noch den Hauch der Geschichte zu spüren, der den Schwurgerichtssaal 600 durchwehte. Julian ließ seine Blicke über die hohe Fensterfront gleiten, die dunkle Vertäfelung entlang und hinauf zur stuckverzierten Decke. Bei den schmalen Fenstern, die zur angrenzenden Ausstellung führten, hielt er inne.

»Von dort oben hat man wohl eine gute Übersicht«, meinte er und hob grüßend die Hand.

Baumann sah ihn fragend an. »Wem winken Sie?«

»Ach, bloß einem Ausstellungsbesucher, der sich wohl fragt, was wir hier machen«, meinte Julian.

»Die Dokumentation ist außerhalb der Öffnungszeiten nicht zugänglich. Sie müssen sich getäuscht haben: Da oben ist gewiss keiner.«

Julian schaute noch einmal hin, konnte jedoch niemanden mehr erkennen. Die Sichtfenster waren klein, zudem reflektierten die Scheiben das Licht.

Er wollte es genau wissen und schlug vor: »Können wir uns dort einmal umschauen?«

Baumann nickte nach kurzem Zögern und zog einen Schlüsselbund aus seiner Hosentasche.

Keine drei Minuten später schloss er die Tür auf, die zur Ausstellungsfläche im Dachgeschoss führte. Schräge Winkel, Balken und Gauben erzeugten einen eigenwilligen architektonischen Charme. Baumann schaltete die moderne LED-Beleuchtung ein, die eine Reihe von mannshohen Schautafeln in weißes Licht tauchte. Julian überflog die Überschriften einiger Begleittexte, sah Schwarz-Weiß-Fotos aus der Zeit um 1945 und ’46. Sein eigentliches Interesse aber galt den Sehschlitzen, die tatsächlich freie Sicht auf den Saal 600 gewährten. Er kam sich vor wie auf einem Logenplatz.

»Hier hat der Mann gestanden«, behauptete Julian, doch Dr. Baumanns Gesichtsausdruck drückte Zweifel aus.

»Wenn, dann kann es höchstens einer aus der Putzkolonne gewesen sein. Aber die kommen meistens am frühen Morgen oder späten Nachmittag.«

»Na ja, was soll's«, meinte Julian. »Ist ja nicht so wichtig.«

Dennoch verließ er das Oberlandesgericht mit einem seltsamen Gefühl.

8

Die Zweifel nagten an ihr wie Mäuse am Speck. Es fiel ihr heute unendlich schwer, den Weg zur Arbeit zurückzulegen. Man konnte es drehen und wenden, wie man wollte, Rechtfertigungen suchen und die Sache schönreden – was blieb, war die Tatsache, dass sie von jetzt an bestechlich war. Indem Margarete das Feuerzeug behalten und ihrer Mutter überlassen hatte, konnte sie dem Kriegsverbrecher Göring nicht mehr neutral und unbefangen gegenübertreten. Von nun an würde sie es bei jeder Begegnung im Hinterkopf haben, dass sie sich von ihm hatte schmieren lassen. Dass sie Gold angenommen hatte, an dem Blut klebte. Sie war korrupt.

Sie schämte sich vor sich selbst, als sie mit gesenktem Kopf die Fürther Straße entlangschlich. Übermächtig war ihr schlechtes Gewissen.

Das Dröhnen eines Motors, gefolgt von stakkatoartigem Hupen, riss sie aus ihren selbstkritischen Gedanken. Ein schmutziggrüner Jeep donnerte an ihr vorbei, besetzt mit fünf GIs, die ihr zuwinkten, einer pfiff auf zwei Fingern. »Fräulein!«, hörte sie die Männer rufen. »Sweet German Fräulein!« Lachend brausten sie davon und wirbelten den Staub von der schlaglochübersäten Straße auf.

Margarete blieb stehen und sah ihnen nach. Sie atmete tief durch, um neue Kräfte zu sammeln. Sie stand auf Höhe eines mehrstöckigen Wohnhauses. Seine Fassade war grau, voller Einschusslöcher. Vom Bröselputz schauten Stuckgötter auf sie herab, langhaarig und bärtig. Im Gesims brüteten Mauersegler. Doch im ersten Stock hingen frisch gestärkte Gardinen vor den Fenstern. Der pure Luxus, dachte sie. Ein Luxus, den auch sie begehrte und dem sie durch Görings Gabe ein kleines

Stückchen näher gekommen war. Dieser Gedanke minderte ihren Selbsthass etwas.

Sergeant Stringer wartete bereits auf sie. Seinen kurzen Blick auf die Armbanduhr deutete Margarete als dezenten Rüffel für ihre Verspätung. Ohne viele Worte machten sie sich auf den Weg in den Zellenblock.

Erst als sie die diversen Kontrollen hinter sich gelassen und den Gefängnistrakt erreicht hatten, eröffnete Stringer ihr, mit welchen Insassen sie es heute zu tun bekommen würden. Margaretes schlimmste Befürchtungen bestätigten sich: Natürlich musste Hermann Göring auf der Liste stehen.

Seine Zelle maß ganze zwei mal vier Meter, und doch gelang es Göring, sich in dem kargen Quartier darzustellen, als würde er Gäste in einer herrschaftlichen Villa willkommen heißen. Auch seinen Anzug, der durch sein rapides Abnehmen an Bauch und Beinen schlackerte, trug er heute mit Würde, das Haar hatte er mit Pomade glatt nach hinten gekämmt. Mit jovialer Geste begrüßte er zunächst Margarete, die sich sogleich in eine Ecke flüchtete und den Schreibblock wie einen Schutzschild vor sich hielt. Anschließend schüttelte er Stringer die Hand, bevor sich beide Männer einander gegenübersetzten. Seltsam, dachte Margarete, beim letzten Mal hatte sich Göring weitaus reservierter gegeben. Offenbar hatten sie einen guten Tag erwischt.

Göring schlug die Beine übereinander, lehnte sich zurück und verschränkte die Arme hinter dem Nacken. »Nun, Mr Stringer, wie kann ich Ihre Neugierde diesmal befriedigen?« Etwas Anzügliches lag in seinem Ton.

Stringer, der dies mit Sicherheit wahrnahm, ließ sich nicht die geringste Regung anmerken. In aller Ruhe platzierte er seine schweinslederne Aktentasche auf Görings Schreibtisch, holte seine Unterlagen heraus und studierte sie still. Das tat er so lange, bis Göring seine arrogante, aber auf die Dauer unbequeme Haltung aufgab, sich vorbeugte und die Hände in den Schoß legte.

Margarete beobachtete das Machtspiel der beiden, das vielen ihrer Gespräche vorausging, aus sicherer Distanz. Am liebsten hätte sie sich unsichtbar gemacht. Sie hoffte inständig, dass Göring sein Geschenk an sie nicht erwähnen und sie damit vor ihrem Chef bloßstellen würde.

Doch Göring schien sie glücklicherweise nicht zu beachten. Wie üblich arbeitete er an seinem Bild als weltmännischer Machtpolitiker, der mit hohen Einsätzen gespielt und verloren hatte und nun alles wie ein guter Sportsmann hinnahm. Schuldfragen tat er für gewöhnlich mit zynischen Bemerkungen ab, ohne sich auf inhaltliche Diskussionen einzulassen. Immer hatte er irgendwelche Erklärungen zur Hand, und von Gräueltaten wollte er ohnehin nichts gewusst haben.

Dabei pflegte er einen gesitteten Umgangston. Sein Humor war gewandt, und er nutzte ihn manipulativ. Ein so höflicher, liebenswürdiger Mensch konnte doch nichts Böses getan haben, sollte man denken. Aber diese Rolle spielte er nicht konsequent genug: Nie konnte er sein zwanghaftes Geltungsbedürfnis ganz unterdrücken. Mitunter kam auch seine cholerische Veranlagung zum Ausbruch.

Für Margarete bestand kein Zweifel daran: Göring machte ihnen etwas vor und würde nie alles preisgeben, was er wirklich dachte. Dennoch lehnte er die Gespräche mit Stringer nicht ab. Im Gegenteil – manchmal gewann Margarete den Eindruck, als hätte er sogar Spaß daran und würde sie genießen. Neulich etwa hatte Stringer einen seiner häufigen Intelligenztests durchgeführt, die der Gefängnisleitung Rückschlüsse auf die geistige und seelische Verfassung der Inhaftierten geben sollten. Er hatte Göring Rechenaufgaben gestellt, ziemlich harte Nüsse. Margarete, die eigentlich recht gut im Kopf rechnen konnte, war schon nach der dritten Aufgabe ausgestiegen, Göring aber machte eifrig weiter wie ein aufgeweckter, streberhafter Schuljunge. Und er grinste vor Vergnügen, als er Stringers Erstaunen darüber bemerkte, dass er sogar bei den schwierigsten Zahlenreihen das richtige Ergebnis lieferte. Er schwoll an vor Stolz.

Diesmal aber stieg Stringer weder mit Mathematik noch mit Small Talk ein, sondern kam unmittelbar auf den gestrigen Prozesstag zu sprechen, der den Angriffskrieg zum Thema gehabt hatte und Göring als einen der Hauptschuldigen brandmarkte. »Jetzt sieht alles etwas anders aus, nicht wahr?«, fragte Stringer sein Gegenüber direkt ins Gesicht, nachdem er Auszüge aus dem Protokoll zitiert hatte.

Göring mahlte mit den Backenzähnen, behielt sich aber im Griff. »Meinen Sie? Aber warum denn? Es war doch so komisch.« Wieder einmal zeigte er diese unverfrorene Zuversicht.

»Millionen von Toten, die auf Ihr Konto gehen, bezeichnen Sie als komisch?«, fragte Stringer, ohne jedoch einen Vorwurf zu erheben.

»Komisch im Sinne von durchschaubar. Die Justiz schlüpft gerade wieder in ihre alte Rolle als Vollstreckerin der politisch Mächtigen. Nur heißen sie jetzt anders.« Göring schwenkte die rechte Hand, als wolle er den Krieg einfach vom Tisch wischen. »Man wirft uns vor, einen Angriffskrieg angezettelt zu haben. Ich sage dazu: Ja, und? Nachdem die Vereinigten Staaten Kalifornien und halb Mexiko gierig verschlungen haben und sich niemand darum geschert hat – außer den Mexikanern natürlich – wird plötzlich territoriale Expansion zu einem Verbrechen erklärt? Lächerlich. So etwas geschieht seit Jahrhunderten und wird nach uns weiter geschehen. So ist die menschliche Natur. Schon in der Steinzeit schlugen sie sich mit Keulen die Schädel ein, und von denen stammen wir ab. Ich genauso wie Sie.«

Margarete schrieb Wort für Wort mit, während Stringer seine Augen unbeirrt auf Göring ruhen ließ. »Mit Keulen haben Sie sich nicht zufriedengegeben. Sie waren eine treibende Kraft der Aufrüstung und haben damit wissentlich den Versailler Vertrag gebrochen.«

»Wollen Sie jetzt etwa alles wiederholen, was die Anklage vorgebracht hat? Langweilig.« Doch Göring konnte sich nicht zurückhalten. Er hustete in seine Faust. Seine Stimme wurde lauter: »Selbstverständlich rüsteten wir auf! Bis an die Zähne! Mir tut nur leid, dass es nicht genug war. Ihre Verträge habe ich geachtet wie Klosettpapier. Ich wollte Deutschland wieder groß machen! Ich durfte nicht zulassen, dass wir das Nachsehen haben und sich die Welt an uns vorbei entwickelt.« Dann fing er sich, klang moderater: »Aber Sie können mir glauben, friedliche Mittel wären mir lieber gewesen. Ich wollte auch keinen Krieg. Gewiss nicht gegen England. Selbst gegen Russland wollte ich ihn nicht. Aber wir mussten angreifen, bevor sie es tun konnten, was spätestens 1943 oder '44 der Fall gewesen wäre.«

»Sie haben mit Ihrer Aufrüstung und Provokation als Kriegstreiber agiert. So sieht es das Gericht«, stellte Stringer fest.

»Ich war ja mit dem Aufbau der Luftwaffe beauftragt und habe kein Mädchenpensionat geleitet«, scherzte Göring. »Sie wollen meine Motive wissen, ist es das? Ich habe mitgemacht, weil ich ein Revolutionär bin. Von Revolution geredet haben ohnehin alle in den späten Zwanziger- und frühen Dreißigerjahren. Gehandelt haben aber nur die wenigsten. Was mir an der Nazipartei gefiel, war, dass sie als Einzige den Mumm hatte zu sagen: Zum Teufel mit Versailles!«

Das Gespräch begann sich im Kreis zu drehen: Stringer versuchte Göring aus der Reserve zu locken, dieser schien sich darauf einzulassen, aber nur so weit, dass er noch immer als glühender Patriot und Held seines Vaterlandes dastand, nicht jedoch als Kriegsverbrecher.

Eine gute Stunde später, Margarete hatte bereits den kompletten Block vollgeschrieben und nutzte nun die Rückseiten der Blätter, bemerkte sie, wie die Stimmung allmählich kippte. Während Stringer fast bewegungslos auf seinem Hocker saß und mit ruhiger Stimme eine Frage nach der nächsten stellte, schienen Görings Kräfte zu schwinden. Nervös und ungeduldig rieb er sich die Oberschenkel. Seine Antworten fielen knapper aus, der Ton wurde rauer.

»Ihr patriotischer Deckmantel wird Sie nicht davor bewahren, dass Sie das Gericht als Kriegstreiber entlarvt«, hielt Stringer ihm vor.

Das passte Göring gar nicht. Seine aggressive Seite kam zur Geltung, als er plötzlich aufstand, so ungestüm, dass sein Stuhl umkippte. Mit schlackernder Hose lief er auf seinen Filzpantoffeln durch die Zelle, wild gestikulierend, mit hasserfüllten Augen. »Sie mit Ihren Unterstellungen! Nichts als Gewäsch!«, wetterte er, und man ahnte, dass er einen so unbequemen Fragensteller in anderen Zeiten kurzerhand an die Wand hätte stellen lassen. »Als ob wir eine Wahl gehabt hätten. Sie haben ja keine Ahnung, wie es wirklich war, Sie elender Ignorant!«

Stringer hatte es also wieder einmal geschafft – Göring zeigte sein wahres Gesicht. Nun wurde es Zeit, die Unterredung zu beenden, ehe die Wachleute eingreifen mussten. Das wusste Margarete und drückte sich mit dem Rücken eng an die Zellenwand.

»Wir werden noch genügend Zeit vor der Urteilsverkündung haben, um uns weiter zu unterhalten«, sagte Stringer und stand ebenfalls auf. »Dann können Sie mir Ihre Sichtweise erklären.«

Göring funkelte ihn an. »Urteilsverkündung? Sie meinen das Todesurteil. Das berührt mich kein bisschen.« Er lachte abfällig. »Sie werden sehen, wer am Ende recht behält. Kleinkriegen werden die mich gewiss nicht. Denn ein Land hat nie eine gute Meinung von seinen Führern, wenn sie die Niederlage anerkennen.«

»Sie halten sich also für einen guten Führer?«

Göring erlangte seine Fassung zurück, als er selbstbewusst aufzählte: »Intelligenz, List und Schläue, sicherer Instinkt für die politische Gemengelage, die nötige Brutalität und eine Portion Glück. Das Handwerkszeug für einen guten Führer. Ja, das bringe ich mit.« Scharf, fast zischend fügte er hinzu: »Sie können mich vielleicht umbringen, aber imponieren können Sie mir nicht.«

Stringer ging nicht mehr darauf ein, sondern verabschiedete sich wortlos. Er wandte sich zur Tür. Margarete wollte ihm folgen. Doch bevor sie ihn erreichte, stellte sich Göring ihr in den Weg. Er kam ihr so nah, dass sie seinen säuerlichen Atem riechen konnte.

»Lassen Sie sich von dem nichts weismachen«, flüsterte er ihr ins Ohr, so leise und beiläufig, dass es weder Stringer noch der Wachmann an der Tür mitbekamen. Dann tätschelte er wie beiläufig ihre Taille, bevor er Margarete freigab und sie fluchtartig die Zelle verließ.

Draußen griff sie in die Tasche ihres Kittels. Ihr Herz pochte kräftig, als sie darin einen länglichen, kühlen Gegenstand ertastete.

Erst Stunden später, auf dem Heimweg, traute sie sich, ihn aus der Tasche zu nehmen. Es war eine Krawattennadel. Wieder aus Gold. Das Hakenkreuz als aufgesetzte Emaillebrosche.

Nach kurzem Aufenthalt zu Hause machte sich Margarete auf den Weg in die Südstadt. Ihre beiden Schätze, das goldene Feuerzeug und die Krawattennadel, hielt sie in der Seitentasche ihrer Jacke verborgen. Zur Sicherheit ruhte ihre rechte Hand darauf.

Sie war unterwegs zu einem der zahlreichen Schwarzmärkte, die in Nürnberg ebenso wuchsen und gediehen wie wohl in jeder anderen schwer kriegsgeschädigten Stadt. Am Aufseßplatz, so hatte sie gehört, sollten sich Spezialisten für handwerkliche Arbeiten aufhalten. Schreiner, Klempner und Elektriker, die für eine entsprechende Gegenleistung ihre Dienste anboten und auch das notwendige Material besorgen konnten.

Die Südstadt, in die es Margarete nur sehr selten verschlug, schien ihr noch stärker verwüstet zu sein als der Norden. Nicht verwunderlich, beherbergten die Stadtteile südlich des Hauptbahnhofs doch die großen Industrieanlagen, in denen bis fast zuletzt Rüstungsgüter produziert worden waren. Die eigentlichen Leidtragenden der Bombardements fand man aber in der Zivilbevölkerung: Die Wohnblocks der Arbeiterfamilien lagen in Schutt und Asche.

Verstohlen beobachtete Margarete eine Frau im ersten Stock eines Hauses. Sie stand in einer Küche, die nur noch drei Wände besaß, und winkte ihrem Mann nach, der mit einer Aktentasche in der Hand eine Holzleiter hinab in den Hof stieg. Einen Block weiter sah sie drei Kinder, zwei Buben und ein Mädchen, die mit ihrer Katzenwäsche an einer zerbeulten Blechbadewanne beschäftigt waren. Jeder konnte ihnen zusehen, die komplette Front ihres Hauses fehlte.

Leben in Ruinen: überall Steinstaub, Mauern drohten einzustürzen und unter den Schuttbergen lauerten Blindgänger. Doch, dachte Margarete, selbst solche Behausungen waren besser als nichts, denn weit über die Hälfte aller Wohnungen in der Stadt waren komplett zerstört worden.

Auch der Aufseßplatz war schwer in Mitleidenschaft gezogen worden. Margarete erinnerte sich an das schöne grüne Fleckchen inmitten der Großstadt, an einen Brunnen mit verspielten Figuren und das hübsche Ensemble der anliegenden Häuser, die Fassaden aus rotgelbem Burgsandstein, mit zahlreichen Erkern, Türmchen und bronzenen Wetterhähnen geschmückt, die sich einen Wettstreit an Größe und Höhe zu liefern schienen.

Von all dem war wenig geblieben. Und anstelle der sorglosen Familien und Spaziergänger mit ihren Hunden, die man früher hier angetroffen hatte, sah sie sich umgeben von zerlumpten Gestalten mit misstrauischen Gesichtern. Darunter die Kippensammler, inzwischen ein vertrauter Anblick: Männer, Frauen und oft auch Kinder, die den Blick stets nach unten richteten, allzeit bereit, sich zu bücken und einen Zigarettenstummel aufzulesen. Denn, so hieß es, hatte man sieben Stummel gefunden, ließ sich aus dem Resttabak eine neue Zigarette drehen. Und das war gleichbedeutend mit Bargeld, denn Zigaretten galten als die eigentliche Währung, seit für die Reichsmark fast nichts mehr zu bekommen war.

Doch Margarete suchte nach anderen Typen, solchen, die sich an einen Mauervorsprung oder Zaun lehnten, die gelangweilt taten, in Wahrheit aber hellwach und aufmerksam auf Kundschaft lauerten. Offen konnten sie nicht zeigen, dass sie sich als Hehler, Schieber und Schwarzhändler verdingten, denn jederzeit drohten Razzien der Militärpolizei. Entsprechend vorsichtig musste auch Margarete bei ihrer Suche und Auswahl vorgehen.

Schließlich, nach längerem Zögern, entschied sie sich für einen jungen Mann, der in einem viel zu weiten, fleckigen Anzug steckte und einen ebenfalls um mindestens zwei Nummern zu großen Hut trug. Unter dem Anzug lugte das eingefärbte Hemd einer alten HJ-Uniform hervor. Die Hose wurde von einem selbst gemachten Gürtel aus Hanf zusammengehalten. Der Mann machte einen freundlichen Eindruck, und so wagte es Margarete, ihn anzusprechen:

»Unser Dach ist leck, ich suche jemanden, der uns helfen kann.«

Der Mann taxierte sie, zog wohl Rückschlüsse aus ihrer einfachen Kleidung und schüttelte den Kopf. »Nichts zu machen. Ausgebucht.«

Margarete sah sich nach allen Seiten um und ließ dann kurz das Gold des Feuerzeugs in ihrer Hand aufblitzen.

Der Mann machte große Augen. »Donnerwetter!«, rief er aus, merkte, dass er viel zu laut gesprochen hatte, und hielt sich die Hand vor den Mund. »Ist das etwa echt?«, presste er heraus.

Margarete nickte und trat sicherheitshalber einen Schritt zurück. »Können Sie uns also helfen?«, fragte sie erneut.

Ihr Gegenüber ließ seine Hand langsam wieder sinken. »Ich bin Maler, aber mein Kumpel ist Dachdecker. Der lernt mich schnell an, und die Bezahlung reicht ja locker für uns zwei.«

»Wann kommen Sie vorbei und schauen es sich an?«

Der Mann zog einen halben Bierdeckel aus seiner Hosentasche, dazu den winzigen Stummel eines Bleistiftes. »Nehmen Sie. Schreiben Sie Ihre Adresse auf. Wir haben diese Woche noch zu tun. Aber kommende Woche. Ganz bestimmt!« Während Margarete schrieb, sagte er noch: »Geben Sie es nicht weg bis dahin. Wir sind zuverlässig, Sie finden keine besseren Handwerker in der Stadt. Ehrenwort!«

Margarete sah zu ihm auf und lächelte. Bald wäre eines ihrer großen Probleme, die ständige Nässe in der Wohnung, beseitigt. Und für den Moment gelang es ihr zu vergessen, wem sie diese Hilfe zu verdanken hatte.

9

Langsam klickte sich Julian durch die Bildergalerie auf seinem Smartphone, die Lea in allen möglichen Lebenslagen zeigte. Er liebte diese Frau, die für ihn so vieles verkörperte: Beruflich war sie seine Sparringspartnerin der Show, seine unerschöpfliche Inspirationsquelle und nimmermüde Kritikerin. Privat sein Ruhepol, der Sonnenschein in seinem Herzen und seine Geliebte. Ihre Liaison, die seit immerhin vier Jahren anhielt, betrachteten beide als ausfüllend und befriedigend, gleichzeitig als unverbindlich. So jedenfalls die offizielle Lesart, denn keiner von beiden wollte den entscheidenden Schritt tun und sich auf Dauer festlegen. Das Wort »heiraten« war bisher nicht gefallen, auch von Leas Seite nicht, und das war kein Verzicht Julian zuliebe, wie Ingo immer wieder mal zu unterstellen versuchte. Nein, sie schätzten beide ihre Freiheit.

Und doch … Während Julian die Fotos ansah und die Welt um sich herum zu vergessen begann, sehnte er Lea so sehr herbei wie schon lange nicht mehr. Ihre Karrierepläne in Ehren, aber standen ihr jeweiliger Egoismus und der Zwang, sich ausleben zu wollen, nicht tatsächlich einer gemeinsamen Zukunft im Wege?

Julian, der auf der hintersten Bank auf der Terrasse der Bäckereifiliale saß, war viel zu tief in seinen Überlegungen versunken, um zu bemerken, wie Ingo das Rundfunkhaus verließ und geradewegs auf ihn zusteuerte.

»Das Übliche? Schmachtest du ihr nach?«, erkundigte er sich nach einem Blick über Julians Schulter.

Julian klappte rasch die Schutzhülle seines Handys zu. »Ist meine Angelegenheit.«

Ingo zupfte sich ein Stück von dem Croissant ab, das sich Julian zu seinem Café au lait bestellt hatte. »Weißt du, an was mich eure Beziehung erinnert?«

»Nein, woran?«

»An die chinesische Tröpfchenfolter – es geht quälend langsam voran. Ich glaube, bis ihr mal Nägel mit Köpfen macht, seid ihr längst im Seniorenstift.«

»Traust du uns etwa ein Spießerleben im Eigenheim zu? Wir haben es nicht eilig und genießen unsere Unabhängigkeit«, erwiderte Julian stur.

»Du genießt? So schaust du aber nicht aus. Du hockst hier mit hängenden Schultern und Miesepetergesicht, obwohl es dir blendend geht. Du hast einen gut bezahlten Job, kannst deine Freiheit ausleben, ohne eine Familie an der Backe zu haben oder pflegebedürftige Angehörige. Von Schicksalsschlägen keine Spur. Du fährst einen Angeberschlitten, hast ne schicke Stadtwohnung. Noch dazu bist du gesund und fit. Was willst du mehr? Ein bisschen Trennungsschmerz und Liebeskummer wird dich nicht umbringen.«

»Darum geht es nicht.«

»Worum dann?« Als keine Antwort kam, tat Ingo ungefragt seine Meinung kund: »Hand aufs Herz, eure Beziehung leidet doch an deiner chronischen Unentschlossenheit. Lea würde sicher auch gern wissen, woran sie bei dir ist. Aber du willst dich nicht festlegen, und dafür zeigt sie dir jetzt die kalte Schulter.« Er tunkte die Spitze des Hörnchens in Julians Kaffee und aß es auf. »Das kann auf die Dauer nicht gut gehen. So frei eine Frau auch sein mag, irgendwann klebt ihr der Ruf der Verschmähten wie Scheiße am Hacken. Hinter vorgehaltener Hand wissen es alle anderen besser und meinen, die hat keinen abgekriegt.«

»Ich glaube nicht, dass es ausgerechnet Lea so nötig hat«, widersprach Julian.

»Damit machst du es dir leicht, weil du gar nicht imstande bist zu einer echten Bindung. Dir trieft die Freiheit aus jeder

Pore. Du willst ungestört deine Bahnen ziehen, ohne Pflicht und Verantwortung.«

Zugegeben, dachte Julian, da war etwas dran: Er fand es schon immer herrlich, allein zu leben. Er konnte schlafen und schweigen, wann ihm danach war. Er musste niemandem zuliebe Dinge tun, die er eigentlich nicht wollte. Er durfte sich gehen lassen. Manchmal wünschte er es sich vielleicht anders, aber die Vorteile überwogen. Wie selbstverständlich ging er davon aus, Lea würde genauso denken.

»Es ist immer das Gleiche mit dir.« Ingo war noch nicht fertig. »Sieh dir deine Göring-Reportage an: Mal bist du mit Feuereifer dabei, dann überkommen dich bei den ersten Schwierigkeiten Zweifel. Ein ewiges Hin und Her. Nur bloß nicht festlegen.«

»Das kommt ja wohl nicht von ungefähr!«, protestierte Julian und brachte seinen Milchkaffee vor dem Kollegen in Sicherheit. »Wenn einem in der Redaktion ein derart starker Wind entgegenbläst, ist es nicht leicht, am Ball zu bleiben. Das weißt du selbst am besten.«

Ingo wedelte mit seinem kurzen, dicken Zeigefinger. »Wälz deinen Wankelmut nicht auf mich oder die Redaktion ab. Wenn du den Anspruch hast, ein großer Reporter zu sein, musst du auch wie einer agieren. Der perfekte Journalist muss ein Held sein, dessen kompromisslose Wahrheitssuche bis zur Selbstzerstörung reicht.«

Julian sah ihn scheel an. »Willst du mich auf den Arm nehmen?«

»Vielleicht. Ein bisschen. Aber sieh es als Ansporn.«

Julian verzog den Mund. »Hör mal, Ingo. Selbst wenn du mir das wieder als Unentschlossenheit auslegst, aber ich spiele tatsächlich mit dem Gedanken, die Sache hinzuschmeißen. Dafür gibt es gute Gründe.«

»Ein Grund heißt Lea. Du würdest dir am liebsten ein paar Tage nehmen und zu ihr fahren. Das wäre aber total verfehlt. Du würdest ihr in Köln auf die Nerven gehen und wärst für sie ein Klotz am Bein. Mach das bloß nicht! Regel die Sache, wenn sie wieder hier ist.«

»Aber der zweite Grund ...« Julian berichtete von seinem Besuch im Schwurgerichtssaal 600 und dem unheimlichen Beobachter.

Damit löste er bei Ingo bloß Häme aus: »Was denn? Der stadtbekannte Starmoderator Julian Heldt hat Angst vor Gespenstern? Ist doch lächerlich. Da hat dir deine Fantasie einen Streich gespielt. Und selbst wenn dich jemand verfolgt und dir übel will: Kein Mensch bleibt ewig unversehrt, schon gar nicht ein Journalist, der seine Arbeit ernst nimmt.« Der sonst so behäbige Ingo wurde geradezu leidenschaftlich, als er erklärte: »Denk an das, was du mal auf der Journalistenschule gelernt hast! Du darfst dich nicht ablenken lassen, musst es absolut korrekt hinkriegen, und wenn du die Dinge auf das runterbrichst, was tatsächlich passiert ist, hast du deine Story: ungeschminkt und unzensiert.«

»Sag mal: Hast du heute früh zu viel Kaffee getrunken, oder warum bist du so aufgedreht? Neulich erst hast du mir geraten, ich soll die Finger von der Sache lassen, und jetzt willst du das Gegenteil. – Meinst du ernsthaft, ich muss am Ball bleiben?«

»Unbedingt! Nachdem wir mittlerweile so viel Grips und Zeit reingesteckt haben, wäre es eine Sünde aufzugeben.« Ingo zog den Kopf ein, als er hinzufügte: »Das sage ich natürlich nur so lange, wie mir selbst keine unheimliche Schattengestalt begegnet.«

»Sehr witzig«, moserte Julian.

»Wen oder was wirst du dir als Nächstes vorknöpfen?«, hakte Ingo nach.

»Professor Hufnagel. Er ist der Zweite auf Vics Liste. Melanie Schmitz hat ihn mehrfach zitiert. Wir kennen zwar nur einen Teil ihrer Arbeit, aber dieser Hufnagel scheint eine der maßgeblichen Quellen gewesen zu sein.«

Ingo nahm diese Ankündigung zum Anlass für weitere gut gemeinte Ratschläge. Er war kaum zu bremsen; vielleicht hatte er tatsächlich zu viel Koffein intus. Doch Julian hörte nur mit halbem Ohr zu. Denn an der nahegelegenen Ampel hielt hinter einem Lieferwagen ein lindgrüner Peugeot, dessen Seitenfenster heruntergelassen waren. Laute Musik schallte aus dem Kleinwagen und erregte Julians Aufmerksamkeit.

Er sah einmal hin, noch einmal – dann schob er das Tischchen beiseite und stand auf.

»Was …?« Ingo sah ihn irritiert an.

Julian verließ die Terrasse und ging zielstrebig auf die Straße zu, auf der das Rotlicht den Verkehrsfluss gestoppt hatte. Mit jedem Schritt, den er auf den Peugeot zuging, schwanden seine Zweifel: Hinterm Steuer saß die falsche Melanie Schmitz!

Keine zwei Meter mehr bis zu dem Wagen. Julian war sich nun absolut sicher. Genau diese Frau war es gewesen, die ihn vor der Tür der Studentin abgefertigt und fortgeschickt hatte. Die würde er sich schnappen und ein Wörtchen mit ihr reden!

Nur noch ein Augenzwinkern trennte ihn von dem Auto, als die Ampel auf Grün umsprang. Die Peugeot-Fahrerin gab sofort Gas. Sie scherte aus, überholte den Kleinlaster und riskierte damit einen Beinahezusammenstoß mit dem Gegenverkehr. Wütendes Hupen ertönte aus verschiedenen Richtungen. Ehe Julian es sich versah, brauste sie davon.

»Verdammt!«, brüllte er nach einem kurzen, chancenlosen Sprint hinter dem Wagen her.

»Wer war das?«, fragte Ingo, der kurz darauf schwer atmend neben Julian auftauchte.

»Das Mädel aus Melanie Schmitz' Wohnung.«

»Hast du die Autonummer?«

»Nein«, knurrte Julian und ärgerte sich über die eigene Nachlässigkeit. Er hatte lediglich auf das Gesicht der Frau geachtet, nicht auf das Kennzeichen.

10

Sergeant Stringer hatte sich zurückgezogen, um die Aufzeichnungen seiner letzten Gespräche durchzugehen und zu katalogisieren. Für Margarete blieb daher heute nicht viel zu tun. Doch schon kurz nach Dienstbeginn ergab sich für sie eine seltene Gelegenheit: Eine Kollegin aus dem medizinischen Dienst, die während der Prozesse mit einem Notdiensttrupp parat stehen musste, klagte über Unterleibsschmerzen und bat darum, heimgeschickt zu werden. Ihr Chef, ein klobiger Mediziner namens Dr. Bronka, wahrscheinlich Chirurg, verpflichtete kurzerhand Margarete, die ihr Erste-Hilfe-Wissen erst kürzlich aufgefrischt hatte. So bekam sie unversehens Zugang zu einer der gerichtlichen Befragungen im Saal 600, den sie mit vor Ehrfurcht weichen Knien betrat.

Ihr kleiner Trupp wurde von einer aufgescheuchten Menge Fotografen vor sich hergetrieben, die durch die breite Flügeltür strömten, kaum dass sie von den Wachposten freigegeben worden war. Statt sich auf die Journalistenempore zu beschränken, bahnten sich die Vertreter der Weltpresse ihren Weg möglichst weit vor bis zu den Bänken, auf denen die Angeklagten saßen. Von den ermahnenden Rufen der Ordner ließen sich die Presseleute nicht bändigen. Erst als einige Wachsoldaten, die durch ihre weißen Helme und Armbinden auffielen, drohend zu ihren Gummiknüppeln griffen, ließ sich die Meute in die Schranken weisen.

Ruhe aber kehrte noch immer nicht ein. Margarete hatte den Eindruck, sich in einem Bienenstock aufzuhalten, so viele Menschen liefen auf engstem Raum kreuz und quer durcheinander. Der relativ kleine Saal schien von drängelnden Körpern überzuquellen, die Luft wurde schnell warm und stickig.

Sir Geoffrey Lawrence, einer der beiden von Großbritannien entsandten Richter, schwang seinen Hammer, um den Beginn des Prozesstages einzuläuten, doch es dauerte noch über eine Viertelstunde, bis ein jeder seinen Platz gefunden hatte. Margarete selbst lehnte zusammen mit ihren Kollegen an einer Wand, sodass sie nur einen Teil der Anklagebank einsehen konnte.

Dieser Anblick reichte ihr vollkommen. Ihr schauderte bei dem Gedanken, dass hier diejenigen versammelt waren, die durch ihre uferlose Kriegstreiberei den Untergang ihres Vaterlandes heraufbeschworen hatten.

Einer der amerikanischen Ankläger, der Margarete namentlich nicht bekannt war, meldete sich zu Wort und befragte zunächst drei Häftlinge der zweiten Garde. Er führte sein Verhör in Englisch, sodass Margarete nicht viel davon verstand. Doch soweit sie den spärlichen Antworten der Delinquenten entnehmen konnte, ging es um Politik. Nach Verantwortlichkeiten wurde gefragt, nach den Instrumentarien, mit deren Hilfe systematisch die Demokratie ausgehebelt und die Bürgerrechte untergraben worden waren.

Sie versuchte sich auf die wenigen Satzfetzen, die sie übersetzen konnte, zu konzentrieren, als Dr. Bronka sie derb am Oberarm fasste.

»Interessiert Sie das, was die reden?«, fragte er mit Bassstimme. »Da drüben an der Reporterbank ist ein Kopfhörer übrig. Schnappen Sie ihn sich, dann hören Sie die Fragen auf Deutsch.«

»Ich kann doch nicht …« Margarete traute sich nicht, doch Bronka versetzte ihr einen ermutigenden Klaps auf die Schulter, der sie die zwei Meter bis zur Pressetribüne beinahe fliegen ließ.

Margarete nickte dem dicht neben ihr sitzenden Reporter, einem Bärtigen in braunem Cordanzug, schüchtern zu. Der

Mann nahm kaum Notiz von ihr. Vorsichtig hob sie den Kopfhörer an, der viel schwerer war, als sie erwartet hatte. Umständlich legte sie den metallenen Bügel über ihren Kopf, um den Worten des Übersetzers zu lauschen.

Gerade rechtzeitig, denn als Nächsten nahm sich der Ankläger Hermann Göring vor. Dieser, in eine graue Armeejacke mit glänzenden Messingknöpfen und Schulterklappen gekleidet, stützte sein Kinn auf den gefalteten Händen ab und tat, als würde ihn der ganze Wirbel um ihn herum nichts angehen. Er wirkte unendlich gelangweilt.

»Sie sind sich im Klaren, dass Sie der einzige lebende Mensch aus der höchsten Führungsebene sind, der uns die wahren Ziele der nationalsozialistischen Partei erklären kann«, ging der Staatsanwalt sogleich in die Vollen. Margarete reimte sich zusammen, dass die heutige Befragung auf den vielen Verhören der zurückliegenden Prozesstage aufbaute und er die Einstiegsfloskeln daher übersprang.

»Darüber bin ich mir im Klaren«, antwortete Göring in seinem typischen Duktus mit stark betonten Vokalen und gerolltem R.

»Sie haben von Anfang an die Absicht gehabt, die Weimarer Republik umzustürzen?«

»Das war unser fester Entschluss, ja.« Göring nahm kein Blatt vor den Mund. »Darin bestand die einzige Möglichkeit, uns von der Last des Versailler Diktats zu befreien.«

»Erläutern Sie das.«

»Das habe ich bereits mehrfach getan. In den Verhören und bei verschiedenen Interviews …«

»Wiederholen Sie Ihre Ausführungen!«

Göring lehnte sich zurück, verschränkte die Arme vor der Brust und leierte seine Begründung herunter, als handele es sich um einen auswendig gelernten Pflichttext: »Dieser Vertrag wurde dem wehrlosen Reich nach dem Krieg aufgezwungen. Deutschland sollte im Osten wie im Westen große Gebiete an die Allianz abtreten, mehr als siebzigtausend Quadratkilometer mit zehn Prozent seiner Einwohner. Dem Reich wurden erdrückend hohe Reparationen auferlegt, und wir sollten die alleinige Verantwortung für den Krieg übernehmen. Eine Verhöhnung des deutschen Volkes.«

»Erläutern Sie Ihre Einstellung.«

»Niemals zuvor hatte sich ein unterlegenes Land verpflichten müssen, alle – ich sage es noch einmal: *alle* Schäden eines Krieges zu begleichen. Das Vertragswerk hierzu war kleinlich, gemein und inakzeptabel, und Ihre willkürliche Grenzziehung hat dem Völkerrecht widersprochen. Mit diesem Vertrag haben Sie ein ganzes Reich in Fesseln gelegt.«

»Wie sahen dagegen Ihre Vorstellungen von einer Neuordnung des Kontinents nach der Katastrophe von 1918 aus?«

»Anstelle der labilen multinationalen Machtblöcke, die seit Jahrhunderten ständig auf der Suche nach einer Balance waren und immer neue Kriege produzierten, hätten wir für stabile Verhältnisse gesorgt. Mit Deutschland als kontinentalem Platzhirsch und selbstverständlich Anspruch auf weitere deutsche Gebiete.«

Unruhiges Murmeln erfüllte die Zuschauerränge.

Der Staatsanwalt ließ sich davon nicht beirren und trug in sachlich trockenem Tonfall die nächste Frage vor. »Kommen wir zurück in die Zeit nach 1933: Sobald Sie also an der Macht waren, haben Sie sofort die parlamentarische Regierung abgeschafft.«

»Diese war nicht mehr notwendig für uns.«

Seine Antwort löste ein Raunen in den Zuhörerrängen aus, einige der Anwesenden lachten sogar ob dieser Unverfrorenheit. Doch Margarete wusste, dass Göring keinen Scherz gemacht hatte, sondern es bitterernst meinte.

»Sie haben die Demokratie ausgehebelt und Ihr eigenes Volk zugunsten des Führerprinzips mundtot gemacht«, stellte der Ankläger fest.

»Wir strebten eine Welt an, die frei ist«, behauptete Göring.

»Frei – wovon?«

»Von der Freiheit! Denn Freiheit ist die größte Lüge des Lebens. Die Menschheit verlangt es nach Unterwerfung. Das ist ihre natürliche Haltung.«

Buhrufe ertönten, woraufhin der Richter energisch mit seinem Hammer klopfte.

»Erläutern Sie das.«

»Freiheit bringt nicht Lebensfreude, sondern führt zu Gezänk um die Macht. Die Bestimmung des Volkes ist es, beherrscht zu werden.«

»Sie bestätigen damit, Ihr eigenes Volk gezielt und beabsichtigt entmündigt zu haben.«

Diesmal widersprach Göring. »Das ist nicht richtig. Wir haben die Bevölkerung wiederholt dazu aufgerufen, sich von Zeit zu Zeit zu unserem Vorgehen und unseren Plänen zu äußern. Nur auf einem anderen Wege, als das vielleicht in anderen Staaten der Fall ist. Wir stießen jedes Mal auf Zustimmung. Denn der Zustand, wie er vorher herrschte, hatte Deutschland an den Rand des Verderbens geführt.«

Diesmal erklangen weder Buhrufe noch Lacher. Es blieb gespenstisch still. Der Ankläger vertiefte sich einige Momente in seine Unterlagen, bevor er die nächste Frage anbrachte: »Sowie Sie die Macht erlangt hatten, hielten Sie es für notwendig, Konzentrationslager zu errichten. Wie verträgt sich das mit Ihrer Version von Demokratie? Drückt sich hierin nicht vielmehr Repression aus?«

»Ihre Frage ist nicht richtig gestellt oder nicht korrekt übersetzt. Ich habe nie von Demokratie gesprochen. Wir regierten nach dem Führerprinzip und haben die Meinung der Bevölkerung durch Volksentscheide eingeholt.«

Das ist Wortklauberei, dachte Margarete, die die Jahre nach 1933 de facto als Diktatur erlebt hatte. Von echter Mitbestimmung konnte nie die Rede gewesen sein.

Auch der Staatsanwalt schien dieser Ansicht zu sein, denn er forderte: »Beantworten Sie meine Frage.«

Göring lehnte sich noch weiter in seinem Stuhl zurück. Eine überhebliche Geste angesichts der Lage, in der er sich befand. »Es wurde notwendig, diese Lager zu bauen, denn die Gefängnisse reichten nicht aus, um die Vielzahl an Anarchisten unterzubringen«, sagte er nun unverblümt und löste abermaliges Getuschel aus.

»War es für die Erhaltung Ihres Systems auch notwendig, diesen Leuten das Recht auf ein Gerichtsverfahren zu nehmen, und war deshalb Ihre Geheime Staatspolizei, kurz: GeStaPo, einer gerichtlichen Überprüfung nicht unterworfen?«

»Ich habe nicht richtig verstanden. Die Übersetzung ist fehlerhaft«, stellte Göring trocken fest.

Die Frage wurde wiederholt, wobei sich Margarete fragte, ob Göring dadurch in Wahrheit nur Zeit schinden wollte, um sich eine plausible Antwort zurechtzulegen.

Er hörte zu, nickte leicht und sagte gelassen: »Diejenigen, von denen man aktive Handlungen gegen die neue Staatsform erwarten musste, wurden in Schutzhaft genommen. Diese konnte nicht durch irgendein Gericht aufgehoben werden. Unsere Methoden den politischen Gegebenheiten anzupassen, war die Voraussetzung für unseren Erfolg. Insofern kann ich Ihre Fragen mit Ja beantworten.«

»Sie gingen aber noch weiter und brachten unliebsame Personen ums Leben. Das taten Sie nicht mit bloßen Händen, sondern verfügten über entsprechende Organisationen.«

»Selbstverständlich verfügten wir über eine Exekutive. Wie das jeder andere Staat auch tut. Ob sie nun Secret Service heißt oder wie auch immer.«

Der Ankläger verschärfte den Ton: »SS, SA und der SD – diese Organisationen waren es, die die Befehle durchführten und die Menschen körperlich erledigten. In vielen Fällen auf Ihren persönlichen Befehl hin, nicht wahr?«

»Auf die SS hatte ich keinen Einfluss. Und die SA hat niemals den Befehl bekommen, irgendjemanden zu töten. Ich weiß von einigen Exekutionen beim Röhm-Putsch, die von der Polizei vollzogen wurden, also durch das Staatsorgan.«

Das klang in Margaretes Ohren angesichts der Tatsachen, die mittlerweile bekannt geworden waren, wenig glaubwürdig. Göring spielte alles herunter, und dass er sich ausgerechnet auf den lange zurückliegenden Röhm-Putsch bezog, verstärkte diesen Eindruck. Geriet Göring doch noch ins Schwimmen, fragte sich Margarete und war gespannt, wie sich das Verhör weiter entwickeln würde.

»Glauben Sie, dass eine Regierung nach dem Führerprinzip die einzig mögliche politische Form ist, um Deutschland unter den gegenwärtigen Verhältnissen zu verwalten?«, fragte der Staatsanwalt.

Göring, sichtlich erleichtert über den Themenwechsel, antwortete ohne jedes Zögern: »Sie ist meiner Meinung nach die einzig wirksame Form und hat auch gezeigt, dass sie Deutschland aus seinem tiefen Elend mit hoher Arbeitslosigkeit wieder zur Blüte bringen konnte.«

Eine kurze Blütezeit, dachte sich Margarete in Kenntnis der wahren Verhältnisse. Noch dazu blühte das Nazigewächs auf Kosten Tausender Zwangsarbeiter, durch die Bereicherung an jüdischem Besitz und eine Hochrüstung, die geradewegs in den Weltkrieg geführt hatte.

Wenig später kam genau dies zur Sprache, woraufhin Göring ungerührt meinte: »Als guter Deutscher habe ich mich für die Aufrüstung eingesetzt, damit unser Land wieder stark werde. Ich kann darin kein Unrecht erkennen. Wir handelten ganz im Sinne aller anständigen Patrioten und haben unser Ansinnen nie verheimlicht. Das meiste von dem, was wir umsetzen wollten, konnte ein jeder schon im Parteiprogramm von 1921 nachlesen.«

Die Anklage hatte noch etliche weitere Fragen auf Lager, doch Margarete reichte es. Göring redete sich vor Gericht ebenso aus der persönlichen Verantwortung, wie er es in seinen Gesprächen mit Stringer tat. Nie suchte er irgendeine Schuld bei sich selbst, kein einziges Mal ließ er so etwas wie Reue erkennen oder gestand Fehler ein. Enttäuscht und zermürbt von den sich ewig wiederholenden Rechtfertigungsversuchen nahm sie den Kopfhörer ab und ging zurück, um ihre Warteposition an der Wand einzunehmen.

Zu einem medizinischen Notfall, bei dem ihr Einsatz gefragt gewesen wäre, kam es an diesem Vormittag nicht.

11

Mit dem Aufspüren der zweiten Quelle, die Vic aus Melanie Schmitz' Verzeichnis gezogen hatte, tat sich Julian schwer. Melanie hatte Professor Dietrich Hufnagel in ihrer Arbeit ausgiebig zitiert, sodass er zunächst angenommen hatte, ihn leicht ausfindig machen zu können, zumal Hufnagel an der Friedrich-Alexander-Universität Erlangen-Nürnberg lehrte. Aber wie Julian schnell feststellen musste, lag genau darin die Krux.

»Wie es aussieht, hat Hufnagel schon vor einigen Jahren seinen Lehrstuhl geräumt«, teilte Vic ihm mit, die Brille keck ins Haar geschoben. »Im Web stößt man nur auf ältere Einträge von ihm.«

»Ist er vielleicht dem Ruf einer anderen Uni gefolgt?«, fragte Julian und suchte den Grund seines Plastikbechers nach letzten Tropfen des Automatenkaffees ab.

Vic setzte sich auf seine Schreibtischkante. »Nee, wohl nicht. Sonst wäre ich bestimmt auf einen neueren Interneteintrag gestoßen. Seine Vita endet abrupt. Wirkt ganz so, als hätte der Mann keine Lust mehr auf den Studienbetrieb gehabt und das Handtuch geworfen. Oder er ist gestorben, aber das hätte sicher auch irgendwo gestanden.«

»Oder man hat ihn ganz einfach vor die Tür gesetzt«, spekulierte Julian, der Hufnagels Lebenslauf entnahm, dass er noch nicht alt genug für die Rente war.

»Welche Fragen hast du denn für Hufnagel auf Lager?«, wollte Vic wissen. Offensichtlich brannte sie darauf, stärker einbezogen zu werden.

Julian blockte ab: »Lass das mal meine Sorge sein. Ich rufe dich, wenn du noch was für mich tun kannst.«

Vic sah ihn an, als hätte sie genau den richtigen Spruch für ihn parat, zog dann aber wortlos ab. Julian versuchte sich indes eigenständig in der Onlinesuche nach Hufnagel, und später würde er auch Ingo hinzuziehen – falls der jemals von seiner nun schon mehr als einstündigen Vesper beim Bäcker nebenan zurückkehren würde.

Doch es war weder Ingo noch er selbst, der den Aufenthaltsort des emeritierten Professors herausfand, sondern wieder mal Victoria: Keine Viertelstunde später tauchte die ehrgeizige Volontärin erneut an Julians Schreibtisch auf und überreichte ihm nicht ohne Stolz die Anschrift eines Campingplatzes.

Julian sah die junge Frau ungläubig an und fragte: »Nicht dein Ernst, oder?«

»Doch«, sagte sie. »Der tiefe Fall des angesehenen Historikers Prof. Dr. Dr. Dietrich Hufnagel. Du findest ihn in Reihe sieben, Parzelle drei. Ein Dauercamperplatz.«

Der Campingpark lag keine dreihundert Meter vom Messegelände entfernt und war, obwohl mitten in der Großstadt, von einem ruhigen Waldgelände mit altem Baumbestand umgeben. Das Stadionfreibad grenzte direkt an den Platz, vom Stadion selbst zeichneten sich die Flutlichtmasten zwischen den Baumkronen ab.

Julian hatte seine Corvette in einer Stichstraße abgestellt und passierte die mit einem Schlagbaum abgesperrte Hauptzufahrt zu Fuß. Schon seltsam, dachte er, während er sich auf die Suche nach Hufnagels Wohnwagen machte: Da hatte der Professor seine Kernkompetenz, nämlich die politische Entwicklung in Deutschland zwischen den Dreißiger- und Fünfzigerjahren des letzten Jahrhunderts, aus unerfindlichen Gründen ruhen lassen und sich ins Privatleben zurückgezogen, blieb seinem Thema jedoch durch die Wahl seines Stellplatzes treu. Denn das Campinggelände lag im Dunstkreis des früheren Aufmarschgeländes, auf dem die Nationalsozialisten ihre Reichsparteitage zelebriert hatten. Sicher kein Zufall, meinte Julian.

Hufnagels Camper machte keinen guten Eindruck. Der mittelgroße Wohnwagen, der längst seiner Nummernschilder und auch seiner Räder beraubt war, trug unansehnliche graue Schlieren auf der graugelben Verkleidung. Auch das fest montierte, mit Holzbrettern flankierte Vorzelt verriet durch die ausgeblichene Farbe und zahlreiche Risse, wie lange es bereits der Witterung ausgesetzt war. Kaum zu glauben, dass ein ehemaliger Professor, einst sicher mit anständiger Vergütung, sich kein neueres Modell leistete. War ihm das Geld ausgegangen, oder handelte es sich bei Hufnagel um den Typ Geisteswissenschaftler, dem seine Umgebung schlichtweg egal war?

Neugierig lugte Julian durch die Plane des Vorzelts und rief »Hallo«. Prompt regte sich etwas.

»Was wollen Sie?«, meldete sich eine krächzende Stimme. »Ich habe die Stromrechnung doch bezahlt.«

Also Variante eins – das Geld war ihm ausgegangen, folgerte Julian und stellte klar: »Ich komme nicht von der Platzverwaltung. Mein Name ist Heldt, Reporter vom Rundfunkhaus.«

Stille.

»Herr Professor Hufnagel? Darf ich eintreten?«

»Mit der Presse habe ich nichts zu schaffen. Lassen Sie mich in Ruhe.«

»Ich arbeite an einem Beitrag über die Nürnberger Prozesse. Dazu würde ich gern ein Interview mit Ihnen führen.«

»Haben Sie nicht gehört? Sie sollen mich in Frieden lassen!«

»Es dauert nicht lang. Ich habe nur ein paar Fragen ...«

»Wenn Sie nicht verschwinden, rufe ich den Platzwart.«

Julian, der Hufnagels Silhouette durch die milchigen Fenster des Zelts nur erahnen konnte, ließ den trostlosen Zustand der Parzelle auf sich wirken. Anschließend machte er einen Vorschlag, für den er garantiert keine Rückendeckung durch seine Chefin bekommen würde: »Ich wäre bereit, Ihnen für das Gespräch etwas zu zahlen.«

Abermals kehrte Stille ein. Dann wurde der Reißverschluss des Zelts mit einem knarzenden Ratsch aufgezogen. Ein schlecht rasierter Mann mit zerzaustem grauen Haar und wässrig blauen Augen stand gebeugt im Eingang und musterte Julian unverblümt. »Wie viel zahlen Sie?«, fragte Hufnagel. »Wo ist das Geld?«

Obwohl Julian zwei Schritte von Hufnagel entfernt stand, konnte er dessen Alkoholfahne riechen.

»Fünfzig Euro«, sagte Julian.

»Hundert! Keinen Cent weniger«, entgegnete Hufnagel.

»Sagen wir sechzig.«

»Siebzig. Gemacht?«

Julian zückte seine Brieftasche.

Kurz darauf saßen sie sich an einem abgenutzten Campingtisch gegenüber. Julian versank tief in einem ausgeleierten tuchbespannten Klappstuhl.

»Was möchten Sie wissen?«, fragte Hufnagel, der die Geldscheine in seinen Händen hielt wie eine Trophäe.

»Alles«, antwortete Julian und legte sein Aufnahmegerät auf den Tisch. »Alles, was Sie über die näheren Umstände vom Tod Hermann Görings wissen.«

Hufnagel stieß ein verächtliches Schnaufen aus. »Dafür, junger Mann, werden Ihre lausigen siebzig Mäuse nicht ausreichen. Mein Wissen würde ein ganzes Regal füllen. Stellen Sie mir präzise Fragen.«

Sein Selbstbewusstsein schien Hufnagel durch den Verlust seines Lehrstuhls nicht verloren zu haben, registrierte Julian. »Fangen wir mit den näheren Umständen von Görings Gefangennahme an.«

Hufnagel referierte die Julian bereits bekannten Fakten und kam auf die Schwierigkeiten zu sprechen, mit denen die Sieger im Umgang mit den Besiegten zu kämpfen hatten: »Ein Dickicht aus Ehrlichkeit und Lüge, aus korrekten Details und verdrehten Zusammenhängen.« Und ohne dass Julian weitere Fragen stellen musste, kam Hufnagel auf das Thema zu sprechen, das ihn in seiner aktiven Zeit wohl am meisten beschäftigt hatte:

»Die Konstellation – ich spreche von der Zusammensetzung und Aufgabenstellung des Tribunals – war nicht nur neu und ohne jedes Vorbild, sondern in gewisser Weise grotesk. Nehmen wir nur einmal den amerikanischen Chefankläger, Robert H. Jackson. Ein Ehrgeizling, wie er im Buche steht. Gab sich gern staatsmännisch mit seinem Dreiteiler, Uhrkette und Brusttuch. Dabei war er ein reiner Karrierejurist. Dem ging es nicht so sehr um die Beweissicherung eines historischen Verbrechens, nein, er selbst wollte Geschichte schreiben. Man sagte ihm nach, Ambitionen als Präsidentschaftskandidat zu hegen.«

Dass Hufnagel den Kopf der Nürnberger Prozesse derart schmähte, ließ Julians ohnehin geringe Sympathie für den abgehalfterten Professor weiter sinken. Aber damit hatte sich Hufnagel gerade erst warm geredet.

»Ihnen und Frau Schmitz geht es darum, eine einfache Frage zu beantworten, die da lautet: Starb Göring durch eigene Hand oder nicht?« Er verzog missbilligend den Mund. »Was Sie begreifen müssen: Für Göring selbst spielte dieses Thema zunächst überhaupt keine Rolle. Der Tod war für ihn ganz weit weg.«

»Es handelte sich um einen Prozess, an dessen Ende mit großer Wahrscheinlichkeit der Galgen stand«, wandte Julian verwundert ein. »Das muss doch jedem der Beteiligten von Anfang an klar gewesen sein.«

Hufnagel wischte dieses Argument einfach beiseite. »Göring fühlte sich nicht bedroht und sah sich keiner realen Gefahr ausgesetzt.« Er beobachtete interessiert Julians Reaktion, während er weiter ausführte: »Sie fragen sich, woher Göring die Gewissheit nahm, dass ihm nichts passieren würde? Nun, ein Grund ist seine simple Schlussfolgerung, dass er beim Wiederaufbau Deutschlands noch gebraucht würde.«

»War das nicht eine völlig weltfremde Erwartung?«, zweifelte Julian.

»Um das zu verstehen, müssen Sie sich in die damaligen Lebensumstände zurückdenken. Nehmen wir einmal das Beispiel Nürnberg, eine zu neunzig Prozent zerstörte Stadt, deren Bevölkerung von fast einer halben Million auf gerade mal zweihunderttausend geschrumpft war.« Hufnagel war ein wandelndes Lexikon, stellte Julian fest. Aus dem Stegreif skizzierte er die damalige Lage: »Nach der Besetzung durch die Amerikaner standen in der ganzen Stadt höchstens noch fünfhundert Laibe Brot und annähernd fünfzig Kartons Milch zur Verfügung. Also blieb der Ernährungsamtsleiter, der schon unter den Nazis Dienst getan hatte, im Amt. So lief das mit dem überwiegenden Teil des führenden Personals: Direktoren, Abteilungsleiter, sogar Stadträte. Viele von ihnen stramme Nazis, aber sie alle wurden gebraucht, denn ohne ihre Kenntnisse kam die Militärverwaltung nicht zurecht.« Eine Entnazifizierung hätte angesichts des allgegenwärtigen Mangels erst einmal hintangestanden, erklärte Hufnagel. Es galt die »Policy of postponement«, die Politik des Vertagens.

»Auch Göring rechnete sich Chancen aus, freilich nicht klein bei klein auf lokaler Ebene. Nein, der Mann wollte noch einmal groß herauskommen und sah sich als Kanzler eines neuen Deutschlands«, behauptete Hufnagel.

»Zuzutrauen wäre das einem Egomanen wie Göring«, stimmte Julian zu. »Aber Sie sprachen von *einem* Grund. Kennen Sie noch einen anderen?«

»Ja, einen sehr stichhaltigen sogar: Göring verließ sich ganz einfach auf Recht und Gesetz.« Hufnagel ließ die Worte wirken.

Doch Julian verstand nicht. »Ich weiß nicht, worauf Sie hinauswollen.«

»Nun, Chefankläger Jackson musste sicherstellen, dass aus dem Prozess kein ›high grade lynching‹ wurde. Nicht wenige Kritiker aus den Reihen des Obersten Gerichtshofs befürchteten genau das. Damit stand Jackson vor einem schier unlösbaren Problem«, meinte Hufnagel. »Wie konnte er die Naziführer nach einem Recht verurteilen, das im Dritten Reich nichts galt? Er hatte nämlich mit dem juristischen Problem zu kämpfen, wonach rückwirkende Rechtsgrundsätze allgemein verboten sind.«

»Das hört sich für mich reichlich theoretisch an«, gab sich Julian skeptisch. »Wenn sich die Nazis um nichts und niemanden geschert haben, warum sollte man dann auf sie Rücksicht nehmen?«

»Weil man es ihnen nicht gleichtun wollte, sondern ein sauberes Verfahren anstrebte, das vor den Augen der Welt bestehen konnte«, erklärte der Ex-Professor. Mit den Nürnberger Prozessen habe man Neuland betreten. Nie zuvor sei den Führern einer Nation der Prozess gemacht worden wegen Kriegsverbrechen, Verbrechen gegen die Menschlichkeit und schon gar nicht wegen Vorbereitung eines Angriffskrieges.

»Bis heute wird über die Rechtsgrundlage des Verfahrens debattiert. Denn hieß es nicht schon in den Westfälischen Friedensverträgen von 1648, dass sich im Friedensfall beide Seiten einander immerwährendes Vergessen und Amnestie gewähren?«

»Diesen Bezug halte ich für sehr weit hergeholt«, entgegnete Julian. »Hitlers Krieg war ein Angriffs- und Vernichtungskrieg. So etwas gehört geahndet.«

Doch Hufnagel blieb beharrlich: »In der Staatenordnung, wie sie seit Ende des Dreißigjährigen Krieges galt, war Krieg an sich nichts Schlechtes, sondern die Fortsetzung der Außenpolitik mit anderen Mitteln. Ein Waffengang wurde von den Militärs gern mit einem Duell verglichen. Wer die Schuld an der Sache trug, spielte eine nebengeordnete Rolle. Jackson hat das gewiss selbst so gesehen. Auch wenn er es niemals öffentlich eingestanden hätte, fürchtete er zeitweise um sein eigenes Konzept. Denn ohne die Strafbarkeit eines Angriffskrieges ins Feld führen zu können, wäre sein ganzer Prozessaufbau bloß Flickwerk gewesen.« Süffisant fügte er hinzu: »Die Beschuldigten rund um Göring konnten darauf hoffen, dass die Anklage aufgrund solcher juristischen Unklarheiten am Schluss komplett in sich zusammenbrechen würde. Sie waren ja nicht die Einzigen, die mit Jacksons Neuinterpretation des Völkerrechts ihre Probleme hatten. Die Russen konnten ebenso wenig ein Interesse daran haben, dass ein Krieg an sich zum Prozessgegenstand wurde. Und sie begannen sich in der Tat zu fragen, ob Jackson nur deshalb das internationale Recht zu kodifizieren suchte, um ihnen eins auszuwischen.«

»Sie meinen, die Sowjets hatten Sorge, wegen ihres heimlichen Polen-Deals mit Hitler selbst eines auf die Mütze zu bekommen?«

»Ich gehe davon aus, ja.« Hufnagel kratzte sich den Dreitagebart. »Die Alliierten haben ihre Differenzen letztlich durch einige juristische Kniffe beigelegt und einen Kompromiss gefunden. Dennoch drohte während des laufenden Prozesses jederzeit die Gefahr, dass Göring die Schwachstellen aufzeigen würde. Denn er war, wie Sie wissen, nicht auf den Kopf gefallen und konnte seinen Standpunkt sehr versiert vortragen, wenn er denn wollte. Mit der internationalen Presse als Zeuge seiner Aussagen hätte er die Ankläger gehörig unter Druck setzen können.« Er kratzte sich erneut, diesmal heftiger. »Ich bin fest davon überzeugt, dass Göring genau dies vorhatte. Nicht an einem x-beliebigen Prozesstag, nein, dafür liebte er den großen Auftritt zu sehr. Er hatte vor, die Siegerjustiz am allerletzten Tag bloßzustellen und die Todesurteile zu kippen. Das konnte und wollte man nicht zulassen.«

»Damit wären wir bei dem Mordvorwurf, den Frau Schmitz in ihrer Studienarbeit untersucht hat, richtig?«

»Richtig. So offen habe ich das niemals publiziert, aber entsprechende Hinweise platziert, die von der Fachwelt negiert, nun jedoch von der jungen Frau aufgegriffen wurden.«

Julian rückte mit seinem Stuhl ein Stück von Hufnagel ab. »Ihre Thesen sind nicht gerade das, was als Political correctness gilt. Ich kann mir gut vorstellen, dass Sie damit schon das ein oder andere Mal angeeckt sind.«

»Ich bin nie den Weg des geringsten Widerstands gegangen. Ich sage, was ich denke.«

»Haben Sie deshalb Ihre Professur an der Uni verloren? Weil Ihre Thesen den falschen Kreisen in die Hände spielen könnten?«

Hufnagel sah ihn verblüfft an. »Ich bin Trinker, mein Herr. Bin seit Jahren nicht mehr nüchtern gewesen. Am Schluss habe ich jede zweite Vorlesung platzen lassen. Es ging einfach nicht mehr.«

Sehr nachdenklich kehrte Julian ins Rundfunkhaus zurück. Was sollte er von Professor Hufnagel halten? Und was von dessen Thesen, die Julian ebenso provokant wie zweifelhaft vorkamen? Alles in ihm sträubte sich gegen das, was Hufnagel vertrat. Dennoch würde Julian nicht an ihm vorbeikommen, wenn er die näheren Umstände von Görings Tod tatsächlich für eine Reportage neu aufrollen wollte.

Allmählich meldeten sich neue Vorbehalte gegen seine eigenen Pläne. Taugte dieses Thema wirklich für eine überregional beachtete Story? War das die Mühe wert, oder würde es ihn selbst bloß in Misskredit bringen? Auf jeden Fall würde er sich die Aufzeichnung des Gesprächs noch mal in aller Ruhe anhören und versuchen, Hufnagels Aussagen zu überprüfen. Das bedeutete zwar einen Haufen Arbeit, aber er hatte ja sonst keine großartigen Hobbys. Und solange Lea nicht da war, konnte er seine Zeit guten Gewissens damit verbringen, dass er in der Historie wühlte.

Die Zeit zum Nachdenken und Reflektieren blieb ihm jedoch zunächst versagt. Denn kaum betrat er das Großraumbüro, wo er das Interview einspielen wollte, wurde er zur Chefin beordert.

Julian hatte einen ordentlichen Brass, weil er sich ausrechnen konnte, warum ihn Heike schon wieder in ihrem Büro antanzen ließ. Deshalb stellte er schon im Eintreten klar: »Ich weiß ja, dass dir meine Göring-Recherchen ein Dorn im Auge sind und du nichts von dieser Story hältst. Aber ich mache Fortschritte und habe schon vielversprechende O-Töne eingesammelt. Lass mich einfach noch eine Weile machen, dann schneide ich dir einen Beitrag zusammen, um den uns der Bayerische Rundfunk beneiden wird. Und du verlierst dadurch ja nichts, wenn ich das alles in meinen freien Stunden erledige.«

Heike, heute in einem sommerlichen Kleid, lehnte sich in ihrem geschwungenen Schreibtischstuhl zurück und betrachtete ihn aus großen braunen Augen. »Darum geht es diesmal nicht, Julian. Es kann mir egal sein, was du in deiner Freizeit treibst«, sagte sie ruhig. »Ich möchte mit dir über das Format sprechen, die Morning Show.«

Julian sah sie ratlos an: »Über die Show? Was gibt es denn da zu besprechen?« Unangenehm wurde ihm bewusst, dass er sich die letzten Reichweitenanalysen nicht angesehen hatte und daher schlecht auf das Thema vorbereitet war. Hatten sie Hörer in nennenswerter Zahl verloren? Oder war gar ein größerer Werbekunde abgesprungen?

»Du verfolgst ja sicher die Facebook-Diskussionen über die Show«, begann Heike.

Schon wieder kalt erwischt, musste sich Julian eingestehen. Auch bei Facebook hatte er seit Tagen nicht reingeschaut. Er war, was seine eigentliche Beschäftigung anbelangte, schlichtweg nicht auf dem Laufenden. Trotzdem nickte er.

»Dann wird dir kaum entgangen sein, dass euer Männerduo nicht nur Lob einheimst.«

Ach, daher wehte der Wind! Nun wusste Julian wenigstens, in welche Richtung das Gespräch lief. »Also, ich höre eigentlich nur Gutes«, behauptete er.

»Ich nicht«, sagte Heike ohne jedes Anzeichen von Freundlichkeit. »Es fehlt die weibliche Komponente in der Show. Wir können die Lücke, die Lea hinterlassen hat, nicht länger offen lassen. Deshalb habe ich mir etwas überlegt.«

»Da bin ich gespannt.« Der Satz kam zynischer rüber als beabsichtigt.

»Vic macht sich in ihrem Volontariat recht gut. Wir sollten ihr eine Chance geben, sich weiterzuentwickeln und zu beweisen, dass sie auch in einer Livesendung …«

»Das ist nicht dein Ernst!«, fuhr Julian ihr ins Wort. »Du kannst nicht von mir verlangen, an der Seite einer Anfängerin zu moderieren. Außerdem wäre es unfair Ingo gegenüber, wenn wir ihn einfach rauskicken.«

Heikes Gesicht verhärtete sich, als sie sagte: »Nicht Ingo wird das Morning-Team verlassen. Sondern du.«

12

Göring trug Reiterhose und -stiefel, darüber einen feldgrauen Fliegerrock. Er wirkte aufgeräumt.

»Wussten Sie, dass man mir eine Putzhilfe zugestanden hat?«, fragte er bester Laune, nachdem Margarete und Stringer eingetreten waren. »Zuerst wollten sie ja, dass ich meine Zelle selbst schrubbe, so wie die anderen, diese einfältigen Pinsel, die sich einen Besen in die Hand drücken lassen. Aber nicht mit mir. Ich weiß, was mir zusteht, und setze das auch durch.«

Margarete mied seinen Blick und versuchte, sich ganz auf ihre Funktion als Protokollantin zu konzentrieren, während Stringer Görings Überschwang sogleich zu deuten suchte: »Wie ich merke, haben Sie heute einen guten Tag. Woher nehmen Sie Ihren Optimismus?«

»Der wurde mir in die Wiege gelegt«, antwortete Göring und nickte in Richtung seines Schreibtisches, auf dem sich mehrere Gesetzbücher stapelten.

Stringer nahm eines davon in die Hand: »Die amerikanischen Grundrechte – verstehen Sie denn Englisch?«

»Leidlich, aber es reicht für meine Zwecke. Zumindest begreife ich, dass die Auffassungen Ihrer Richter allenfalls den Vorstellungen radikaler Pazifisten entsprechen.«

Stringer legte den Band wieder beiseite. »Wie kommen Sie darauf?«, fragte er.

Göring trug das selbstgefällige Lächeln zur Schau, das ihm der Gefängnisalltag nicht hatte austreiben können. »Ihre Gesetzgebung funktioniert im Prinzip genauso wie unsere. Danach darf per se niemand wegen einer Handlung verurteilt werden, die zur Tatzeit noch nicht strafbar war. Völkerrechtlich können Ihre stümperhaften Juristenaffen daher gar kein

Todesurteil gegen uns fällen, wie sie es so gern täten. Denn niemand von uns hat ahnen können, dass eines Tages ein ehrgeiziger Staatsanwalt namens Jackson das seit Jahrhunderten ehrbare Kriegshandwerk zum Verbrechen stempeln würde.«

Stringer fiel es diesmal sichtlich schwer, die Ruhe zu bewahren. »Ihren ausgefeilten Zynismus in Ehren, aber ich werde es nicht zulassen, dass Sie das Tribunal verunglimpfen. Wir wechseln das Thema.«

»Sie haben mich gefragt, weshalb ich so guter Laune bin, und ich habe geantwortet«, entgegnete Göring schnippisch.

Stringer überging diese neuerliche Provokation und forderte Göring zu einem weiteren psychologischen Test auf.

Das alte Spiel, dachte Margarete. Es sollte klar und belegbar dokumentiert sein, dass die Angeklagten während des Prozesses im Vollbesitz ihrer geistigen Kräfte waren. Da sie aber wusste, dass Göring diese Art von Spielchen, bei denen er seine Intelligenz unter Beweis stellen konnte, liebte und sehr darauf bedacht war, keine Schwäche erkennen zu lassen, konnte sie aufatmen. Für die kommenden zehn oder sogar zwanzig Minuten würde Göring sie nicht beachten, sie in Ruhe lassen und nicht in Bedrängnis bringen.

Doch Margarete hatte sich zu früh gefreut: Stringer breitete gerade seine Unterlagen aus, als er innehielt und verärgert murmelnd aufstand: »Habe den Fragebogen in Jodls Zelle liegen lassen …« Stringer winkte dem Wachmann, wandte sich zu Margarete um und sagte: »Bin sofort wieder da.« Der Posten ließ ihn passieren und blockierte gleich darauf breitbeinig die Tür. Hinter ihm patrouillierten zwei weitere Wachsoldaten.

Obwohl sie bestens geschützt war und alles unter Kontrolle schien, fühlte sich Margarete plötzlich allein und ausgeliefert. Sie spürte den Kloß in ihrem Hals und merkte, wie sich ihr

Puls beschleunigte. Angstvoll hielt sie ihre Augen auf Göring gerichtet.

Der saß vor seinem Schreibtisch und lächelte ihr grüßend zu. »Wie geht es Ihnen, Fräulein?«, fragte er. »Wie läuft das Leben in der Stadt? Nürnberg habe ich immer sehr gern gehabt. Ich hoffe, die Zerstörungen sind schnell behoben.«

Die Stadt lag in Schutt und Asche, dachte Margarete. Es würde Jahrzehnte in Anspruch nehmen, sie wieder aufzubauen. Es war nicht unwahrscheinlich, dass man Nürnberg ganz aufgeben und andernorts einen Neuanfang machen würde.

»Erzählen Sie doch ein wenig«, säuselte Göring, nickte dem Wachposten zu und stand langsam auf.

Angewidert betrachtete Margarete Görings grinsendes Pfannkuchengesicht. Nicht um alles in der Welt würde sie ihm antworten und sich auf ein Gespräch mit ihm einlassen, nahm sie sich vor und presste die Lippen aufeinander.

Ganz langsam, Schritt für Schritt, kam Göring auf sie zu. »Kommen Sie im Alltag zurecht? Kümmern sich die Besatzer gut genug um die Bevölkerung?«

Margarete starrte ihn an und drückte sich mit dem Rücken an die Wand. Sie würde nicht antworten. Nein, keinen Ton würde sie sagen!

»Wissen Sie, es ist ja nicht so, dass ich ein Unmensch wäre«, plauderte Göring munter weiter. »Was da über mich kolportiert wird in der ausländischen Presse, ist blanker Unfug. Mir war immer am Wohl des Volkes gelegen. Die Entscheidungen über Krieg und Frieden haben allein bei Hitler gelegen.«

Er war keinen Meter mehr von ihr entfernt, da brach Margarete ihren Vorsatz. »Ich möchte das nicht hören«, sagte sie viel leiser, als es ihren Empfindungen entsprach.

Göring nickte wohlwollend. »Ich habe doch versucht, Frieden zu halten. Ich habe Sachen gemacht, von denen Hitler nie etwas erfahren durfte. Hinter seinem Rücken.« Nun war er nur noch eine Armlänge von ihr entfernt. »Schon vor der Besetzung des Sudetenlandes habe ich ihn gewarnt und es ihm auszureden versucht. Doch er machte immer weiter. Und später beim Angriff auf Russland? Hitler entschied das, ich hielt es für blöd.«

»Ich will das nicht hören«, wiederholte Margarete, klang aber noch immer willensschwach.

»Eine Tragödie!«, redete Göring laut und vernehmlich weiter. »Glauben Sie, irgendjemand hätte auf mich gehört? Hitler hat sich nicht einmal die Mühe gemacht, mich wegen meiner ständigen Widerworte zu erschießen. Er hat wohl gedacht: Armer Göring, er ist nicht mehr ganz richtig im Kopf.«

Jetzt trennten beide nur noch wenige Zentimeter. Margarete war wie zur Salzsäule erstarrt. Sie wusste, dass sie keine Angst haben musste, denn die Wache würde sofort eingreifen, wenn Göring auch nur das geringste Anzeichen von Aggression an den Tag legen würde. Trotzdem hatte sie eine Heidenangst – Angst vor seinen Worten.

Als er ihr direkt gegenüberstand, änderte er seinen Tonfall und sprach so leise, dass es weder der Posten noch die versteckten Wandmikrofone erfassen konnten: »Haben Ihnen meine Geschenke gefallen? Sie können noch mehr von mir bekommen. Viel mehr. Ich mache Sie zu einer reichen Frau.«

Margarete drehte angewidert den Kopf zur Seite, doch in der Enge der Zelle war sie unfähig, sich ihm gänzlich zu entziehen. »Was wollen Sie von mir?«, presste sie zwischen zusammengebissenen Zähnen heraus.

»Nur eine kleine Gefälligkeit. Nicht der Rede wert. Wenn es so weit ist, werde ich auf Sie zukommen.« Nach diesen Worten machte er kehrt und setzte sich zurück an seinen

Schreibtisch. Keinen Moment zu früh, denn Stringer kam mit den fehlenden Unterlagen zurück.

»Dann wollen wir mal!«, rief Göring enthusiastisch und schob unternehmenslustig die Ärmel zurück.

Wie betäubt fühlte sich Margarete, als sie Stunden später zurück nach Hause ging. Sie konnte sich kaum erinnern, wie sie die Zeit bis zum Dienstschluss herumgebracht, was sie getan oder gesagt hatte. Sie hatte mechanisch agiert, war den restlichen Tag geistig abwesend gewesen. Ob Stringer ihr seltsames Verhalten aufgefallen war, konnte sie nicht sagen. Es mochte sein, dass er nicht auf sie geachtet oder ihre Verschlossenheit als Laune einer jungen Frau gedeutet hatte. Wenigstens hatte er sie nicht darauf angesprochen, das ließ Margarete hoffen.

Die Trümmerwüste um sie herum nahm sie kaum wahr. Sie beachtete die mannshoch gestapelten Schienen der zerbombten Straßenbahngleise am Plärrer ebenso wenig wie die malträtierte Stadtmauer mit ihren zahllosen Schusswunden. Immer noch beklommen von der ihr aufgezwungenen Unterhaltung mit Göring überquerte sie den sandsteinernen Bogen der Fleischbrücke, die inmitten zerstörter Altstadtgebäude wie durch ein Wunder fast unversehrt geblieben war und die Pegnitz wie seit Jahrhunderten in venezianischer Grazilität überspannte.

Das Gespräch mit Göring ließ sie selbst dann nicht los, als sie die knarrenden Treppen zu ihrer Wohnung hinaufstieg.

»Wie hat er das gemeint?«, wollte ihre Mutter wissen, der Margarete nach flüchtiger Begrüßung alles erzählte: jedes Detail ihrer Begegnung mit Göring, jedes einzelne seiner Worte, die sich in ihrem Gedächtnis fest eingebrannt hatten und die sie jetzt abspielte wie eine Schallplattenaufnahme.

»Wie hat Göring das gemeint?«, fragte Gertrud noch einmal.

»Das weiß ich nicht«, sagte Margarete und kam sich im winzigen, primitiv eingerichteten Wohnzimmer einsam und verloren vor. »Ich soll etwas für ihn tun. Vielleicht doch etwas in seine Zelle schmuggeln.«

»Hast du eine Ahnung, was es sein könnte?«, fragte Gertrud. »Drogen vielleicht? Er soll doch süchtig sein, heißt es.«

Margarete winkte ab. »Nicht mehr. Er hat einen Entzug hinter sich.«

Ihre Mutter überlegte. Dann weiteten sich ihre Augen, als sie fragte: »Etwa eine Waffe?«

Margarete sah sie eine Weile an. Sie schüttelte den Kopf. »Nein. Eine Krankenschwester trägt keine Waffe und kommt auch an keine heran. Das weiß Göring. Dafür müsste er eine der Wachen bestechen. Und das könnte er wohl auch mit dem, was er zu bieten hat.«

»Mehr fällt mir nicht ein«, meinte Gertrud etwas ratlos.

»Mir auch nicht. Und das macht mir große Sorgen.«

Ihre Mutter tätschelte ihr die Schulter. »Kopf hoch, Margaretchen. Vielleicht braucht er nur neuen Tabak oder ein Fläschchen Schnaps.«

»Jedenfalls werde ich keine weiteren Geschenke mehr von ihm annehmen!«, sagte Margarete voll Überzeugung.

Gertrud hörte auf, sie zu tätscheln. Mit sich verfinsternder Miene sah sie sich in ihrer schäbigen Behausung um. »Das Feuerzeug und die Krawattennadel helfen uns fürs Erste. Das Dach werden wir damit flicken lassen können. Aber seien wir realistisch: Für viel mehr wird es nicht reichen.«

»Was willst du denn noch?«, fragte Margarete und merkte selbst, wie ungehalten sie klang. Das gehörte sich nicht im Umgang mit ihrer Mutter.

»Möchtest du auf ewig in dieser Bruchbude leben?«, fragte Gertrud. »Du und dein Bruder habt Besseres verdient. Ich habe von Wohnhäusern in anderen Stadtteilen gehört, die fast unzerstört geblieben sind, in St. Johannis zum Beispiel.« Sie geriet ins Schwärmen: »Große, schöne Wohnungen im Jugendstil. Mit Stuckdecken und Parkett. Es soll da sogar schon wieder fließend Wasser geben.«

»W… was redest du da?« Margarete sah ihre Mutter fassungslos an. Sie dachte an die Geschichte vom Fischer und seiner Frau, die Gertrud ihr früher oft als Gute-Nacht-Geschichte erzählt hatte. Sollte ihre Mutter die Botschaft dieses Märchens vergessen haben?

»Sei nicht dumm, Kindchen«, sagte Gertrud, um einen liebevollen Ton bemüht. »Nimm an, was Göring dir gibt. So eine Chance bekommen wir kein zweites Mal.«

In Margarete begehrte es auf, doch sie fand nicht den Mut, sich dem Wunsch ihrer Mutter entgegenzustellen.

In der Nacht schlief sie schlecht und wurde von Albträumen geplagt. Wie gerädert fühlte sie sich, als sie schon um fünf Uhr früh wieder aufwachte.

Beim Frühstück hatte sie mit dem Gedanken gespielt, sich heute krank zu melden. Aber das wäre ein heikles Unterfangen, denn sie hatte schon von deutschen Hilfskräften gehört, die nach krankheitsbedingtem Fehlen sofort entlassen und durch andere ersetzt worden waren. Das konnte sie keinesfalls riskieren.

Also schleppte sich Margarete, geplagt vom bedrückten Gemüt, zur Arbeit. In der Hoffnung, der Kelch würde diesmal an ihr vorbeigehen und sie würde nicht abermals in Görings Zelle beordert werden.

Ihre Aussichten auf einen ruhigen Tag wurden jäh zerschlagen. Schon am Schlagbaum hielt man sie auf:

»Fräulein Galster? Fräulein Margarete Galster?«, fragte sie der Militärpolizist, der ihre Papiere prüfte, mit breitem amerikanischem Akzent.

Sie nickte verhuscht. »Ja, das bin ich.«

»Sie melden sich bitte bei der Kommandantur«, wies der Posten sie an. »Bei Colonel Hutchonson.« Als Margarete ihn unsicher ansah, fügte er hinzu: »Gebäude zwei, B-Trakt, dritter Stock. Beeilen Sie sich, der Colonel wartet nicht gern.«

Margarete nickte ergeben, passierte das Tor und merkte bei jedem Schritt, dass ihre Beine weicher und weicher wurden, als würde sie auf Pudding gehen.

»Ist Ihnen nicht gut, Fräulein?«, rief ihr der Wachmann nach.

Margarete kratzte all ihren Mumm zusammen, wandte sich um und lächelte. »Alles in Ordnung«, antwortete sie. »Ich komme zurecht.«

Die nackte Angst saß ihr im Nacken, als sie den Verwaltungstrakt betrat. Für sie stand fest, dass es nur einen Grund geben konnte, aus dem der Colonel sie sprechen wollte: Er hatte von Görings Bestechungsversuchen erfahren und würde sie zur Rede stellen. Hutchonson hatte einen Ruf wie Donnerhall. Er galt als streng, resolut und unerbittlich. Er würde die Herausgabe der Geschenke fordern und sie fristlos entlassen. Oder es käme noch schlimmer: Als Mitarbeiterin einer alliierten Einrichtung könnte er sie vors Militärgericht stellen. Schlimmstenfalls würde man kurzen Prozess mit ihr machen; sie begann es sich in düstersten Farben auszumalen.

Sie war am Ende ihrer Kräfte und brachte kaum mehr die Selbstbeherrschung auf, an die schwere Eichentür des Vorzimmers der Kommandantur zu klopfen. Kurzatmig stellte sie sich einer dürren, fließend Deutsch sprechenden Vorzimmerdame vor. Wahrscheinlich eine Nürnbergerin wie sie selbst.

Keine Minute später saß sie auf einem mit jägergrünem Leder überzogenen und mit reichlich Schnitzwerk verzierten Stuhl in einem saalgroßen Arbeitszimmer. Eichenvertäfelt, herrschaftlich, furchteinflößend.

Margarete fühlte sich klein und schuldbeladen. Intuitiv krümmte sie den Rücken und zog den Kopf ein, während sie den Colonel musterte.

»Hutchonson. David Hutchonson«, stellte er sich vor. Groß gewachsen, Mitte dreißig, mit einem markanten, aber keineswegs unsympathischen Gesicht, trug er die dunkelblaue Uniform eines ranghohen Offiziers der US-Army. Seine Schirmmütze lag auf dem riesigen Schreibtisch, dessen Füße als Löwentatzen gestaltet waren. So konnte Margarete sein blondes Haar sehen, das er gescheitelt und für einen Soldaten eine Spur zu lang trug.

»Ich möchte Sie nicht unnötig auf die Folter spannen«, leitete der Colonel in sauberem, aber nicht akzentfreiem Deutsch ein. »Reden wir also nicht lange um den heißen Brei herum.« Hutchonson betrachtete Margarete aus kühlen blauen Augen. »Sie ahnen, weshalb ich Sie hierher bestellt habe?«

Margarete rutschte das Herz in die Hose. In was für eine Situation hatte sie sich da bloß gebracht? Schlimmer konnte es kaum kommen.

Mit flatternden Augen sah sie den Colonel an. »Ja, Sir«, sagte sie unterwürfig und merkte, wie ihr schwarz vor Augen wurde.

13

Julian war noch immer geladen, als er in seiner Gostenhofener Lieblingskneipe einkehrte, und obwohl es noch zu früh zum Trinken war, bestellte er sich ein großes Dunkles. Er kochte vor Wut und brauchte etwas zum Runterkommen.

Ingo, dem er im Rundfunkhaus ausgewichen war, der sich aber beharrlich an seine Fersen geheftet hatte, schlug wenig später an der Bar auf. Völlig aus der Puste orderte auch er ein Bier.

»Und bitte dazu eins von euren überbackenen Baguettes. Wenn's geht, mit doppelt Schinken und extra viel Käse«, fügte er seiner Bestellung hinzu. Dann wandte er sich an Julian: »Du bist ziemlich überstürzt aus der Redaktion verschwunden. Hast nicht mal tschüss gesagt.«

Julian zuckte mit den Achseln, beugte sich über das abgenutzte Thekenholz und sog die Luft ein, die selbst Jahre nach Einführung des Rauchverbots noch verräuchert roch.

»Was ist los mit dir?«, bohrte Ingo. »Ich erlebe dich nur noch schlecht gelaunt. Steckst du etwa in der Midlifecrisis oder was?«

Julian blickte weiter starr auf den Tresen. »Die Freundin ist in weiter Ferne, der Job geht gerade den Bach runter und für die Zukunft sehe ich schwarz – privat wie beruflich. Ob ich gerade in einer Krise stecke? Ja, so kann man das wohl sagen.«

»Dann vergrab dich nicht in deinem Frust, sondern lad deine Sorgen bei einem Freund ab. Wozu bin ich denn dein Kumpel?«

»Ach, lass mich doch in Ruhe.«

»Man sieht dir an, dass es eigentlich nur um Lea geht. Was ist denn das Problem bei euch beiden?«

»Da gibt es kein Problem«, wiegelte Julian ab. »Wir lieben uns, streiten uns und sind beste Freunde. Was will man mehr? Wir sind ein Traumpaar.«

»Trotzdem hat sie dich verlassen.«

Julian sah den Kollegen böse an. »Sie ist in eine andere Stadt gezogen. Vorübergehend. Das bedeutet nicht das Ende unserer Beziehung.«

»Hast du dir schon mal Gedanken darüber gemacht, warum es so ist, wie es ist? Dass dein Mädel auf die Dauer mehr will als eine ›Beziehung‹?« Zu Julians Verdruss fing er wieder mit der alten Leier an und schlug sogar auf den Tisch, um seinen Worten Nachdruck zu verleihen. »Meine Güte, Julian, Lea ist eine Frau, die nicht nur die Karriere im Kopf hat, selbst wenn sie das behauptet.«

Julian seufzte. Ingo hatte ihn in einem schwachen Moment erwischt, und so sprach er einige seiner geheimsten Gedanken aus: »Für mich ist der Job doch auch nicht alles. Ich hätte nichts gegen eine Familie. Vater, Mutter, Kind – ich bewundere so etwas unwahrscheinlich.«

»Warum drückst du dich dann davor, ihr einen Antrag zu machen?«

»Ich kann es dir nicht sagen. Nicht, dass ich das Thema an sich verdrängen würde. Familie ist etwas Wundervolles. Da entsteht alles. Ich habe es bisher einfach noch nicht hingekriegt.«

»Weil du es nicht wirklich willst.«

»Doch! Auch wenn's schwerfällt – ich würde dafür sogar mein Singleleben aufgeben. Eines Tages, irgendwann …«

»Red kein Blech. Du führst ein Rock-'n'-Roll-Leben. Du hältst dich immer noch für zu jung für eine feste Bindung und denkst, du hättest alles im Griff. Du willst immer alles auf einmal, das sieht man doch schon an deinem Angeberauto, dieser Single-Schleuder. Glaub mir, dein Freiheitsdrang ist es, was die Frauen abschreckt. Lea genauso wie vorher schon Isabell, Ariane und – wie hieß doch gleich die Kurze mit dem Schmollmund?«

Nun hatte Julian aber genug. »Wenn du gute Ratschläge verteilen willst, bewirb dich als Kummerkastenonkel beim Kuschelrocksender«, giftete er.

Ingo zuckte getroffen zusammen. »Das war gemein. Immerhin mache ich mir Gedanken um deine Zukunft, wenn du es schon selbst nicht für nötig hältst.«

Julian bereute sofort seine patzige Bemerkung und entschuldigte sich. Dann beschloss er, seinem Freund und Kollegen reinen Wein einzuschenken: »Meine schlechte Laune liegt nicht an Lea. Jedenfalls nicht nur.« Er schluckte. »Ich bin raus, Ingo. Die Morning Show läuft ab jetzt ohne mich.«

»Wie?« Ingo wurde blass. »Machst du Witze? Du bist seit sieben Jahren der Frontmann. Die Show funktioniert nicht ohne dich.«

»Sieben Jahre«, sinnierte Julian und nahm dankbar das Bier in Empfang. »Dann ist es wohl das verflixte siebte Jahr. Heike will mich durch eine Frau ersetzen.«

Ingo, der offenkundig von nichts wusste, glaubte noch immer an einen schlechten Scherz und bestand darauf, dass Julian die Unterredung mit Heike Ehlers Wort für Wort wiedergab.

»Unmöglich«, kommentierte er dann mit hochroten Backen. »Heike macht einen Fehler, einen schweren Fehler! Einen Profi wie dich durch eine Volontärin ersetzen zu wollen, einen totalen Grünschnabel, das spricht nicht gerade für solide Führungsqualitäten. Vielleicht sollte man den Gesellschaftern mal einen Tipp geben, was für Böcke ihre Programmchefin schießt.«

»Das lässt du schön bleiben«, ermahnte Julian ihn. »Ich werde mich auch ohne Morning Show durchschlagen. Wollte mich sowieso verändern. Man kann es auch positiv sehen: als Tritt in den Arsch und Chance auf einen Neuanfang.«

Ingo biss in sein Baguette. Schinkensaft und Butter rannen ihm aus den Mundwinkeln und bildeten dicke Tropfen unterm Kinn. »Trotzdem unfair«, grummelte er mit vollem Mund. »Heike werde ich schon noch meine Meinung sagen. Und dieser Vic mache ich das Leben zur Hölle, wenn sie morgen früh bei mir antritt. Das garantiere ich dir!«

Beide wandten sich auf ihren Hockern um, als sich hinter ihnen jemand räusperte. Die grazile Silhouette einer jungen Frau zeichnete sich im schummrigen Kneipenlicht ab.

Victoria hatte sie aufgestöbert.

»Und das sollen wir dir glauben?«, fragte Ingo und musterte Vic argwöhnisch. Eine halbe Stunde war vergangen. Inzwischen saßen sie im rückwärtigen Bereich des Gastraums, halb verborgen hinter einem Billardtisch. Vic nippte an einer Apfelsaftschorle.

Sie hatte den beiden versichert, dass sie von Heikes Plänen nicht die geringste Ahnung gehabt hätte. Die Nachricht, sie sei die neue Co-Moderatorin der Morning Show, hätte sie kalt erwischt. Natürlich habe sie Ambitionen, aber hier sei etwas komplett schief gelaufen. Nie im Leben wäre sie auf die Idee gekommen, an Julians Stuhl zu sägen. Wenn überhaupt, dann eher an Ingos, räumte sie kleinlaut ein.

»Versteht doch, Jungs«, sagte sie und klang aufrichtig. »Ich wollte einfach nur eine Chance, mich zu profilieren. So wie jeder andere. Aber dass es sich so entwickeln würde, habe ich nicht gedacht.«

»Deine Chance hast du ja jetzt«, ätzte Ingo. Er machte keinen Hehl aus seiner Abneigung gegen die blonde Brillenschlange.

Doch Victoria zeigte ihm, dass er falsch lag. »Ich nehme den Job nicht an«, sagte sie. Ihr Tonfall ließ keinen Zweifel aufkommen, dass sie es auch so meinte.

»Was soll das heißen?«, fragte Ingo.

»Genau was ich gesagt habe: Für die Morning Show muss sich Heike jemand anderen suchen. Ich übernehme Julians Posten jedenfalls nicht.«

»Hast wohl Angst, dass dich Julians Fans nach der ersten Sendung auf Facebook zerreißen, was?«, stichelte Ingo.

»Nein, mit so was würde ich klarkommen«, erwiderte Victoria ungerührt. »Aber ich möchte meine Karriere nicht damit beginnen, dass ich einem anderen die Show stehle.«

»Oho, wie großmütig!«

Sie versetzte Ingo einen Tritt. »Hör auf, mich wie eine Feindin zu behandeln! Ich will euch etwas vorschlagen: Julian hat mich in dieser Göring-Sache ja schon ein wenig recherchieren lassen. Was haltet ihr davon, wenn ich da richtig mit einsteige und euch helfe?«

Ingo rieb sich das Schienbein. »Willst du Julian die Göring-Story etwa auch noch klauen? Wie abgebrüht bist du eigentlich?«

Julian hob die Hand. »Nein, warte, Ingo. Lass sie ausreden.«

Vic nickte ihm dankend zu. »Ich habe mir Gedanken gemacht. Bisher hast du dich ja vorwiegend auf Experten konzentriert, die dir Informationen über den geschichtlichen Kontext gegeben haben.«

»Wie geschwollen das Püppchen daherredet«, moserte Ingo.

Vic ließ sich von ihm nicht ablenken. »Damit bekommst du zwar ein Bild von der damaligen Zeit und den handelnden Personen. Was aber fehlt, ist der persönliche Bezug, der das Ganze erst lebendig macht.«

»Noch so eine Floskel«, meckerte Ingo. »Was soll denn das überhaupt heißen, ›persönlicher Bezug‹?«

Julian überhörte Ingos Einwürfe und fragte Vic: »Hast du konkrete Vorstellungen, was man noch tun könnte?«

Ihre Blicke wanderten zwischen Julian und Ingo hin und her, als würde sie sich fragen, wer von beiden eigentlich den Ton angab. »Ich würde die Interviewreihe auf Zeitzeugen ausweiten«, sagte sie an Julian gerichtet.

»Zeitzeugen?« Ingo lachte auf. »Weißt du eigentlich, wann der Zweite Weltkrieg stattfand, Schätzchen? Du wirst dich schwertun, einen Zeitzeugen zu finden, der noch nicht komplett senil ist oder das Gras von unten wachsen sieht.«

Doch Victoria bewies erneut, dass sie alles Mögliche sein mochte, aber kein Dummchen. In ihrem Smartphone hatte sie eine Namensliste angelegt, basierend auf einer Lohnabrechnung der damaligen Gefängnisverwaltung.

»Solche Daten gehören zu den zahllosen Dokumenten, die mittlerweile freigegeben worden sind und im Internet herumschwirren«, erläuterte sie. »Ich habe versucht, ein wenig Ordnung hineinzubringen und die Namen auf die Gruppe zu reduzieren, die Zugang zum Zellentrakt und damit wahrscheinlich Kontakt mit den Häftlingen hatte. Da sind recht vielversprechende Leute darunter. Die Wächter natürlich, das waren allerdings durchweg Soldaten oder Militärpolizisten der Alliierten, die später wieder in ihre Heimat zurückkehrten. Aber es gab auch ziviles Personal, etliche Helfer wurden in Nürnberg angeheuert.«

»Was haben die gemacht?«, fragte Ingo immer noch patzig. »Die Mülleimer geleert und Klos geschrubbt?«

»Wohl auch«, meinte Vic. »Aber einige haben dem medizinischen Dienst angehört, sind also direkt an die Inhaftierten herangekommen.«

Das hörte sich nicht schlecht an, fand Julian. Er wollte wissen, ob sie schon jemanden ausgesucht und vielleicht sogar eine Adresse ausfindig gemacht hatte. Doch Vic verneinte; dazu sei es zu früh. Sie sei noch dabei, Namen und Funktionen zuzuordnen. Bisher habe sie immerhin schon die Leiter der medizinischen Dienste, also den Gefängnisarzt sowie den Gefängnispsychologen und ihre Stäbe identifiziert.

»Wie heißt der denn?«, fragte Ingo.

»Der Psychologe?« Vic sah auf ihr Display. »William Stringer«, las sie ab, »ein Ami mit deutschen Wurzeln.«

»Gib mal her«, sagte Ingo, nahm ihr das Handy ab und tippte mit seinen Wurstfingern darauf herum. Keine Minute später legte sich ein ziemlich gemeines Lächeln über seine Züge: »Hab ich's mir doch gedacht. Dieser Stringer ist seit 1989 tot. Und genauso wird es bei den anderen sein. Dein Vorschlag hilft uns null weiter, Vic.«

Victoria atmete tief durch. »Jetzt hört mal zu, Jungs: Ich finde es ziemlich übel, mich andauernd von euch abkanzeln zu lassen. Aber wenn das eure Art ist, mit jungen Kollegen umzuspringen, muss ich wohl damit klar kommen. Jedenfalls würde ich gern an der Sache dranbleiben, wenn ihr nichts dagegen habt. Nicht, um mein eigenes Ding durchzuziehen, sondern weil die Geschichte ganz einfach Potenzial hat.« Sie stand auf und nickte beiden zum Abschied zu. »Ach ja, und es bleibt dabei: Heike werde ich sagen, dass sie sich eine andere für die Morning Show suchen soll. Ich bin dafür nicht die richtige Wahl.«

Julian und Ingo blieben wie angewurzelt sitzen und schauten ihr nach.

»Starker Abgang«, meinte Julian.

»Ja«, stimmte Ingo zu. »Und nen netten Hintern hat sie auch.«

Auf dem Heimweg versuchte Julian erneut, Lea zu erreichen, doch sie ging nicht ans Handy. Wo sie sich wohl herumtrieb? Köln war groß und bot sicher mehr Abwechslung als Nürnberg. Vielleicht auch mehr Männer, die ihr gefallen könnten.

Dieser Gedanke verbesserte seine Laune ebenso wenig wie die lange Suche nach einem Parkplatz. Dreimal musste er um den ganzen Block fahren, bis er endlich eine Lücke gefunden hatte, die groß genug für seine Corvette war. Beim Rangieren verfluchte er seine eigene Autoleidenschaft, denn das Heck der Corvette war nur schlecht zu sehen, und auf zeitgemäße Hilfsmittel wie Abstandssensoren musste er bei seinem Liebhaberstück verzichten.

Trotz der Rückschläge, die er heute hatte einstecken müssen, hatte es Vic durch ihr unerwartetes Erscheinen geschafft, wenigstens seine journalistischen Ambitionen wiederzubeleben. Durch ihr Interesse zeigte sie ihm, dass er nicht der Einzige war, dem die Göring-Story vielversprechend erschien. Umso mehr juckte es ihn nun in den Fingern, die ungelösten Fragen um die letzten Tage im Leben des Reichsmarschalls zu beantworten.

Während er die Stufen zu seiner Wohnung hinaufstieg, schwirrten diese Fragen durch seinen Kopf wie ein Schwarm Mücken: Was hatte Göring vorgehabt? Verfolgte er einen konkreten Plan, an dessen Umsetzung er durch Mord gehindert werden sollte? Wie mochte dieser ausgesehen haben? War es so, wie Hufnagel vermutete, dass er den Prozess platzen lassen wollte? Oder nutzte er alte Kontakte und heiße Drähte, um aus dem Knast heraus einen Coup zu landen? Einen Anschlag auf die Besatzer? Unwahrscheinlich, entschied Julian, denn Görings einstige Helfer waren gefallen, ebenfalls in Gefangenschaft geraten oder auf der Flucht, in alle Winde verweht.

Was kam sonst noch in Betracht? Plante Göring eine Intrige, die zur Spaltung der Siegermächte hätte führen können? Dafür hätte er etwas gegen sie in der Hand haben müssen. Eine Art Faustpfand. War das eine denkbare Möglichkeit?

Julian hatte seine Wohnung im dritten Stock gerade erreicht und hielt den Schlüssel schon in der Hand, als er plötzlich innehielt. Vor seiner Tür standen drei Personen, zwei Männer und eine Frau. Die Männer trugen dunkelblaue Anzüge, die Frau ein erdbraunes Kostüm. Alle drei machten sehr ernste Gesichter.

Einer der Männer griff in seine Innentasche und zog einen Ausweis hervor.

»Herr Heldt?«, fragte er und hielt den Dienstausweis hoch. Seine Körperhaltung blieb dabei angespannt, geradezu lauernd.

Julian nickte.

»Julian Heldt?«, vergewisserte sich der Mann und hielt den Blick fest auf ihn geheftet. »Wir müssen uns mit Ihnen unterhalten.«

14

»Trinken Sie«, forderte David Hutchonson sie auf. Margarete, die ausgestreckt auf einem Sofa im hinteren Teil des großen Arbeitszimmers lag, blinzelte den Colonel an. Seine Vorzimmerdame stand mit besorgter Miene neben ihm und reichte ihr ein Glas Wasser.

»Sie sind ohnmächtig geworden«, klärte er Margarete auf. »Sind vom Stuhl gekippt, einfach so. Ich sage: Das liegt an der mangelnden Ernährung. Es ist ein Versäumnis, ein Fehler, dass der Bevölkerung nicht ausreichend Grundnahrungsmittel zur Verfügung gestellt werden. Es müssten zwingend mehr Bezugsscheine ausgegeben werden.«

Margarete nahm zwei große Schlucke und richtete sich auf. Sie befand sich noch immer in der Kommandantur. Hutchonson, von dem sie erwartet hatte, dass er sie vor vollendete Tatsachen stellen und einsperren lassen würde, wirkte zu ihrem Erstaunen besorgt und bekümmert. Unentwegt redete er davon, dass die Alliierten zu wenig fürs Wohl der deutschen Bevölkerung täten.

»Das wird sich rächen, sage ich. Höchste Zeit für eine eigene neue Währung. Denn erst dann läuft die Wirtschaft wieder an.«

»Mir geht es schon viel besser«, sagte Margarete, worauf die Sekretärin einen letzten prüfenden Blick auf sie warf und sich dann zurückzog.

Hutchonson griff Margarete unter die Arme und führte sie zurück zum Stuhl gegenüber dem ausladenden Schreibtisch.

»Weshalb ich Sie sprechen wollte ...«, leitete er erneut sein Anliegen ein.

»Ich kann es mir denken«, sagte Margarete noch immer leicht benommen.

Hutchonson stutzte verblüfft. »Ach, wirklich?« Er sah sie forschend an. »Hegen Sie etwa den gleichen Verdacht?«

Nun war es an Margarete, verdutzt zu sein. »Verdacht?«, fragte sie. »Welchen Verdacht?«

Hutchonson faltete seine Hände und legte sie auf der Schreibtischplatte ab. »Den Verdacht gegen Sergeant Stringer. Das Fraternisieren mit Kriegsgefangenen ist eines der schlimmsten Vergehen, derer man sich in einer Institution wie der unsrigen schuldig machen kann.«

Margaretes Kinnlade klappte nach unten. »Sie glauben, dass Stringer … dass Sergeant William Stringer mit denen gemeinsame Sache macht?«, fragte sie aufgewühlt.

Hutchonson hob beschwichtigend die Hände. »Zunächst einmal sollte Ihnen klar sein, dass alles, was in diesen vier Wänden gesprochen wird, streng vertraulich ist.«

»Gewiss!«, stimmte Margarete verwirrt zu.

»Ich muss Ihnen sagen, dass uns keinerlei Beweise gegen Stringer vorliegen. Daher darf diese Angelegenheit keinesfalls ruchbar werden, bevor wir etwas in der Hand haben. Bisher handelt es sich lediglich um einen Anfangsverdacht, ausgelöst durch einen Hinweis vom britischen Secret Service MI 6. Man geht davon aus, dass der Delinquent Göring einen geheimen Plan verfolgt und für die Umsetzung einen oder mehrere Komplizen aus der Gefängnisverwaltung gewonnen hat.« Er seufzte und machte damit deutlich, wie zuwider ihm diese Angelegenheit war. »Wissen Sie, als Göring zu mir kam, war er eine einfältig grinsende Molluske mit zwei Koffern voller Paracodein. Man hätte glauben können, er wäre ein Arzneivertreter. Aber wir brachten ihn von seinen Drogen ab und machten wieder einen Mann aus ihm. – Vielleicht war das ein Fehler. Nun hat er zu alter Kraft zurückgefunden, und ihm sind allerhand Dummheiten zuzutrauen.«

Obwohl der Verdacht der Kollaboration nicht auf sie fiel, fühlte sich Margarete miserabel. Wie es aussah, wollte der Colonel sie auf Stringer ansetzen, sie zur Spionin wider Willen machen. Ihr war elend zumute.

Hutchonson, dieser athletische, gutaussehende Mann mit dem sonnengebräunten Gesicht, stellte das komplette Gegenteil von William Stringer dar, dem kleinen, etwas verschroben wirkenden Psychologen mit der dicken Brille und der linkischen Art, einem Mann, dem gar nichts soldatisch Stolzes anhing. Dennoch würde sie Stringer im Zweifelsfall allemal den Vorzug geben; ihm vertraute sie nahezu blind.

»Sie erzählen mir das alles sicher nicht ohne Grund«, sagte sie leise. »Was erwarten Sie denn von mir? Was könnte ich tun?«

Hutchonson schenkte ihr ein aufmunterndes Lächeln. »Nicht viel, keine Sorge. Machen Sie nur weiter Ihre Arbeit. Aber halten Sie dabei Augen und Ohren offen. Falls Sie mitbekommen, dass die Begegnungen zwischen Stringer und Göring plötzlich unter einem anderen Vorzeichen stehen, wenn Sie Veränderungen oder Auffälligkeiten feststellen, dann zögern Sie nicht, mich zu kontaktieren.« Er streckte ihr seine Hand entgegen. »Meine Tür steht jederzeit für Sie offen, Fräulein Galster.«

Das Herz schlug ihr bis zum Hals, als sie Hutchonsons Büro verließ und schnellen Schrittes aus dem Gebäude der Kommandantur flüchtete. Weit kam sie allerdings nicht. Als ob ihre Nerven heute nicht schon genug strapaziert worden wären, stellte sich ihr auf den Stufen vor dem Hauptportal ein dicker Mann mit fleischigem, rotwangigem Gesicht entgegen. Er trug einen schiefergrauen Anzug, die weißen Haare waren im Nacken kurz geschoren.

»Siiind Sie Hilfskrankenschwester Galster?«, fragte er mit starkem Akzent, den Margarete nicht auf Anhieb einordnen konnte. Sie nickte hastig.

»Sokolow iiist mein Name. Ich chabe Sie gesucht.«

Margarete sah sich um, in der Hoffnung, jemanden aus ihrem Stab zu sehen, der sie vor diesem abstoßenden Fleischberg retten konnte. Doch es kamen nur Unbekannte vorbei. »Was wollen Sie von mir?«, fragte sie abweisend.

Sokolow, der ihr breitbeinig im Weg stand, zog umständlich einen Ausweis aus seinem Jackett. Er war in dunkelrotes Leder eingefasst und trug einen geprägten Stern mit Hammer und Sichel, Symbol des Kommunismus. Er klappte ihn auf und hielt ihn ihr vor die Nase. Doch die kyrillische Schrift konnte sie nicht lesen.

»Boris Sokolow, Diplomat«, übersetzte er. »Ich muuuss Sie sprechen. Es ist sähr wiiichtig.«

Margaretes Gefühle fuhren weiter Achterbahn. Gerade erst war sie knapp dem Verdacht entgangen, mit Göring unter einer Decke zu stecken, da geriet sie schon in die nächste brenzlige Situation. Denn mit den Russen redete man nicht, das war ein ungeschriebenes Gesetz. Man hielt Abstand, wenn man einen sah. Zu viele Gräuelgeschichten über das Wüten in den verlorenen Ostgebieten und in der sowjetischen Zone hatten die Runde gemacht. Von Willkür und Brutalität war die Rede, von Beschlagnahmungen, Vergewaltigungen und Morden. Und ganz sicher war es keine gute Idee, sich ausgerechnet hier mit einem Vertreter dieser unbeliebtesten aller Besatzungsmächte zu unterhalten. Sie standen wie auf dem Präsentierteller, wo alle sie sehen konnten und Margarete Gefahr lief, sich ihren Ruf zu verderben.

»Ich habe keine Zeit«, sagte sie harsch und versuchte sich an ihm vorbeizudrängen.

Sokolow machte einen Schritt zur Seite und versperrte ihr abermals den Weg. Er legte seine prankengleiche Hand auf ihre Schulter. »Sie miiissen mich anchören. Sie miiissen!«

Margarete schüttelte seine Hand ab und lief zurück ins Gebäude. Sie würde einen der Seitenausgänge nehmen, um in ihre Abteilung zu gelangen.

Erschöpft kam sie in der Abenddämmerung zu Hause an. Zum Glück hatte sie diesmal wenigstens nicht in Görings Zelle gemusst, und auch die Gespräche mit Stringer waren aufs Wesentliche beschränkt geblieben. Zudem hatte es so viel zu tun gegeben, dass sie nicht zum Nachdenken und Grübeln gekommen war. Dennoch fühlte sie sich völlig ausgelaugt. Sie wünschte sich nichts mehr außer einem deftigen Abendessen und ihre Ruhe.

Als sie die Wohnung betrat, empfing sie die deprimierende Tristesse ihrer Behausung: fleckiger Putz, grauer Mörtel und nackte Mauern, teilweise überzogen mit schwarzem Schimmel.

Harald erschien kurz am Bretterverschlag seiner Kammer. Strohblond, das Gesicht voller Sommersprossen, lächelte er sie müde an und zog sich wieder zurück.

»Gute Nacht«, rief sie ihm nach und malte sich aus, was der kleine Racker heute wohl alles erlebt haben mochte.

Ihre Mutter hatte die Brennhexe, einen kleinen fassähnlichen Ofen mit Kochplatte, entzündet. Das merkte sie am stechenden Geruch – das Holz stammte sicher von zersplitterten Möbeln aus zerbombten Nachbarhäusern. Die verdampfende Politur erzeugte beißende Dämpfe. Aber was sollte man machen? Strom war streng limitiert, das Kochen auf einem Elektroherd daher ein seltener Luxus, wenn man denn überhaupt einen besaß. Als Kompromiss wäre ein Petroleumofen in Betracht gekommen. Doch auch diese Anschaffung konnten sie sich nicht erlauben. Außerdem müssten sie dann regelmäßig die Nachlieferung der Kannen mit Petroleum zahlen, was bei ihrem knappen Budget nicht infrage kam.

Als Margarete weiterging, mischte sich in den Holzqualm ein anderer, wesentlich besserer Geruch: Es duftete verheißungsvoll nach Gebratenem. Margarete war gespannt, was ihre Mutter für sie kochte, denn die Auswahl an Zutaten ließ ja zu wünschen übrig. An Milch mangelte es schon seit November '45, und im letzten Dezember hatten sie vorübergehend statt Kartoffeln bloß noch Steckrüben ausgegeben. Fleisch war ohnehin Mangelware. Das traf sie besonders, denn am meisten vermisste Margarete ihre Leibspeise: Nürnberger Rostbratwürstchen mit Kraut und Kren.

Das wusste ihre Mutter und bemühte sich um Ersatz. Sie war eine gute Köchin und zauberte mit Fantasie und Hingabe schmackhafte Gerichte aus Bestandteilen, die man in Vorkriegszeiten höchstens den Tieren vorgeworfen hätte. Zu Margaretes Freude bereitete Gertrud heute Abend »Falsche Bratwürste« zu. Dafür hatte sie einen Kopf Weißkohl weichgekocht, ein Pfund von Stringers Kartoffeln durch die Presse gedrückt, eine Tasse geriebenes Brot dazugegeben, mit Salz und Pfeffer abgeschmeckt und etwas Kümmel darüber gestreut. Sogar einen kleinen Bund Petersilie und Majoran hatte sie aufgetrieben. Flink und geübt knetete sie den Teig. Margarete stellte sich an ihre Seite und sog den Duft der Zutaten tief ein. Als Gertrud alles vermischt hatte, knetete sie den Teig, bis die Masse geschmeidig und fest wurde. Sie formte daraus einen Schlauch, schnitt wurstlange Stücke ab und briet sie in der Pfanne.

»Guten Appetit«, sagte Gertrud, nachdem sie Margarete den dampfenden Teller vorgesetzt und dazu ein Glas Wasser gereicht hatte. »Kannst es vertragen. Siehst ganz blass aus. Und noch magerer bist du geworden. Lass es dir schmecken!«

Das wollte sich Margarete nicht zweimal sagen lassen, griff beherzt zur Gabel, spießte einen Brocken des bröslligen Fleischersatzes auf – und ließ die Gabel wieder fallen. Wie ein plötzliches Gewitter überkam sie die Verzweiflung. Sie schluchzte, und Tränen stürzten über ihre Wangen herab.

»Mami«, jammerte sie, »ich kann nicht mehr! Ich bin am Ende.«

Gertrud stellte die Bratpfanne beiseite und eilte zu ihrer Tochter. Schützend und umsorgend legte sie die Arme um Margaretes Schulter. »Was ist denn geschehen, mein Spatz?«, fragte sie. »Ist dir etwas zugestoßen?«

»Nein, nein«, sagte Margarete und putzte sich mit einem zerschlissenen Stofftaschentuch die Nase. »Es hat mir niemand etwas getan, wenn du das meinst«, versuchte sie die Mutter, die nun ebenfalls kreidebleich war, zu beruhigen. »Es war nur alles so furchtbar aufregend.«

Nachdem sie sich einigermaßen gefangen hatte, berichtete sie von ihrem Tag. Von der Einbestellung zum Colonel, dem Verdacht gegen ihren direkten Vorgesetzten und schließlich auch von der Begegnung mit dem Russen Boris Sokolow. Sie redete sich ihre Sorgen vom Leib, ohne Punkt und Komma. Am Ende verkündete sie:

»Deswegen kann ich unmöglich weitere Geschenke von Göring annehmen. Ich muss mich von ihm fernhalten, damit man nicht auf mich kommen kann. Notfalls lasse ich mich versetzen oder kündige!«

Gertrud war noch immer dicht neben ihr. Aus ihrer liebevollen Umarmung wurde ein festerer Griff, als sie sagte: »Du bist durcheinander, mein Kind. Kein Wunder, nach all dem. Aber du solltest jetzt nichts überstürzen. Schlaf eine Nacht drüber und entscheide morgen mit wachem Verstand.«

»Ich habe mich schon entschieden«, entgegnete Margarete energisch.

Ihre Mutter nickte verständnisvoll, doch ihr Blick wurde streng. »Wenn du von Göring nichts mehr annehmen willst, kann ich das verstehen. Wir könnten seine Geschenke zwar gut gebrauchen, aber es ist auch dein Entschluss, der zählt. Doch deine Stelle wirst du nicht aufgeben. Das verbiete ich dir, denn es wäre eine Dummheit. Und noch bist du keine einundzwanzig und hast zu folgen.«

Margarete befreite sich aus ihrer Umklammerung. Trotzig sagte sie: »Wenn du darauf bestehst, mache ich weiter. Aber Görings Sachen bringe ich zurück. Ich schmeiß sie ihm vor die Füße. Soll er dran ersticken, an seinem Gold!«

Gertrud schüttelte langsam ihr ergrautes Haupt. »Heute früh war der junge Mann hier und hat sich das Dach angeschaut. Er und sein Kompagnon werden es reparieren. Sie wollten eine Anzahlung. Ich habe ihnen die Krawattennadel gegeben.«

»Du hast was?« Margarete schrie die Worte heraus. Nun stand fest, dass es für sie kein Zurück mehr gab. Eine von Görings Gaben war bereits unter die Leute gebracht, nach dem Dachausbau würde die zweite fällig werden.

»Ruhig, Kindchen, ganz ruhig«, versuchte Gertrud zu beschwichtigen, doch nur um gleich darauf die nächste Hiobsbotschaft zu verkünden. »Es sind fleißige Handwerker, die du da aufgetrieben hast. Das Material haben sie bereits besorgt. Aber die Schäden an der Decke sind schlimmer als gedacht, sagen sie. Das Feuerzeug wird als Bezahlung für Baustoff und Lohn wohl nicht langen.«

15

Julian führte Herrn Fritsch, Herrn Seel und Frau Pollinger – so hatten sich die drei Zivilpolizisten vorgestellt – in seine Wohnung, wo sich seine Gäste aufmerksam nach allen Seiten umsahen. Ihre Meinung über Julians Einrichtungsstil und seinen Hang zur Unordnung ließen sie sich nicht anmerken. Aber das war es wohl auch nicht, worum es den dreien ging.

»Was kann ich also für Sie tun?«, fragte Julian, der die Besucher so schnell wie möglich wieder loswerden wollte. Deshalb lud er sie auch nicht ein, sich zu setzen.

»Sie haben der Polizei einen Hinweis gegeben«, sagte Herr Fritsch, der auch schon im Treppenhaus als Wortführer der Gruppe aufgetreten war. Es handelte sich um einen Mann von vielleicht fünfzig Jahren mit verkniffener Miene und humorlosen Augen. »Es ging um den Todesfall Melanie Schmitz. Sie erinnern sich?«

Dumme Frage, dachte Julian. Natürlich erinnerte er sich. Hielten ihn diese Beamten für blöd? »Gibt es etwas Neues? Hat sich mein Verdacht bestätigt?«

»Was für einen Verdacht hatten Sie denn?«, fragte Frau Pollinger, die ihn halb umrundet hatte und nun hinter Julian stand.

Er wandte sich zu ihr um: »Das habe ich doch der Kommissarin im Präsidium gesagt: Es könnte jemand nachgeholfen haben.«

»Totschlag also. Oder sogar Mord«, stellte Herr Seel fest, der nun zu seiner Linken auftauchte. Seel war deutlich jünger als die beiden anderen. Er hatte etwas Gelecktes, Glattes an sich, wirkte gleichwohl durchtrainiert und gut in Form.

»Ja, so in der Art«, antwortete Julian. Er war nun von den Besuchern eingekreist. Ein unangenehmes Gefühl.

»Ein schwerer Vorwurf, den Sie da erheben«, sagte Fritsch in gewichtigem Ton.

»Ich erhebe überhaupt keinen Vorwurf«, stellte Julian klar. »Es war lediglich ein Hinweis. Ich wollte helfen, mehr nicht.«

»Aber Frau Schmitz wurde nicht getötet«, sagte Frau Pollinger, die er ebenso unsympathisch fand wie die beiden Männer. »Suizid. Die Gerichtsmedizin hat das bestätigt.«

»Dann habe ich mich wohl getäuscht«, entgegnete Julian in der Hoffnung, die unangenehme Befragung sei damit beendet.

Herr Seel entfernte sich ein paar Schritte und näherte sich Julians Arbeitsnische, in der er seinen Laptop, eine Fotoausrüstung und einen Karton DVDs aufbewahrte. Julian sah ihm misstrauisch nach, während Herr Fritsch sagte:

»Vor dem Tod von Melanie Schmitz hatten Sie Kontakt zu ihr aufgenommen. Ihnen ging es um Informationen mit nationalsozialistischem Hintergrund, ist das richtig?«

»Was heißt denn hier ›nationalsozialistischer Hintergrund‹?« Julian wunderte sich über die Frage. »Ich bin Journalist. Ich wollte Frau Schmitz interviewen.«

Frau Pollinger nahm einen schmalen Block zur Hand und klappte ihn auf. »Fragen in Zusammenhang mit einem politisch rechtsgerichteten Hintergrund stellten Sie in der Folge außerdem an Professor Schachtmeister von der Friedrich-Alexander-Universität Erlangen-Nürnberg, an Herrn Dr. Baumann, Mitarbeiter des Oberlandesgerichts Nürnberg sowie an den emeritierten Professor Hufnagel. Trifft das zu?«

Julian spürte, wie Empörung in ihm aufstieg. »Was, bitte sehr, gehen die Polizei meine Recherchen an?«, fragte er in scharfem Ton. Er fühlte sich nicht nur unwohl, sondern zunehmend bedrängt und ungerecht behandelt.

Frau Pollinger blieb ungerührt. Auch die beiden anderen verzogen keine Miene.

»Haben Sie meinen Ausweis nicht richtig angesehen?« Herr Fritsch zückte abermals seine Papiere und hielt sie Julian hin. »Wir kommen vom Landeskriminalamt.«

»Ja, und?« Julian sah ihn verärgert an. »Das gibt Ihnen noch lange nicht das Recht, sich in meine journalistische Arbeit einzumischen.« Dann traf ihn die Einsicht wie ein Blitz: »Woher wissen Sie überhaupt, mit wem ich Kontakt hatte? Bin ich etwa beschattet worden?« Er dachte an seinen Besuch im Schwurgerichtssaal 600, wo er sich beobachtet gefühlt hatte. Es war also doch keine Einbildung gewesen.

»Es würde die Sache für alle Beteiligten leichter machen, wenn Sie mit uns kooperieren«, sagte Frau Pollinger.

»Jetzt klären Sie mich doch bitte mal auf«, forderte Julian. »Was soll der ganze Zirkus? Wobei soll ich kooperieren?«

»Wie schon gesagt, ermitteln wir in der rechten Szene«, meldete sich Herr Fritsch wieder zu Wort.

»Aber weder ich noch meine Interviewpartner haben das Geringste mit der rechten Szene zu tun«, stellte Julian klar. »Wie kommen Sie bloß auf diese Schnapsidee? Ist es wegen dieser NSU-Morde, dass Sie jetzt überall verkappte Neonazis wittern?«

»Zumindest bei Professor Hufnagel war bereits ein Verfahren anhängig«, klärte Frau Pollinger ihn auf. »Unter anderem wegen Volksverhetzung, Paragraf 130 im Strafgesetzbuch.«

Hufnagel ein Volksverhetzer? Er hatte auf Julian unbestritten den Eindruck eines Querulanten mit rechten Tendenzen gemacht. Und ja: Seine Thesen könnten gewissen Kreisen in die Hände spielen. Doch das machte ihn selbst noch nicht zum Rechtsradikalen und rechtfertigte wohl kaum eine Überwachung durch das LKA. Zudem hätte Hufnagel sich doch sicher auf die Freiheit der Wissenschaften berufen können, um sich aus der Affäre zu ziehen.

»Wurde er verurteilt?«, fragte Julian, der sich wunderte, dass die eifrige Vic diese Sache nicht längst herausgefunden hatte.

Frau Pollinger wich seinem Blick aus. »Nein, das Verfahren wurde eingestellt.«

»Na also!«, trumpfte er auf. »Somit haben Sie nichts, aber auch gar nichts gegen all diese Leute in der Hand. Und erst recht nicht gegen mich.«

»Es ist unsere Aufgabe, jedem Anfangsverdacht nachzugehen«, behauptete Herr Fritsch.

Es war unfassbar, was er sich hier bieten lassen musste. »Jetzt erklären Sie mir bitte mal, wie Sie überhaupt auf mich kommen«, forderte Julian. »Wurde ich routinemäßig überprüft, nachdem ich der Polizei die falsche Melanie gemeldet hatte, und daraufhin für verdächtig befunden?« Keine Antwort. »Sie sprachen von einem Anfangsverdacht. Wie lautet der? Dass ich mich mit Hermann Göring beschäftige, ist nichts Unrechtes und auch nicht ungewöhnlich.«

Herr Fritsch rückte mit einem Informationsbrocken heraus: »Das Internet. Sie haben bestimmte Seiten besucht, die von uns beobachtet werden.«

Julian konnte nicht anders und stieß ein verächtliches Lachen aus. »Von Ihnen oder von der NSA?«, fragte er spöttisch.

Er wollte gerade den freundlich bestimmten Rausschmiss der ungebetenen Gäste einleiten, als er auf Herrn Seel aufmerksam wurde. Der hatte ein Paar Latexhandschuhe aus seiner Tasche geholt und machte Anstalten, sie sich überzuziehen.

»Was …?« Julian eilte mit schnellen Schritten auf ihn zu. »Was zum Teufel haben Sie vor?«

»Wir müssen Ihren Rechner beschlagnahmen. Und sämtliche Speichermedien, soweit vorhanden«, antwortete Herr Seel.

»Das dürfen Sie nicht!«

Frau Pollinger war Julian gefolgt und stand nun neben ihm. Sie hielt einen Papierbogen in der Hand, der mit dem bayerischen Wappen im Briefkopf, zwei geschwungenen Unterschriften und Stempel höchst offiziell aussah. »Wir dürfen«, sagte sie. »Das ist die richterliche Verfügung.«

»Ich besorge mir einen Anwalt!«, stieß Julian wütend aus. »Vorher wird hier nichts angerührt.« An Herrn Seel gerichtet sagte er warnend: »Pfoten weg von meinem Computer!«

Herr Seel ließ den zweiten Handschuh über seine Finger flappen. Dann sah er Julian fest in die Augen und sagte sehr leise: »In einem Hollywoodfilm hätte man Sie von der Straße weggeschnappt und in einem schwarzen Kombi zu einer abgelegenen Fabrikhalle kutschiert, wo CIA-Verhörexperten Sie nach allen Regeln der Kunst in die Mangel genommen hätten.«

Julian meinte nicht richtig gehört zu haben. »Wollen Sie mir Angst machen?«, fragte er, erschüttert über die unverhohlene Drohung des arroganten Beamten.

»Nein«, sagte Herr Seel. »Sonst würden wir ja nicht friedlich in Ihrer Wohnung stehen und uns unterhalten.« Mit diesen Worten klappte er Julians Laptop zu und zog die Kabel ab.

16

Niemals zuvor war es ihr so schwer gefallen, ihren Dienst anzutreten. Gesenkten Hauptes schlich Margarete durch den Innenhof des Justizpalastes, ihr Gang so schleppend, als trüge sie eine Eisenkugel am Fuß. Ihre Gedanken waren noch zu Hause bei ihrer Mutter, von der sie sich im Stich gelassen fühlte. Mit ihrem Verhalten trieb Gertrud sie direkt in die Arme Görings, riskierte unabsehbare Folgen für ihre Tochter – und das nur, um den eigenen Komfort zu steigern. Margarete erkannte Gertrud, ihre einst so liebevolle und warmherzige Mama, nicht wieder. Hatte sie der Krieg so sehr verändert, dass sie nicht mehr unterscheiden konnte zwischen Gut und Böse, zwischen richtig oder falsch?

Sergeant Stringer saß in seinem schmalen Büro, das durch nachträglich eingezogene Pressholzwände von weiteren Miniaturbüros des medizinischen Dienstes abgetrennt war. Der kleine Mann brauchte Margarete durch seine starken Brillengläser nur kurz anzusehen, da wusste er schon, dass es ihr nicht gut ging.

»Wo drückt der Stiefel?«, erkundigte er sich mit einer etwas verunglückten Redensart.

»Schuh«, korrigierte Margarete ihn. »Es heißt Schuh.« Sie blieb im Türrahmen stehen, die Hände gefaltet und eng an ihren Schwesternkittel gedrückt. Sie musterte den Mann, an dessen Seite sie nun schon ein halbes Jahr lang arbeitete und den sie wegen seiner zuvorkommenden, aufmerksamen, doch nie aufdringlichen Art sehr schätzte. Er war ihr Chef, durch seine sparsam geäußerten Lebensweisheiten, die Unterstützung in Form von Nahrungsmitteln und die selbstlose Art, mit der er Margarete förderte, war er ihr aber auch eine Art väterlicher

Freund geworden. Das Wissen um den Verdacht gegen ihn machte ihr daher schwer zu schaffen, zumal sie selbst es ja war, die mit dem Teufel paktierte.

»Also gut«, versuchte es Stringer ein zweites Mal. Er richtete sich auf, blieb aber trotzdem einen halben Kopf kleiner als Margarete. »Wo drückt der Schuh?«

Margarete steckte in der Zwickmühle. Die ganze Wahrheit konnte sie ihm nicht sagen, denn das würde den Anweisungen des Colonels widersprechen. Außerdem konnte sie ja nicht wissen, ob Stringer wirklich unbescholten war. Schon gar nicht durfte sie ihm von Görings Geschenken erzählen. Sie entschied sich für einen Kompromiss, der zumindest die Wurzel ihres Unbehagens offenlegte:

»Ich habe Probleme mit den Visiten in Hermann Görings Zelle«, sagte sie.

Stringer fuhr sich mit der Hand über sein streng gescheiteltes schwarzes Haar. »Der Reichsmarschall macht Ihnen Angst?«, folgerte er und zog die Tür ins Schloss, um mögliche Zuhörer auszusperren. »Hat er auf Sie nicht die Wirkung eines netten Onkels?«

Margarete schüttelte entschieden den Kopf. »Ganz bestimmt nicht. Wie kommen Sie darauf?«

Stringer lächelte schief. »So sah man ihn doch in Ihrem Land«, meinte er und suchte in Margaretes Gesicht nach einer Reaktion. »Das brave Volk hielt den dicken Hermann ja für einen ganz passablen Kerl. Kein Wunder! Er kann charmant und galant sein, hat Charisma und besitzt einen Sinn für Humor. Ich sage es nur ungern, aber ich kann gut nachvollziehen, dass die Leute ihn mochten.« Als Margarete ihn unsicher ansah, fügte er hinzu: »Göring verkörperte einen Typus, dem man nicht böse sein konnte. Schließlich war seine Eitelkeit so unverhohlen und seine Prachtliebe so naiv, dass man einfach lachen musste und es ihm durchgehen ließ. Niemand tat etwas dagegen, dass er immer mächtiger und einflussreicher wurde, immer korrupter und feister. Gutmütiger Spott begleitete seine verbrecherische Karriere: Links Lametta, rechts Lametta, und der Bauch wird immer fetter. War das nicht ein geflügeltes Wort bei Ihren Landsleuten?«

»Ja, dieser Spruch ist mir geläufig«, räumte Margarete ein, die sehr wohl um die jahrelange Verharmlosung von Görings Machenschaften wusste und sich schämte, das einzugestehen. »Aber trotzdem: Der Mann ist mir unheimlich. Ich fühle mich von ihm … – bedroht.«

Stringer sah sie noch immer aufmerksam an. »Ich verstehe, was Sie meinen. Und ich gebe Ihnen recht: Vor diesem Mann muss man sich in Acht nehmen und darf nie vergessen, was für ein teuflischer Mensch Hermann Göring in Wahrheit ist. Seine Freundlichkeit ist bloße Fassade. Mir ist kein anderer deutscher Politiker mit diesem Machthunger, solcher Skrupellosigkeit und einem so finsteren Charisma bekannt. Niemand ist ihm in seiner Verschlagenheit ebenbürtig.« Kaum hatte er ausgesprochen, versetzte er Margarete einen aufmunternden Stups gegen den Oberarm. »Umso wichtiger ist es, dass wir diesem Egomanen jetzt die Stirn bieten. Kommen Sie, Fräulein Galster! Wir werden uns von dem Reichsmarschall gewiss nicht unterkriegen lassen.« Als Margarete ihn unschlüssig ansah, fügte er hinzu: »Vor uns liegt noch ein gutes Stück Arbeit. Wir müssen seinen Charakter ergründen und herausfinden, woher er seinen unerschütterlichen Optimismus nimmt. Denn es ist doch unfassbar: Göring glaubt immer noch daran, er würde mit heiler Haut davonkommen.«

»Und – kommt er?«

Stringer sah sie bestürzt an.

Sie trafen Göring in nachdenklicher Pose an. Er saß an seinem Schreibtisch, das Kinn in die Handfläche gelegt.

»Kommen Sie nur herein«, sagte er, ohne zu ihnen aufzusehen. Er war über eines der dickleibigen Bücher gebeugt, die er sich häufig aus der Gefängnisbibliothek kommen ließ. Wahrscheinlich wieder ein Gesetzestext, vermutete Margarete.

Stringer und sie nahmen ihre üblichen Positionen ein, doch mussten sie sich geschlagene fünf Minuten gedulden, bis Göring bereit war, sich mit ihnen zu unterhalten. In aller Seelenruhe setzte er seine Lesebrille ab.

»Wie soll es weitergehen?«, fragte er an Stringer gerichtet.

Margarete bezog die Frage auf die heute anstehende Sitzung und die psychologischen Tests, die für diesmal vorgesehen waren. Doch Göring trieben ganz andere Gedanken um:

»Ich mache mir Sorgen«, sagte er und klang aufrichtig bekümmert. »Große Sorgen um die europäische Ordnung.«

Margarete vermutete zunächst einen schlechten Scherz, mit dem er Stringer den Gesprächseinstieg vermasseln wollte. Sollte Göring, dem das Todesurteil drohte, sich in diesen Tagen nicht mit ganz anderen Problemen beschäftigen als mit der Zukunft Europas?

Doch Göring meinte es offenbar ernst, denn er setzte zu einer strategischen Grundsatzrede an, als wäre er nach wie vor in Amt und Würden: »Es ist eine unvermeidliche Tatsache, dass nun, nachdem das Deutsche Reich aus dem Rennen ist, England sein politisches Gewicht auf dem Kontinent aufrechterhalten oder ihn direkt beherrschen muss. Es muss seinen lebenswichtigen Mittelmeerweg behalten und jegliche Macht daran hindern, stark genug zu werden, um diesen zu bedrohen. – Doch ich zweifle daran, dass sie das allein schaffen werden.«

»Worauf wollen Sie hinaus?«, fragte Stringer und legte seine Mappe mit den Testbögen beiseite.

»Darauf, dass die Briten es vermasseln! Ich wollte England überzeugen, dass es in seinem eigenen Interesse läge, uns zur beherrschenden Großmacht auf dem Kontinent werden zu lassen. Im Gegenzug hätten wir England freie Hand im Empire gewährt. Es lag ja auch in unserem Interesse, England als Verbündeten im Kampfe gegen die bolschewistische Bedrohung an unserer Seite zu wissen«, schwadronierte Göring.

»Ich verstehe noch immer nicht, was Sie uns damit sagen wollen«, insistierte Stringer.

»Wir waren gar nicht so froh, gegen England in den Krieg zu ziehen, das können Sie mir glauben. Aber sie wollten uns den Kontinent partout nicht beherrschen lassen.« Er zuckte bedauernd mit den Schultern. »So müssen sie es mit dem russischen Koloss ohne unsere Hilfe auskämpfen. Ich fürchte, Britannien ist im Abstieg begriffen und Russland beginnt gerade erst die Chancen eines eurasischen Machtmonopols zu erkennen.« Mit ernster Miene ließ er den Blick schweifen. »Russland kann auf sein nahezu unbegrenztes Bevölkerungspotenzial und auf schier unerschöpfliche Rohstoffreserven zählen.«

Obwohl sich Stringer normalerweise strikt neutral verhielt, sich niemals in einen politischen Diskurs verstricken ließ, merkte er an: »Großbritannien verfügt immer noch über schlagkräftige Streitkräfte. Speziell die Marine.«

Göring sah ihn mitleidig an. »Nichts für ungut, Unteroffizier, aber Sie haben keine Ahnung. Die Entscheidung wird künftig nicht mehr im Wasser fallen, sondern in der Luft. Denken Sie, Russland kümmert sich eine Bohne darum, ob die britische Navy hier und da ein paar Seehäfen beschießen kann? Das wird die Sowjets nicht daran hindern, ein eurasisches Reich von Spanien bis nach China zu beherrschen. Ich prophezeie Ihnen, dass binnen weniger Jahre …«

Stringer hustete in seine Faust, um Görings Redefluss zu unterbrechen. »Ihnen ist bewusst, dass Ihre geopolitische Analyse nichts zur Sache tut? Sie sind – ebenso wie das Deutsche Reich – aus dem Rennen, wie Sie selbst so treffend bemerkten.«

Göring warf ihm einen verächtlichen Blick aus seinen wasserblauen Augen zu. »Was seid ihr schon gegen mich, ihr Würmer«, schien sein leicht spöttisches Lächeln zu sagen.

»Wir hatten immerhin eine Vision!«, prahlte er trotzig und erhob gebieterisch die Hände. »Und bedenken Sie: Die Geschichte sieht die Dinge anders. Vergessen Sie nicht, dass die großen Feldherren und Eroberer in den Büchern nicht als Mörder gelten: Dschingis Khan, Peter der Große, Friedrich der Große und, und, und. Der Tag wird kommen, an dem die Welt anders über all dies denkt. Auch das deutsche Volk wird schon bald sein Urteil revidieren. Jetzt mögen sie uns vielleicht brandmarken, aber es wird nicht lange dauern.« Mit einem Seitenblick auf Margarete fügte er in beißendem Tonfall hinzu: »Lassen Sie sie nur noch etwas länger eine Kostprobe von Ihrer Militärregierung bekommen. Misshandlungen, Armut, Plünderungen, Arbeitslosigkeit. Am Ende werden sie erkennen, wer ihre wirklichen Feinde sind. Der Hass gegen Sie wird sie vereinen und ihnen die Kraft für die Wiedererringung der Macht geben.«

»Ich schlage vor, wir ziehen jetzt einen Schlussstrich unter dieses Thema«, bestimmte Stringer.

Doch Göring war noch nicht am Ende. »Deutschland muss sich entscheiden, ob es sich künftig mit den Engländern und Amerikanern oder den Russen verbünden will. Und wie es aussieht, gewinnen die Russen die Oberhand. Ich habe gehört, dass sie sich dauernd nach mir erkundigen. Ich wusste gar nicht, dass sie so großes Interesse an mir haben. Vielleicht wäre ich bei ihnen besser aufgehoben gewesen.«

»Glauben Sie wirklich?«

»Wer weiß? Es wäre eine Chance gewesen. Dem Kommunismus kann ich nichts abgewinnen, dazu habe ich ihn zu lange bekämpft. Vermutlich hätten wir aber ein Abkommen erreichen können.«

Margarete merkte es Stringer an, dass ihm Görings provokante Äußerungen zunehmend gegen den Strich gingen. Doch der Profi in ihm behielt die Oberhand, und so setzte er schließlich durch, dass Göring den heutigen Test absolvierte. Routiniert unterzog er sich der Prüfung, schnitt wie immer sehr gut ab und drängte dann auf ein zügiges Ende der Visite.

»Genug Zeit verplempert«, meinte er verdrießlich. Er reichte Stringer zum Abschied die Hand. Margarete übersah er diesmal. Sie war sich sicher, dass er sie absichtlich ignorierte. Weil er das Interesse an ihr verloren hatte? Oder weil er sie schützen und keinem Verdacht aussetzen wollte? Sie nahm an, dass sie es bald genug erfahren würde.

17

Wie ein aufgescheuchtes Huhn lief Julian durch Heike Ehlers Büro und stieß wüste Beschimpfungen gegen den »Polizeistaat Deutschland« aus. Einen »Frontalangriff auf die Pressefreiheit« und einen »Akt der Willkür« beklagte er und redete sich schließlich so weit in Rage, dass er gar von »Gestapo-Methoden« sprach.

»Mach mal halblang«, bremste Heike ihn. »Wenn diese Leute einen Gerichtsbeschluss dabeihatten, war ihr Handeln legal. Ein ganz normaler Vorgang.«

»Wie bitte?« Julian konnte es kaum fassen, welch stoische Ruhe die Programmleiterin an den Tag legte. Er stützte sich mit beiden Fäusten auf ihrer Schreibtischplatte ab. »Das dürfen wir uns nicht bieten lassen! Du musst denen unseren Hausanwalt auf den Hals hetzen!«, verlangte er und verlieh seinen Worten Nachdruck, indem er ihr das Telefon hinschob.

Heike machte keine Anstalten, zum Hörer zu greifen. »Julian, jetzt reg dich ab. Die LKA-Leute werden deinen Rechner checken, und wenn sie sehen, dass nichts Verbotenes drauf ist, geben sie ihn dir zurück, und die Sache ist erledigt. – Oder hast du irgendwelche Raubkopien auf der Festplatte?«

»Darum geht es doch gar nicht!«, wetterte Julian. Konnte oder wollte Heike ihn nicht verstehen? »Wenn der Staat versucht, journalistische Arbeit durch Repressalien zu stören, dann gehört das angeprangert. So etwas kann man nicht stillschweigend hinnehmen.«

»Doch, kann man«, meinte Heike. »Denn bei deiner sogenannten journalistischen Arbeit handelt es sich um dein reines Privatvergnügen. Ich habe dir oft genug gesagt, was ich von dem Thema halte, mit dem du deine Zeit vergeudest.« Ihre dunklen Augen sahen ihn unerbittlich an. »Ich erkenne sie jedenfalls nicht – deine große Story. Was soll denn dran sein an dieser Geschichte? Da stellt sich irgendeine x-beliebige Studentin hin und behauptet, Göring wäre umgebracht worden. Vielleicht durch ein paar Wachen, denen der Kragen geplatzt ist und die dem Henker die Arbeit abnahmen. Um das Gesicht zu wahren und damit kein schlechtes Licht auf die Arbeit des Tribunals fiel, wurde die Sache unter den Teppich gekehrt und als Selbstmord verkauft. Na und? Dann hat das Schwein eben ein paar Stunden früher als geplant ins Gras gebissen. Ändert das irgendetwas?«

»Ja, es ändert alles!«, echauffierte sich Julian. »Es geht hier um Glaubwürdigkeit und Authentizität. Die geschichtlichen Fakten müssen einfach stimmen.«

»Und für die Überprüfung historischer Fakten ist ausgerechnet ein Moderator des Rundfunkhauses zuständig?« Sie schüttelte entschieden den Kopf. »Wenn du unbedingt Dreck aufwühlen willst, denk vorher über die Folgen nach. Falls die Print-Kollegen von dem Polizeieinsatz bei dir erfahren, schlachten die das genüsslich aus. Das schadet nicht nur deinem Ansehen, sondern auch dem des Hauses. Sei dir darüber im Klaren.«

Julian setzte zu einer gepfefferten Widerrede an. Dann aber dachte er an seinen monatlichen Gehaltsbogen, an das Geld, auf das er nicht verzichten konnte. »Aber Heike«, startete er einen letzten Appell, »findest du denn nicht auch, dass das zu weit ging? Richterliche Verfügung hin oder her: Diese LKA-Typen haben ihre Kompetenzen überschritten.«

Heike zog ihren linken Mundwinkel nach oben. Ein halbes Lächeln, immerhin. »Hat dieser Herr Seel wirklich einen Vergleich mit den Verhörmethoden der CIA gezogen?« Nun ließ sie doch eine gewisse Neugierde anklingen.

»Ja, hat er.«

»Das ist tatsächlich ein Unding. Aber wahrscheinlich hat er so leise geredet, dass es seine Kollegen nicht mitbekommen haben, du also keinen Zeugen dafür finden wirst. Darum schlage ich vor …«

»Ja?«, fragte Julian mit neuer Hoffnung.

»Vergiss das Ganze.« Heike zog die Schublade eines Rollcontainers auf und holte den Ausdruck eines Sendeplans heraus. »Hier, schau dir mal an, ob du damit leben kannst.«

Julian nahm den Bogen mit spitzen Fingern entgegen. »Das ist aber nicht mein Sender«, monierte er.

»Schon klar«, sagte Heike. »Du wirst für die nächste Zeit an die anderen ausgeliehen. Hier im Rundfunkhaus arbeiten wir ja Hand in Hand, die Gesellschafter sind schließlich dieselben.«

»Mag sein, aber das Format der Sender ist völlig unterschiedlich zugeschnitten. Mit Oldies und Schlagern habe ich nichts am Hut.«

»Keiner verlangt von dir, dass du die Musik magst, die du abspielst. Hauptsache, du lieferst vernünftige Wortbeiträge.«

»Ausgerechnet als Moderator der *Volksmusikhits von gestern*?« Julian sah seine Vorgesetzte ungläubig an. »Das ist nicht dein Ernst.«

Doch Heike nickte, und es kam Julian so vor, als würden sich nun beide Mundwinkel leicht nach oben biegen.

Jetzt erst recht, dachte er, als er mit einer ordentlichen Ladung Wut im Bauch das Rundfunkhaus verließ und in seine Corvette stieg. Bis zu seiner ersten Sendung als neuer Schnulzenkönig würden laut Heikes Sendeplan noch einige Tage ins Land gehen. So lange galt er in der Redaktion praktisch als kaltgestellt, ergo konnte er sich anderen Dingen widmen. Diese Zeit wollte er nutzen, um in seinen Recherchen voranzukommen.

Victorias Ansatz, sich mit Zeitzeugen zu unterhalten, war im Prinzip nicht schlecht. Und vielleicht würde es ihr tatsächlich gelingen, einen auskunftsfreudigen Greis aus jener Zeit aufzutreiben. Sie hatte ihn mit ihrem Vorschlag aber noch auf eine andere Idee gebracht: Nicht nur Menschen konnten als ergiebige Informationsquellen dienen, sondern auch zeitgenössische Dokumente. Diesem Ansatz wollte er folgen und wusste auch, wo er fündig werden würde.

Direkt gegenüber der Parkanlage nahe dem Friedrich-Ebert-Platz stand ein klassischer Bau im Stil der Neorenaissance. Ein stolzes Gebäude aus hohen Sandsteinquadern, die im zweiten Stock roter Backstein ablöste. Die großen, mit bogenförmigen Simsen versehenen Fenster waren mit schmiedeeisernen Gittern versehen. Zwei eckige Pfeiler säumten den Haupteingang des Staatsarchivs. Zu dessen Beständen zählten nicht nur Aufzeichnungen, Urkunden und Schriften der Reichsstadt Nürnberg, des Markgrafentums Brandenburg-Ansbach und des Domkapitels Eichstätt, sondern auch »Schriftgut der sogenannten Nürnberger Kriegsverbrecherprozesse«, wie Julian von einem früheren Besuch wusste. Viele Dokumente waren aus anderen Archiven oder Sammlungen übernommen worden, andere auf teils abenteuerlichen Wegen in den Bestand gelangt. So hatte Julian erst kürzlich von Unterlagen über Hitlers Festungshaft 1923 in Landsberg gelesen. Die Gefängnisakten befanden sich zunächst im Fundus der Landsberger Justizvollzugsanstalt. Deren Leiter nahm sie jedoch mit nach Hause, wo sie in Vergessenheit gerieten. Erst bei der Entrümplung nach seinem Tod tauchten sie wieder auf und landeten schließlich auf dem Nürnberger Trempelmarkt. Ein Privatmann griff zu. Als seine Erben die Unterlagen viele Jahre später zu Geld machen wollten, schlug die Stunde des Staatsarchivs, das die Papiere ersteigerte und unter

Kulturgutschutz stellte. Ein Archiv mit solchen Ambitionen erschien Julian vielversprechend.

Er hatte seine Visite als Rundfunkhausreporter angemeldet und wurde bereits erwartet: Eine blasse, schmale Frau undefinierbaren Alters führte ihn in eine Art Bibliothekssaal, der das angestaubte Flair der Sechzigerjahre versprühte. In dem Raum selbst standen mehrere Tische und Lesepulte, die jeweils über Schreibtischlampen und mit Plastikschlaufen gegen Diebstahl geschützte Lupen verfügten.

»Ich habe Ihnen die gewünschten Unterlagen schon herausgesucht«, sagte die graue Maus und vermied es, ihn anzusehen. Wahrscheinlich wollte sie nichts mit den Medien zu tun haben. Julian kannte diese Reaktion, er hatte sie oft genug erfahren, wenn er mal mit dem Mikrofon außerhalb seines Studios unterwegs war.

»Es ist nahezu der komplette Bestand der Aufzeichnungen, die der Gerichtspsychologe William Stringer hinterließ. Vierhundertneunundvierzig Seiten plus Register«, erklärte seine Begleiterin und führte ihn zu einem Platz vor dem Fenster. »Sie dürfen das Dokument einsehen, aber nicht mitnehmen. Wissen Sie schon, wie lange Sie benötigen werden? Heute ist Donnerstag. Wir schließen um 16 Uhr.«

Julian sah auf seine Armbanduhr. Ihm blieben knapp zwei Stunden. »Ich werde mich beeilen«, versicherte er und tauchte sogleich in die Unterlagen ein.

Anfangs blätterte er wahllos durch die Sammlung von Notizen, die Stringer während seiner Gespräche mit den Inhaftierten angefertigt oder von einem Helfer hatte notieren lassen. Angesichts der Fülle von Informationen und der winzigen Schrift ging er bald dazu über, zunächst das Register nach Hinweisen zu durchforsten. Glücklicherweise entsprach es einer nachvollziehbaren Chronologie und unterschied zwischen Gesprächspartnern und Themen. Julian suchte gezielt nach Göring in Verbindung mit Tod beziehungsweise Selbstmord. Und er wurde fündig:

Stringer hatte Göring in einer Sitzung offen mit der Frage konfrontiert, ob er Angst vor einem Todesurteil hätte. Görings Reaktion darauf war im Wortlaut festgehalten:

»Wie kommen Sie dazu, das überhaupt anzunehmen? Ein Todesurteil gegen mich kommt nicht infrage. Wenn doch, werden Sie mich nicht um mein Leben winseln sehen. Es ist mir gleichgültig, ob ich hingerichtet werde, ertrinke, mit einem Flugzeug abstürze oder mich zu Tode saufe. Aber es gibt noch einen Ehrbegriff, der lautet: niemals aufgeben!«

Julian fragte sich, ob diese Aussage eher für oder gegen Görings Suizid sprach. Er suchte die nächste Stelle: eine Situation, in der Stringer Göring fragte, wie denn sein Schlussplädoyer lauten werde.

»Verdammt noch mal, das weiß ich sehr wohl. Es wird nur vier Worte enthalten: Leck mich am Arsch!«

Auch dieses Zitat brachte Julian nicht weiter. Er konnte daraus allenfalls entnehmen, dass Göring widerspenstig bis zuletzt blieb und sich gegen das Unvermeidliche sträubte. Aber das reichte Julian nicht. Er musste tiefer eintauchen in die Lektüre – viel tiefer.

Langsam und sorgfältig blätterte er sich durch den Dokumentenwälzer und benutzte seinen Zeigefinger als Lesehilfe, um in den eng aneinandergerückten Zeilen nicht die Orientierung zu verlieren. Ab und zu nahm er sein Handy zur Hand und fotografierte die eine oder andere Passage.

Die Lektüre war mühsam und erwies sich leider als wenig ergiebig. Julian erfuhr aus den teilweise Wort für Wort wiedergegebenen Unterhaltungen zwischen dem Psychologen und Göring zwar allerhand über dessen launisches Wesen, seine ständigen Beschwerden über die Prozessführung und Verbesserungswünsche an seiner Unterbringung, die ihm erstaunlicherweise meist gewährt wurden. Selbst seine Forderung, regelmäßig beten gehen zu dürfen, wurde erfüllt. Und das, obwohl allgemein bekannt gewesen sein musste, dass Göring ein Atheist erster Güte war. An der Seite einer Krankenschwester besuchte er mehrmals die gefängniseigene Kapelle, entnahm Julian dem Dokument.

Da die Zeit drängte, überschlug Julian einige Kapitel und gelangte schließlich zu einem Abschlussdossier Stringers, das wenig schmeichelhaft für seinen Patienten ausfiel. »Die Person Görings hat sich verheerend auf das Schicksal des deutschen Reiches ausgewirkt«, hieß es darin. Seiner unvorstellbaren Eitelkeit, gepaart mit einem ungeheuren Ehrgeiz, Geltungsbedürfnis, Prahlsucht, Falschheit und überzogenem Egoismus, habe Göring freien Lauf gelassen und damit dem Staat und seinen Bürgern geschadet. »Seine Gier und Verschwendungssucht waren beispiellos und zerrieben alles andere«, urteilte Stringer.

So weit, so schlecht, dachte Julian und war beinahe enttäuscht darüber, dass sich Stringer bei seiner abschließenden Beurteilung auf die Aufzählung von schlechten Charaktereigenschaften beschränkte. Göring – so weit war Julian inzwischen im Bild – war gewiss nicht so schlicht gestrickt gewesen, wie es der Psychologe in seinem Schlusswort darstellte. Das von Stringer entworfene, sehr einseitige Bild schien den Ergebnissen seiner eigenen Intelligenztests nicht gerecht zu werden, die im vorderen Teil der Dokumentation nachzulesen waren. Warum dieses undifferenzierte Resümee? Hatte Julian zwischen den vielen Seiten etwas verpasst, gab es einen Anlass, nach dem Stringer seinen Patienten abgeschrieben oder eher abgestempelt hatte?

Auf der Suche nach einer schlüssigen Erklärung blätterte Julian noch einmal zurück. Dabei fiel ihm ein Bruch in der Kapitelfolge auf. Zwischen dem vierundzwanzigsten und dem abschließenden zweiunddreißigsten klaffte eine Lücke. Daraufhin schlug er im Inhaltsverzeichnis nach und fand die Angaben über die betreffenden Abschnitte geschwärzt. Was hatte das zu bedeuten? Wer wollte hier etwas verbergen? Und weshalb?

»Entschuldigen Sie bitte, aber wir schließen gleich.«

Julian fuhr erschrocken herum und sah sich der grauen Maus gegenüber. Diese zog bedauernd die Schultern hoch.

»Ist es schon vier?«, fragte Julian überrascht. Er hatte die Zeit völlig aus den Augen verloren.

»Ja, sogar schon fünf Minuten nach«, antwortete die Archivarin. »Darf ich Ihnen den Dokumentenfolder abnehmen? Ich muss ihn wieder einsortieren.«

Julian legte seine Hand auf den Band. »Moment noch. Ich habe eine Frage: Im hinteren Teil der Chronik fehlen einige Kapitel. Auch aus dem Register sind sie gestrichen worden. Hat das einen besonderen Grund?«

Die Frau zögerte keinen Moment mit einer Erklärung: »Das ist völlig normal. Die meisten Dokumente über den Prozess wurden im Laufe der Jahre peu à peu freigegeben, aber nicht alle. Das liegt vor allem an der schieren Masse des Materials, das immer noch nicht vollständig wissenschaftlich aufgearbeitet worden ist. Sie können sich vorstellen, dass an den zweihundertachtzehn Verhandlungstagen einiges anfiel: mehr als zweitausendsechshundert Anklageschriften, zweihundertvierzig protokollierte Zeugenbefragungen, über dreihunderttausend eidesstattliche Erklärungen.« Das Wissen sprudelte nur so aus der schmalen Frau heraus. »Die Vervielfältigung der Schriftstücke in alle vier Verhandlungssprachen verbrauchte fünf Millionen Blatt Papier und fast dreißig Kilometer Tonband. Allein bei uns lagern fünfhundert Regalmeter Akten der Kriegsverbrecherprozesse. Und bald werden wir wohl erweitern müssen, denn gerade erst sind wieder zweiundzwanzig Akten aufgetaucht, die ein amerikanisches Auktionshaus zum Kauf anbietet. Wir werden mitbieten.«

Julian schmunzelte über die streberhafte Art der unscheinbaren Angestellten. »Ihre Kenntnisse in Ehren, aber das erklärt nicht die fehlenden Kapitel.«

»Manches liegt nach wie vor in den Archiven der damaligen Siegermächte und ist bislang nicht zur Herausgabe freigegeben. Das sind die Dokumente in den sogenannten ›Giftschränken‹«, erklärte sie.

»Was soll ich mir darunter vorstellen?«

»Meistens handelt es sich um politisch oder militärisch brisante Zusatzprotokolle oder Anhänge, die damals als geheim eingestuft wurden. Solange sich niemand die Mühe macht, diese Einschränkung aufzuheben, bleiben die Papiere unter Verschluss.«

»Und bei den Protokollen des Psychologen ist dies der Fall?«, wunderte sich Julian.

»Wie es aussieht, ja. Aber ich glaube kaum, dass die fehlenden Passagen großartige Überraschungen enthalten, denn das Wesen und die Taten der Kriegsverbrecher sind ja hinlänglich bekannt.«

»Besitzt das Staatsarchiv selbst auch einen solchen Giftschrank?«, wollte Julian wissen.

»Nein. Wir haben zwar einen Safe, aber der ist nicht dazu da, um Geheimnisse zu hüten, sondern unsere größten Schätze zu schützen«, erklärte die Archivarin.

Julian war neugierig: »Was lagert denn in Ihrem Tresor? Dürfen Sie darüber sprechen?«

»Goldsiegel, Goldene Bullen und ungefähr fünfzig Dokumente, darunter der große Freiheitsbrief Kaiser Friedrichs II. aus dem Jahr 1219. Das ist quasi die Gründungsurkunde von Nürnberg. Und dann ist da noch Hitlers letzter Wille.«

Julian horchte auf. »Habe ich das richtig verstanden? Sie bewahren Adolf Hitlers Testament auf?«

»Eines von mehreren, ja.« Die Frau blickte ein wenig verlegen zu Boden. »Das ist ja nichts, für das man sich rühmen sollte. Wir hängen das nicht an die große Glocke, doch es gehört nun mal zu unseren Beständen.«

Julian war hellhörig geworden und hakte nach: »Kennen Sie dieses Dokument?«

»Ja. Es sind zehn Seiten, die er im belagerten Berlin verfasst hat.«

»Ich bin neugierig. Wie lautete des Führers letzter Wille?«

Der Archivarin war es sichtlich unangenehm, sich über dieses belastete Thema ausfragen zu lassen. »Wenn Sie mir so konkrete Fragen stellen, bin ich nicht die richtige Ansprechpartnerin. Sie müssten mit unserem Amtsleiter …«

»Keine Sorge«, unterbrach Julian. »Ich werde das nicht verwenden. Es interessiert mich einfach nur persönlich.«

»Also schön. Es ist kein Testament im herkömmlichen Sinn. Eher ein politisches Traktat. Hitler schwadroniert darin seitenweise über das Weltjudentum und stellt in absoluter Verkennung der Realität ein neues Reichskabinett zusammen, das sein politisches Erbe antreten sollte.«

»Aber er hatte doch seine Nachfolger längst bestimmt«, meinte Julian. »Hermann Göring etwa …«

Die Frau winkte ab. »In seinem Testament verbannt er Göring aus der NSDAP. All seiner Ämter hatte er ihn ja schon vorher enthoben.«

»Nennt Hitler einen Grund dafür, warum er Göring verstieß?«

»Ja, das tut er. Wenn ich das richtig im Kopf habe, hielt er Göring zuletzt für einen Überläufer, der ihn durch geheime Verhandlungen mit dem Feinde verraten hätte.«

»Das ist bemerkenswert«, murmelte Julian. »Sehr sogar.«

Die Archivarin schielte auf ihre Armbanduhr. »Nun muss ich Sie aber wirklich bitten zu gehen. Ich muss schließen.«

Julian bedankte sich noch einmal und folgte ihrer Aufforderung.

18

Die Bezugsscheine für die laufende Dekade gingen zur Neige. Entweder würden sie sich für den Rest des Monats stark einschränken müssen, oder Margarete müsste erneut Sergeant Stringers Hilfsbereitschaft in Anspruch nehmen. Aber spätestens seit man sie als Spitzel auf ihn angesetzt hatte, konnte sie das mit ihrem Gewissen kaum noch vereinbaren. Also würde sie wohl etwas eintauschen müssen, um an frisches Gemüse, Brot und vielleicht ein paar Eier zu kommen. Nicht Görings Feuerzeug, das ja für die Handwerker reserviert war, sondern etwas aus ihrem eigenen Besitz. Nach längerem Nachdenken entschied Margarete, sich von einem unversehrt gebliebenen Handspiegel zu trennen. Sie schob ihn unter ihre Jacke und machte sich auf den Weg zum Hauptmarkt.

Der große, nahezu quadratische Platz inmitten der Altstadt war schon immer Zentrum des Handels. An den Markttagen stellten die Bauern aus dem Umland ihre Zelte und Verkaufswagen auf und boten vor der prachtvollen Kulisse der gotischen Frauenkirche, des historischen Rathauses, der stolzen Bürgerhäuser und des mit Blattgold verzierten Schönen Brunnens ihre erntefrischen Waren feil. So war es früher gewesen. Geblieben war das grauschwarze Kopfsteinpflaster, drum herum unförmige Hügel aus Ziegelschutt, geborstene Betonplatten, aus denen verbogene Stahlträger ragten, Kabelgewirr, verkohltes Holz und Tapetenfetzen. Von der Kirche hatte immerhin die Fassade der Wucht der Bomben standgehalten.

Einige wenige Bauern aus dem nahen Knoblauchsland waren heute mit ihren mageren Auslagen vertreten. Auf den ersten Blick hatten sie nicht viel zu bieten, außer ein paar schrumpeligen Äpfeln, blassen Kartoffeln und Karotten, kurz und dünn wie ein kleiner Finger. Aber Margarete wusste, dass man mehr von ihnen bekommen konnte, wenn man nur mit der richtigen Währung zahlte. Das derzeit verwendete, allgemein verschmähte Papiergeld war ja eigentlich keinen Pfifferling wert. Staatliche Gehälter und Steuern wurden in Reichsmark ausgezahlt, aber seit August '46 gab es auch von den Siegermächten gedrucktes Besatzungsgeld, das nicht in Reichsmark umgewechselt werden konnte und auf geringe Akzeptanz stieß. Vertrauen genoss weder die eine noch die andere Übergangswährung. Als eigentliches Zahlungsmittel galten daher Zigaretten, für die man unter der Hand fast alles bekommen konnte. Oder man tauschte Waren gegen Waren, wie Margarete es vorhatte. Es war schon traurig, dachte sie, während sie sich einem der Marktstände näherte: Deutschland war damit in den archaischen Zustand der Naturalwirtschaft zurückgefallen.

»Was darf's denn sein, Fräulein?«, fragte eine alte Bauersfrau, deren runzliges Gesicht unter einer ehemals weißen Haube hervorlugte. Die Frau trug fränkische Tracht oder vielmehr das, was von dem aufwendig genähten, schönen Stück übrig war. Der Stoff sah zerschlissen aus, die Farben ausgebleicht.

Margarete öffnete ihre Jacke und gab den Blick auf den Handspiegel frei. Die Bäuerin unterzog ihn einer kritischen Prüfung und hob daraufhin den Deckel einer Holzkiste an, auf der sie bis eben gesessen hatte. Zum Vorschein kamen Kopfsalate, mehrere Bund Radieschen und Sellerie. Samt und sonders erntefrische Ware. Margarete nahm von allem etwas, ließ es sich in Papier aus einer alten Ausgabe des *Stürmers* einschlagen und beeilte sich, den Hauptmarkt zu verlassen. Sie wollte ihre Beute so schnell wie möglich nach Hause tragen und freute sich vor allem auf die Radieschen, für die sie im Küchenschrank ein wenig Salz aufzutreiben hoffte.

Sie war gerade bis zur nahen Waaggasse gelangt, als sie hinter sich Schritte hörte, die rasch näher kamen. Eine Streife, die Jagd auf Schwarzhändler und ihre Kunden machte? Ohne sich umzusehen ging sie weiter, erhöhte aber ihr Tempo. Auch die Schritte ihres Verfolgers wurden daraufhin schneller. Margarete bekam es mit der Angst zu tun und bog bei nächster Gelegenheit ab, um den Schatten loszuwerden.

Das aber gelang ihr nicht. In den engen Gassen des Burgviertels holte er sie ein. Margarete meinte, ihr Herz würde aussetzen, als sie eine kräftige Hand auf ihrer Schulter spürte.

»Mein Gott!«, rief sie erschrocken, als sie den Verfolger erkannte. »Was tun Sie hier? Was wollen Sie von mir?«

Boris Sokolow war aus der Puste, auf seiner breiten Stirn hatten sich Schweißperlen gebildet.

»Sie jetzt mit mir sprächen miiissen!«, sagte er um Atem ringend.

»Nein!« Margarete schüttelte seine Hand ab.

»Nicht wieder weglaufen! Sie mich anchören, biiitte.« Auffordernd nickte er mit seinem abstoßend runden Schädel. »Es ist sehr wiiichtig für Sie.«

Margarete war sich bewusst darüber, dass sie sich durch ihre ungeplante Flucht in eine bedrohliche Situation gebracht hatte. Denn die schmale Gasse, in der sie standen, war menschenleer. Sokolow war ihr körperlich weit überlegen. Würde er es darauf anlegen, so hätte sie keine Chance. Dennoch wollte sie sich unter keinen Umständen mit ihm einlassen.

»Lassen Sie mich in Frieden!«, rief sie und blickte den Diplomaten finster an. »Ich will es nicht hören, was Sie mir sagen wollen.«

»Warum Sie sind so zornig? Sie miiissen chaben Vertrauen zu miiir«, beschwor sie der feiste Russe.

Margarete schüttelte energisch den Kopf. Ihr kamen Görings Sprüche in den Sinn, dass er wohl besser mit den Sowjets kooperiert hätte. Dann war wohl Sokolow sein Kontakt, sein Mittelsmann, folgerte sie. »Ich kann mir denken, wer Sie schickt. Aber Sie können demjenigen sagen, dass ich da nicht mitmache. Egal, was er von mir will. Ich werde ihm nicht helfen.«

Sokolow hob verwundert seine buschigen Brauen. »Sie noch gar nicht wiiissen, was der Plan ist. Erst mal chören miiir zu, danach entscheiden.«

»Nein!« Margarete schrie dieses Wort geradezu heraus. »Ich habe nichts zu tun mit diesem Plan! Ich kann nicht, ich will nicht! Lassen Sie mich endlich in Ruhe!«

Rückwärts gehend entfernte sie sich von dem Koloss von Mann.

»Warten Sie!«, forderte er sie auf, machte aber keine Anstalten, ihr weiter zu folgen. Dafür war er noch zu sehr aus der Puste. »Sie nicht können iiimmer weglaufen. Dafür es ist zu spät! Chören Sie? Zu spääät!«

Doch Margarete gab nichts auf diese Warnungen. Sie nahm die Beine unter die Arme und rannte. Sie rannte den ganzen Weg bis nach Hause. Im Treppenhaus krümmte sie sich, um das Seitenstechen zu lindern.

Diesmal mied sie das Gespräch mit ihrer Mutter, indem sie sich mit ihrem Bruder Harald beschäftigte, nachdem sie ihre Einkäufe verstaut hatte. Als er nach dem Abendessen müde geworden war und sie ihn zu Bett gebracht hatte, zog sie sich unter dem Vorwand, noch lesen zu wollen, zurück – und blieb allein mit ihren Sorgen, ihren Ängsten.

Wieder verbrachte sie eine schlaflose Nacht. Erst in den frühen Morgenstunden dämmerte sie für eine Weile weg. Zuvor hatten sie quälende Gedanken geplagt. Es kam ihr vor, als hätte ihr jemand einen Strick um den Hals gelegt und würde den Knoten mit grausamer Langsamkeit enger ziehen. Ihr war bewusst, dass dieser Jemand kein anderer war als sie selbst, denn seit sie sich auf Görings Werben eingelassen und sein erstes Geschenk angenommen hatte, verfolgte sie ihr Gewissen und machte ihr das Leben zur Hölle. Sie kannte sich selbst gut genug, um zu wissen, dass sie diesem seelischen Druck nicht lange würde standhalten können. Also musste sie nach einer Lösung suchen, um sich aus dem Schlamassel zu befreien.

Doch auch das wusste sie: Allein würde sie es nicht schaffen. Sie fragte sich, wen sie um Hilfe bitten könnte. Der Einzige, dem sie außerhalb ihrer Familie Vertrauen entgegenbrachte, war Sergeant Stringer. Der aber stand auf der schwarzen Liste der Gefängnisverwaltung, weil er sich angeblich selbst von den Nazis schmieren ließ. Das Risiko, ihn einzuweihen, durfte sie daher nicht eingehen.

Was blieb, war ein Vorsprechen bei Colonel Hutchonson. Selbst wenn ihr der gelackte Offizier längst nicht so sympathisch war wie Stringer, würde sich ihr durch ein offenes Gespräch mit ihm die Chance für einen Ausstieg bieten. Wenn sie sich Hutchonson jetzt offenbarte, könnte sie vielleicht mit einem blauen Auge davonkommen.

Ja, dachte sie, so würde sie es machen. Als sich Margarete nach dem Frühstück von ihrer Mutter verabschiedete, stand ihr Entschluss fest.

Mut und Antrieb waren schon auf dem Weg zum Justizpalast verflogen. Klein und verloren fühlte sie sich, als sie in Hutchonsons überdimensioniertem Arbeitszimmer Platz genommen hatte. Der große Blonde sah sie aufmerksam an.

Er wartete, bis seine Sekretärin, die Margarete hereingeführt hatte, den Raum verließ. Dann fragte er erwartungsvoll: »Lassen Sie hören: Haben Sie schon etwas zu berichten?«

Margarete versuchte, den Kloß in ihrer Kehle hinunterzuschlucken. »Nein. Das heißt: Über Sergeant Stringer kann ich nichts sagen. Nichts, das verdächtig wäre. Ich glaube, Sie haben sich getäuscht.«

Hutchonson nickte bedächtig und tippte mit dem Zeigefinger einen Wimpel mit Stars-and-Stripes-Motiv an. »So so, glauben Sie.«

»Stringer ist emsig, fleißig und diszipliniert wie immer. Dass er sich über das berufliche Interesse hinaus mit den Häftlingen einlässt, habe ich nicht bemerkt«, bekräftigte Margarete.

Hutchonson spielte noch immer mit dem Wimpel. »Aber es gibt ihn: den Feind in unseren Reihen. Die geheimdienstlichen Hinweise sind eindeutig.«

»Muss es denn Stringer sein?«

»Wer sonst?«

»Sokolow!«, platzte es aus Margarete heraus.

Hutchonsons bisher so unbewegte Miene verriet ungläubiges Erstaunen: »Der Diplomat?«

»Ja!«, bestätigte Margarete, »Sokolow, der Russe. Er hat mir mehrfach nachgestellt, mich bedrängt.«

Hutchonson fand schnell seine Fassung wieder. »Ich bitte Sie, Fräulein Galster. Herr Sokolow ist Vertreter der sowjetischen Botschaft und Mitglied des diplomatischen Corps.«

»Trotzdem kann er ein Verräter sein«, beharrte sie.

»Was eine Strafverfolgung schwierig machen dürfte, denn er genießt Immunität. Außerdem halte ich es für unwahrscheinlich, dass ausgerechnet ein Russe Göring helfen würde.« Er stand auf und ging zu einem Kommodenschrank, dessen verspiegelte Türen eine Hausbar verbargen. »Darf ich Ihnen etwas anbieten?«, fragte er. »Sherry, Gin oder lieber einen Cognac?«

»Danke, nein. Ein Glas Sodawasser wäre nett.«

Hutchonson goss Margarete Wasser und sich selbst Cognac ein. Dann setzte er sich ihr wieder gegenüber und entnahm einer schmalen silbernen Dose eine Zigarette.

»Rauchen Sie?«

Margarete schüttelte den Kopf.

Hutchonson zündete die Zigarette an, inhalierte zwei Züge und sagte: »Ich werde Erkundungen über Sokolow einziehen lassen, wenn Sie das beruhigt. Bis dahin versuchen Sie möglichst, ihm aus dem Weg zu gehen. Das erspart Ihnen seine Annäherungsversuche und uns diplomatische Verwicklungen.«

Nun nickte Margarete und nahm einen kleinen Schluck aus ihrem Glas. Ein Stück weit fühlte sie sich erleichtert.

»Aber da ist noch etwas anderes«, sagte Hutchonson unvermittelt. »Es gibt einen weiteren Grund, aus dem Sie mich sprechen wollten, richtig?«

Ruckartig sah Margarete zu ihm auf. Dabei verschüttete sie die Hälfte des Wassers.

Hutchonson beugte sich über den Schreibtisch und reichte ihr ein großes Taschentuch mit eingesticktem Monogramm. »Habe ich Sie erschreckt? Dann entschuldigen Sie bitte.«

Margarete wischte eifrig über die feuchte Stelle und vermied es tunlichst, Hutchonson noch einmal anzusehen.

»Sie müssen wissen«, setzte Hutchonson in ruhigem Tonfall an, »dass Sie in Ihrer Tätigkeit sozusagen an der Quelle sitzen und als Informantin für mich unverzichtbar sind. Ich möchte Ihre Dienste weiter beanspruchen und nehme es in Kauf, dass Sie auch mal eine Schwäche zeigen. So etwas ist menschlich.«

Ganz langsam und mit banger Ahnung wagte sich Margarete aus ihrer Deckung. Sie stellte das hektische Wischen an ihrem Kittel ein und hob den Kopf. »Was meinen Sie?«, fragte sie mit erstickter Stimme.

Hutchonson lächelte sie an. Es war kein berechnendes oder gar kaltes Lächeln, eher ein fürsorgliches. »Es ist uns nicht verborgen geblieben. Die Wachposten haben mir davon berichtet.«

Margaretes Pupillen weiteten sich. Sie war aufgeflogen! Angstvoll fragte sie: »Das goldene Feuerzeug und die Krawattennadel – Sie wissen davon?«

Hutchonson nahm einen weiteren Zug von der Zigarette. »Selbstverständlich. Es wäre fatal, wenn wir so etwas nicht wüssten.«

Margarete war himmelangst. Welche Konsequenzen kamen jetzt auf sie zu? Sie schalt sich selbst, dass sie nicht gleich am Anfang des Gesprächs alles zugegeben hatte, wie sie es eigentlich vorgehabt hatte.

»Well«, meinte Hutchonson, noch immer die Ruhe selbst. »Wie bereits gesagt, möchte ich auf Sie nicht verzichten. Dass Sie im Dienst die Hand aufgehalten haben, nehmen wir billigend in Kauf. Zum einen sind Sie beileibe nicht die Einzige, die sich dazu hat hinreißen lassen. Zum anderen …« Er lächelte erneut, diesmal jedoch blitzten seine Augen listig. »Zum anderen ist es vielleicht sogar gut, wenn Göring und womöglich auch Stringer Sie für bestechlich halten. Denn damit wähnen sie sich auf der sicheren Seite und werden nachlässig, was den Austausch von Geheiminformationen anbelangt. Von einer Frau, die sich selbst etwas zuschulden hat kommen lassen, erwartet man nicht, dass sie Meldung an die Kommandantur macht.«

»Sie meinen …«, begann Margarete zu verstehen.

»Ja! Sie machen weiter so wie bisher. Und wenn Ihnen Göring noch einmal etwas zusteckt, nehmen Sie es an. Eine Zurückweisung zum jetzigen Zeitpunkt wäre verdächtig und könnte unser Vorhaben gefährden.«

Margarete war einerseits sehr froh über diese Entwicklung, doch sie hatte Skrupel. »Göring wird früher oder später eine Gegenleistung einfordern. Er hat so etwas schon angekündigt.«

Hutchonson drückte die Zigarette aus. »Wichtig ist, dass Sie Göring keine Veranlassung geben, misstrauisch zu werden. Wir müssen erfahren, was er ausheckt und wer ihm dabei hilft. Spielen Sie sein Spiel mit und halten Sie mich auf dem Laufenden.«

»Ist das nicht gefährlich?«, fragte Margarete mit banger Stimme.

»Womöglich beruhigt Sie ja der Gedanke, dass auch Kriminelle wie Göring nicht ununterbrochen kriminell sind, sondern vielleicht nur zu einem Prozent ihres Lebens.«

»Was schon ausreicht für viele schlechte Taten«, bemerkte Margarete noch immer zweifelnd. »Ich weiß ja, wie charmant und sogar liebenswürdig Göring auftreten kann, aber in so einer seltenen Minute rammt er mir womöglich seinen Brieföffner ins Herz.«

»Keine Sorge«, sagte Hutchonson und erhob den Cognacschwenker. »Leute seines Schlages töten nicht eigenhändig. Ihnen wird nichts passieren. Ich behalte Sie im Auge.«

19

Ingo machte einen bekümmerten Eindruck. Der Döner, der vor ihm auf dem Schreibtisch lag, war nicht einmal zur Hälfte gegessen, und Julian musste sich fragen, ob sein Freund krank war.

»Geht es dir nicht gut?«

»Mir schon«, meinte Ingo. »Aber dir nicht. Und das macht mir Sorgen.«

»Kennst mich doch: Ich bin ein Stehaufmännchen«, meinte Julian bewusst flapsig und setzte sich ihm gegenüber. Er zupfte ein Stück vom Fladen ab und steckte es sich in den Mund.

»Na ja.« Ingo schien mit dieser Antwort nicht zufrieden zu sein. »Hast du denn inzwischen einen Anwalt?«

»Ja, ich habe mir einen mit gutem Ruf gesucht. Für morgen haben sie mir einen Termin gegeben. Dann prüfen sie, ob die Beschlagnahmung meines Laptops anzufechten ist.«

»Bist du rechtsschutzversichert?«

»Nee.«

»Dann kann es dich teuer zu stehen kommen. Das weißt du hoffentlich.«

»Ich gehe davon aus, dass ich das Verfahren gewinne und Vater Staat meine Anwaltskosten tragen muss.«

Ingo stieß ein unwirsches Schnaufen aus. »Meine Güte, Julian, ist es das alles wirklich wert? Vielleicht solltest du in den sauren Apfel beißen, auf Heike hören und diese ganze Göring-Geschichte sausen lassen – auch wenn es schade drum wäre. Wenn du dich Heike gegenüber ein bisschen handzahmer geben würdest, hättest du im Nu deine Morning Show zurück, und alles wäre wieder so wie früher.«

»Ingo, versteh mich doch: Ich will nicht, dass es so wird wie früher. Ich habe den Eindruck, dass ich in den letzten Jahren all meine Chancen verschlafen habe. Jetzt bin ich endlich aufgewacht und tue etwas. Und ich möchte wach bleiben!« Es war nett, geradezu rührend, wie sich Ingo um sein Wohl sorgte, doch für Julian stand fest, dass er sich nicht länger unterordnen wollte. »Ich muss das jetzt durchziehen«, sagte er entschieden.

»Wie du meinst. Aber wenn du schon unbedingt den Revoluzzer spielen musst, dann leg dir wenigstens eine Strategie zurecht. Überleg dir, was dein Ziel ist. Denn dass deine Göring-Story von einem der Rundfunkhaussender ausgestrahlt wird, halte ich für immer unwahrscheinlicher. Mach dir rechtzeitig Gedanken darüber, wem du den Stoff anbieten willst, und wer dir genug Kohle dafür bezahlt, damit am Ende nicht doch alles für die Katz war.« Ingo senkte den Ton, als er hinzufügte: »Vor allem aber solltest du hier im Haus nicht mehr so viel Wind um die Sache machen. Halt den Ball flach und zieh keinen anderen mit rein. Ich denke da vor allem an Vic, die ja aus unerfindlichen Gründen einen Narren an dir gefressen zu haben scheint. Halt sie ab jetzt da raus, sonst vermasselst du ihr noch das Volontariat – …« Abrupt beendete er seinen Satz und blickte über Julians Schulter. »Wenn man vom Teufel spricht.«

Julian drehte sich um und sah, wie Victoria gut gelaunt und beschwingt durch das Großraumbüro stolzierte. Zufrieden lächelnd kam sie direkt auf die beiden zu.

»Du schaust aus, als wolltest du die ganze Welt umarmen«, bemerkte er.

»Echt?«, fragte Vic und lachte kokett. »Sieht man mir das so an?«

»Ja«, meinte auch Ingo. »Etwas übertrieben, dein Auftritt. Deine Recherche muss ja ein Granaten-Erfolg gewesen sein.«

Vic legte den Kopf schief. »Willst du mich verarschen?«

»Nein«, schaltete sich Julian ein. »Er will dich schützen. Abschreckung durch Unverschämtheit, wenn du verstehst, was ich meine. Das ist seine Spezialität.«

»Keine Ahnung, wovon ihr redet, Jungs. Aber hört mal zu: Ich habe tatsächlich noch drei Leute aufgetrieben, die damals auf der Gehaltsliste der Alliierten standen und im Zellenblock eingesetzt wurden.« Sie berichtete von einem Schlossergesellen, der als eine Art Hausmeister fungierte, von einem Hilfsarbeiter, der für Reinigungsdienste eingesetzt worden war, und von einer Krankenschwester, die dem Gerichtspsychologen assistierte. »Alle drei sind noch am Leben und wohnen in Nürnberg oder im Umland.«

»Am Leben heißt mit Magensonde auf einer Palliativstation?« Ingo konnte das Sticheln nicht lassen und fing sich dafür von Julian einen Schlag auf den Oberarm ein.

»Kann ich nicht sagen. Aber ich kenne die Adressen: ein Altenheim, zwei Privatanschriften. Wenn ihr wollt, besuch ich die alten Herrschaften.«

Julian, der sich Ingos Ermahnung zu Herzen genommen hatte, verneinte: »Keine gute Idee, Vic. Du würdest nur Ärger bekommen, wenn du mehr Zeit auf die Sache verwendest.«

»Aber ich …«, setzte sie zu einem Protest an.

Julian hob die Hand. »In deinem eigenen Interesse: Nimm meinen Rat an und werd Ingos Co-Moderatorin, bis meine Freundin zurück ist. Und tu mir den Gefallen und überlass mir die Kontakte von den drei Alten. Ich checke sie, und falls sich tatsächlich einer von ihnen als ergiebige Quelle erweisen sollte, bist du die Erste, die es erfährt. Dann darfst du das Interview aufzeichnen, versprochen! Aber danach ist Schluss, und du kümmerst dich wieder um deinen eigentlichen Job, okay?«

Vic sah ihn unschlüssig an. Schließlich nickte sie. »Ich schick dir die Namen per SMS auf dein Handy.«

»Danke«, sagte Julian. »Weise Entscheidung.«

Er begann mit dem ersten Namen auf Vics kurzer Liste: Hubert Witschewsky. Nur ein einziger Eintrag erschien unter diesem Namen im Nürnberger Telefonbuch. Als Julian anrief, meldete sich tatsächlich der einstige Knasthausmeister. Achtundneunzig Jahre alt, mit kräftiger Stimme und anscheinend in bester geistiger Frische. Julian stellte sich vor und gab wahrheitsgemäß an, einen Radiobericht über die Nürnberger Prozesse zu erarbeiten.

»Nichts macht eine Reportage so lebendig wie Wortbeiträge von Zeitzeugen«, schmeichelte er dem Senior.

»Da helfe ich gern, wenn ich kann«, tönte Witschewskys markante Stimme aus dem Hörer. »Es kommt ja nicht mehr alle Tage vor, dass man nach meiner Meinung fragt. Ist mir eine Ehre.«

Julian erkundigte sich nach seinen Erinnerungen an den Gefängnisalltag, so wie er ihn in seiner Funktion als Hausmeister mitbekommen hatte.

»Das ist natürlich sehr lange her«, begann Witschewsky. »Aber erstaunlicherweise weiß ich alles noch genau. Man sagt ja, dass im Alter das Kurzzeitgedächtnis nachlässt, aber das, was man früher erlebt hat, einem wieder ganz nahe ist, als wäre es erst gestern geschehen. Da ist was Wahres dran.« Er berichtete ausgesprochen detailliert von der täglichen Routine im Gefängnisblock, den strengen Sicherheitsmaßnahmen und den Umständen, die diese ihm bereiteten. »Für jeden Gang brauchte man einen Passierschein. Manchmal reichte es, wenn ein mittlerer Dienstgrad ihn unterzeichnete, oft war aber die Unterschrift vom Kommandanten nötig. Nämlich immer dann, wenn ich in den Zellen selbst zu tun hatte.« Erschwerend sei hinzugekommen, dass das Mitführen gefährlicher Gegenstände im Sicherheitsbereich verboten war, darunter viele für einen Hausmeister unverzichtbare Werkzeuge wie Zange, Hammer und Schraubenzieher. »Bei jedem Wachposten musste ich meine Tasche öffnen und mich rechtfertigen. Oft wurde mir mein ganzes Handwerkszeug abgenommen, und ich musste unverrichteter Dinge wieder abziehen. Wir fanden dann aber eine Lösung: Handwerker wie ich bekamen ein rotes M auf ihren Ausweis. M für Mechanic. Das erlaubte einem wie mir das Mitführen von Werkzeugen und machte es etwas leichter, meiner Arbeit nachzugehen.«

»Was hatten Sie in den Zellen zu tun?«, fragte Julian, den der wache Verstand des alten Mannes positiv überraschte.

»Das Oberlandesgericht ist vom Bombenkrieg ja weitgehend verschont geblieben. Aber es war ein altes Gebäude mit Sanierungsbedarf. Vor allem das Leitungssystem war im Argen.«

»Haben Sie auch bei Göring die Rohre repariert?«, fragte Julian nun geradeaus.

»Beim Dicken?« Witschewsky stieß ein glucksendes Lachen aus. »Aber natürlich! Jede Woche, wenn es reicht. Der feine Herr Reichsjägermeister hatte alle Naslang etwas auszusetzen an seinem Quartier. Hätte wohl lieber im *Deutschen Hof* logiert, wo die Nazibagage bis Kriegsende ein- und ausgegangen war.«

»Was für einen Eindruck hat er auf Sie gemacht?«

»Eindruck? Wie soll ich sagen … er war nicht mehr ganz so gut beieinander, wie man ihn aus der Wochenschau kannte. Prinz Protz hatte Federn gelassen.«

»Sie meinen, er litt unter den Haftbedingungen? Hat er sich denn seinem Schicksal ergeben?«

»Bestimmt nicht! Er bekam ja alles, was er wollte. Ausgenommen seine Drogen vielleicht. Jedenfalls wurde er besser behandelt als jeder andere Gefangene. Es stimmt eben doch: Die Kleinen kriegt man dran, die Großen bleiben unbehelligt.«

»›Klein‹ waren die anderen Angeklagten sicher auch nicht«, meinte Julian. »Gab es noch einen anderen Grund für Görings privilegierte Stellung?«

»Mmm.« Witschewsky dachte nach. »Er hatte viel zu bieten, wenn Sie das meinen. Die Parzelle mit den Göring-Asservaten war die vollste. Man nannte sie auch die Schatzkammer. Auf Antrag und mit Genehmigung der Kommandantur konnte er sich daraus bedienen. Man brachte ihm, was er wollte. Ausgenommen Waffen natürlich.«

»Was machte er mit diesen Dingen?«, fragte Julian. »Für Wertgegenstände hatte er in seiner Zelle doch keine Verwendung mehr.«

»Man sagt, der Dicke habe seine Nerven beruhigt, indem er ab und zu seine Hände in Rohdiamanten badete«, behauptete Witschewsky. »Außerdem war er ziemlich freigiebig. Es war kein Geheimnis, dass er kleine und große Geschenke verteilte. Damit erkaufte er sich die bessere Behandlung im Knast.«

»Wenn ich fragen darf: Hat er Ihnen auch ein Geschenk gemacht?«

»Ach, wissen Sie, Herr Heldt, schön wäre es ja gewesen. Aber dazu war ich ein zu kleines Licht, viel zu unwichtig. Was hätte ich einem wie Göring denn dafür bieten können?«

Julian kamen spontan so einige Möglichkeiten in den Sinn: »Werkzeug für einen Ausbruch zum Beispiel. Sie sagten doch selbst, dass Sie in Ihrer Tasche allerhand dabeihatten.«

»Nein, nein, Sie haben da ganz falsche Vorstellungen. Selbst wenn er sein Schloss aufgebrochen hätte, wäre er nicht weit gekommen bei all den Wachposten. Die haben vierundzwanzig Stunden am Tag patrouilliert. Nachts haben sie immer wieder mit Lampen in die Zellen geleuchtet und sie regelmäßig durchsucht. Sogar das Mobiliar wurde ausgetauscht, damit nur ja nichts versteckt werden konnte.«

»Aber Sie sagten doch selbst, dass sich Göring recht gönnerisch gegeben hat. Vielleicht nahmen es die Wachen bei ihm nicht so genau.«

Witschewsky schwieg einen Moment und forschte wohl in seinen Erinnerungen. »Autogramme prominenter Nazis waren sehr beliebt. Göring wusste das und nutzte die Nachfrage, um Kontakte zu knüpfen. Ich kann mir vorstellen, dass fast jeder der hundertzwanzig Wachleute so ein Souvenir haben wollte. Der Dicke hat übrigens gern mit ›Waidmannsheil‹ unterschrieben. Manchmal ging es noch weiter: Einer der Unteroffiziere hat mit einer Armbanduhr angegeben, die er angeblich von ihm bekommen hatte. Ein anderer rechnete sich gute Chancen auf Görings Pfeife aus. Und er hatte noch mehr zu bieten: Auf seinem Schreibtisch habe ich mal eine Streichholzschachtel aus massivem Gold gesehen, mit Luftwaffenadler und Rubinen besetzt. Weiß der Kuckuck, warum ihm die Gefängnisleitung die vielen Kostbarkeiten nicht abgenommen hat. – Ja, und dann gab es noch die Gerüchte um seine Bilder.«

»Welche Bilder?«

»Gemälde, wertvolle Schinken. Der Dicke war ja Sammler und hat sich so manches Meisterwerk ergaunert. Viele dieser Bilder blieben verschwunden, und man munkelte, dass er sie irgendwo gebunkert hatte.«

»Sie meinen so ähnlich wie bei dem Nazikunstschatz, der kürzlich in Schwabing entdeckt wurde? Die Werke sollen ja zusammen über eine Milliarde Euro wert sein. Und das in einer ganz normalen Wohnung.«

»Richtig, richtig. Die Sammlung vom alten Göring war bestimmt noch kostbarer. Gut möglich, dass er den einen oder anderen von uns damit ködern wollte.«

Julian konnte sich ausmalen, wie angesichts solcher Offerten manch einer wankelmütig geworden war. Göring versuchte offenbar, das Personal durch gezielte Bestechung zu seinen Schachfiguren zu machen.

Witschewsky wollte auf das Thema aber nicht mehr näher eingehen. Er räusperte sich und bat: »Lassen Sie diese Fragen doch bitte in Ihrem Rundfunkbericht weg. Es wäre mir unangenehm, wenn jemand denken könnte, ich hätte auch die Hand aufgehalten.«

Julian sagte es ihm zu. Doch die Fährte war gefunden. Wenn Göring tatsächlich bis zuletzt über einen Teil seines beträchtlichen Vermögens verfügen konnte, erschien es Julian sehr wahrscheinlich, dass er noch ganz andere Leute geschmiert oder zumindest in Versuchung gebracht hatte: Aufseher und das medizinische Personal, womöglich aber auch höhere Ränge, die an längeren Hebeln saßen und mehr für Göring tun konnten, als bloß seinen Komfort im Gefängnis zu steigern.

Julian wollte noch wissen, was für einen Eindruck Göring als Person auf Witschewsky gemacht hatte.

»Ausgeglichen«, antwortete dieser. »Meistens ein Lächeln auf den Lippen und entspannt.« Er überlegte kurz und meinte: »Das lag wohl daran, dass er nicht wirklich an eine Verurteilung glaubte. Wissen Sie, der Göring hatte ja vor seiner Festnahme sogar Interviews geben dürfen. Ich habe die Bilder noch vor mir, die liefen ja in der Wochenschau. In seiner protzigen Paradeuniform stand er vor den Kameras. Sogar seine Pistole trug er noch im Halfter. Er brüstete sich damit, dass er sich mit Eisenhower persönlich beraten wollte, und die Journalisten nahmen alles brav auf ihren Filmrollen auf. Da machte der Dicke seinem Spitznamen noch alle Ehre: unheimlich fett. Hundertfünfzehn Kilo soll er auf den Rippen gehabt haben, und das bei einer Körpergröße von höchstens eins siebzig.«

»Ja, von diesem denkwürdigen Auftritt habe ich schon mal gehört«, bestätigte Julian.

»Genauso lief es im Gefängnis weiter: Da wirkte er immer noch wie ein Befehlshaber. Er führte das große Wort, und wenn jemand mit ihm sprechen wollte, unterbrach und verbesserte er ständig«, berichtete der aufgeweckte Alte.

Nach einem fast einstündigen Gespräch und weiteren teils kuriosen Anekdoten aus dem Gefängnisalltag verabschiedete sich Julian von Witschewsky und kündigte ihm an, dass er demnächst Besuch von einer reizenden jungen Frau bekommen werde: »Meine Kollegin wird Ihnen ganz ähnliche Fragen stellen und alles aufzeichnen.«

»Sie kommt mit einem Tonbandgerät?«, erkundigte sich Witschewsky in freudiger Erwartung.

»So in der Art«, schmunzelte Julian. »Die Geräte sind heutzutage etwas kleiner, seien Sie also bitte nicht enttäuscht. Die Tonqualität ist dafür umso besser.«

Als Nächstes wollte sich Julian die Frau vornehmen: Margarete Galster lautete ihr Name. Nach Vics Angaben war sie seinerzeit als Hilfskrankenschwester tätig gewesen und musste heute siebenundachtzig Jahre alt sein. Auch ihre Telefonnummer fand Julian auf Anhieb. Doch obwohl er es lange läuten ließ, nahm niemand ab.

Den Dritten im Bund, den einzigen Seniorenheimbewohner, wollte er lieber persönlich aufsuchen. Denn er befürchtete, am Telefon bei den Pflegekräften abzublitzen.

»Zeit für eine kleine Zwischenbilanz«, schlug Julian vor, als er das Telefon beiseitestellte und sich seinem Sitznachbarn Ingo zuwandte.

Dieser schob sich gerade den dritten Müsliriegel in Folge rein. »Ich kann mich auf nichts und niemanden konzentrieren«, brummte er. »Bin auf Diät.«

Julian warf einen Blick auf die zusammengeknüllten Verpackungen. »Honig-Nuss, Butter-Karamell, Vanille-Schoko. Zum Abnehmen taugt deine Auswahl aber nicht gerade.«

»Wer redet denn von Abnehmen? Ich will es meinem Magen nur leichter machen, damit mehr Blut ins Gehirn fließen kann. Denn ich stehe gewaltig unter Druck. Wie es aussieht, muss ich die nächste Morning Show allein moderieren! Vic weigert sich partout.«

Julian streichelte seinem Kumpel über die Bauchwölbung. »Dann ist eine Müsliriegel-Diät der völlig falsche Weg. Die Hörer haben das Recht auf einen ausgeglichenen, gut gelaunten Moderator, der sie mit lockeren Sprüchen und flotten Witzen fit für den Tag macht. Anweisung der Programmchefin.«

»Witze?«, fragte Ingo griesgrämig. »Was denn für Witze?«

»Tu nicht so, als ob du ein Anfänger wärst.«

»Ich habe ein paar Blondinenwitze auf Lager.«

»Kalauer und Zoten verderben die Quoten«, flachste Julian. »Versuch's lieber mit Pfiff! Charmant und pfiffig muss es sein. Die Witze bitte unbedingt von dieser Kategorie: Wie heißt das stillste Tier der Welt?«

Ingo zuckte die Schultern. »Kaninchen, Schnecke, Fisch? Keine Ahnung!«

Mit gespitzten Lippen verriet Julian die Lösung: »Das Mucksmäuschen.«

Ingo verdrehte die Augen. »O Mann, wie blöd. Dann lass uns doch lieber deine Zwischenbilanz ziehen.«

Julian ließ sich nicht lange bitten. Voller Elan fasste er zusammen: »Wir haben den Nachlass einer Studentin, die unter nicht gänzlich geklärten Umständen verstorben ist. Dieser Nachlass führt uns auf eine nebulöse Geschichte rund um Hermann Göring, der offenbar noch kurz vor seinem Tod einen gewissen Plan verfolgte. Der Plan stand womöglich diametral zu den Ansichten Hitlers, denn dieser hatte seinen einst treuesten Vasallen des Verrats bezichtigt und verstoßen. Für die Umsetzung seines Plans erkaufte sich Göring die Hilfe von Dritten, indem er systematisch das Personal des Gerichtshofs bestach.«

»Kalter Kaffee«, meinte Ingo. »So weit waren wir vorgestern beinahe auch schon.«

»Mag sein. Aber mein Gespräch mit diesem Rentner hat mich auf eine Idee gebracht.«

»Lass mich raten«, sagte Ingo und gab sich keine Mühe, den Zynismus aus seiner Antwort herauszuhalten. »Göring sammelte bei den Wachen Munition und Sprengstoff ein, um am Ende sich selbst und das ganze internationale Tribunal in die Luft zu sprengen. Was für eine geile Show, welch grandioser Abgang!«

»Nein«, sagte Julian, ohne sich von Ingo ärgern zu lassen. »Mein Gespräch mit dem Hausmeister, diesem klar und geradlinig denkenden Menschen, hat mich zu der Überzeugung gebracht, dass Görings Plan viel schlichter war. Der Mann wollte ganz einfach ausbrechen! So wie jeder gewöhnliche Knacki. Seine Motivation muss stark gewesen sein, immerhin hatte Göring ja für später noch viel vor.«

»Ein Ausbruch, um hinterher die Herrschaft zu erlangen, oder was?«

»Zum Beispiel, ja«, antwortete Julian und meinte es durchaus ernst. »Nach Hitlers Tod war der Weg für Göring freigeräumt. Von ein paar Richtern wollte er sich gewiss nicht ausbremsen lassen.«

Ingo sah ihn zweifelnd, beinahe mitleidig an. »Aus dem Kriegsverbrecherknast zu türmen, muss so gut wie unmöglich gewesen sein. Ich meine, das war ein Hochsicherheitstrakt, so wie später Stammheim für die RAF-Terroristen. So viele schwer bewaffnete Aufpasser und Wachen hätte Göring selbst mit seinem gesamten Ramsch und Glitter nicht bestechen können. Nie im Leben!«

Julian, der seine Theorie gern hier und jetzt bewiesen hätte, konnte Ingos Einwand mit keinem stichhaltigen Gegenargument entkräften. Göring musste eine besonders raffinierte Ausbruchsmethode ersonnen haben, wenn er sich ernsthaft Chancen ausrechnen wollte. Aber wie mochte diese ausgesehen haben? Julian hatte offen gestanden keine Ahnung.

20

Als sie zur Andacht in der kleinen, spartanisch ausgestatteten Gefängniskapelle eintrafen, meinte Margarete, sie wolle Görings Gebete nicht stören, denn er könne sie ja weiß Gott gebrauchen. Daraufhin lachte er sarkastisch.

»Gebete? Zum Teufel! Es ist nur eine Gelegenheit, eine halbe Stunde aus dieser verdammten Zelle herauszukommen. Vier mal zwei Meter, ein Loch. – Und es ist eine Möglichkeit, um ungestört mit Ihnen zu sprechen.«

Das hatte sie befürchtet. Schon als Sergeant Stringer sie angewiesen hatte, während des Freigangs an der Seite seines Patienten zu bleiben, war ihr mulmig geworden. Und nun das!

»Ich darf und werde nicht mit Ihnen reden, Herr Göring«, sagte sie, um eine feste Stimme bemüht. »Das ist mir untersagt.«

»Sie haben es längst gemacht«, tat dieser die Sache ab. »Seien Sie nicht kindisch. Einem Todgeweihten ein Gespräch zu verweigern, wäre nicht im Sinne desjenigen, dem dieser Aufzug hier gewidmet ist.«

Margarete sah sich nach der Wache um. Zwei Mann standen an der Tür, die Gewehre geschultert.

»Lassen Sie doch diese Laffen aus dem Spiel«, meinte Göring, der ihren Blick richtig gedeutet hatte. »Die werden Sie nicht brauchen. Oder halten Sie mich für ein Ungeheuer?«

So etwas in der Art, ja, dachte Margarete, behielt den Gedanken jedoch für sich.

»Wir haben geschätzte fünf Minuten«, sagte Göring. »Fünf Minuten, bis die Schonfrist vorbei ist. Mehr ist mir für ein Gebet nicht vergönnt. Diese fünf Minuten können wir nutzen, indem wir uns über Ihr Leben unterhalten. Ein erbärmliches Leben, unter den gegebenen Umständen, nicht wahr? Lassen

Sie mich raten: Sie wohnen in einer armseligen Behausung. Ausgebombt, wie ich meine. Keine Männer im Haus, denn die sind gefallen oder vermisst. Daher müssen Sie für sich und Ihre Angehörigen sorgen. Vielleicht für die Mutter – und für ein Kind?«

Margarete spürte, wie sich ihre Augen mit Tränen füllten. Sie war getroffen – oder gerührt? Woher wusste Göring so viel über sie? Waren das reine Mutmaßungen, genährt aus den Berichten, die er über das Leid des eigenen Volkes bis zum Zusammenbruch erhalten hatte? Schließlich war ihr eigenes Schicksal das Abbild vieler anderer.

»Wir können die Zeit aber auch anders nutzen«, schlug er vor. »Nämlich indem ich Ihnen Stoff zum Nachdenken gebe.« Er sah sie seltsam, fast verklärt an. »Sagt Ihnen der Begriff Carinhall etwas?«

Margarete schwante nichts Gutes. Carinhall war das Anwesen des Reichmarschalls nahe Berlin, über das unter vorgehaltener Hand allerlei Abträgliches gemunkelt worden war. Ein Hort der Dekadenz und Orgien, urteilte der Volksmund.

»Ich habe Carinhall aufgebaut. Es war mein Zuhause«, erklärte Göring im Flüsterton. »Es war aber auch eine Art Museum.« Er sah sie mit einem fanatischen Glimmen in den Augen an. »Ich bin Sammler, müssen Sie wissen. Leidenschaftlicher Sammler! Carinhall war mein Eldorado …« Er hielt inne. »Man sagt mir nach, dass ich der skrupellose Exekutor Hitlers gewesen sei. Dafür soll ich zur Rechenschaft gezogen werden. Doch niemand spricht von meiner Furcht vor seiner uferlosen Kriegspolitik, die meine persönlichen Pläne torpedierten: mich eines Tages ganz und gar der Kunst zu verschreiben. Schon früh war eine Kluft aufgerissen zwischen ihm und mir.«

»Warum erzählen Sie mir das?«, fragte Margarete, die einen Hinterhalt befürchtete.

Göring zog den linken Mundwinkel nach oben. »Als Einleitung. Ich möchte Ihnen mehr von Carinhall berichten, meinem Kunsttempel. Ich bin der bedeutendste Sammler Europas. Ist Ihnen das bewusst?«

»Nein«, antwortete Margarete.

»Ich habe sie alle in meinem Besitz gehabt. Allein meine Sammlung alter Meister konnte sich mit den ganz großen Museen messen. Dürer und Rubens, Tiepolo und Toulouse-Lautrec – sie alle zählten zum Bestand. Oder nehmen wir van Gogh, seine *Vase mit Gladiolen und Flieder* zum Beispiel hat mir sehr gefallen.« Er musterte sie. »Der Name sagt Ihnen doch etwas, oder?«

»Ich kenne mich nicht aus mit Kunst«, entgegnete Margarete, der das Gespräch zunehmend unangenehm wurde.

Auf Görings breitem Gesicht zeichnete sich ein Lächeln ab. »Woher auch? Für ein schlichtes Gemüt wie Sie reicht es zu wissen, dass diese Bilder – jedes für sich! – ein Vermögen wert sind. Einige davon haben sie mir abgenommen. Aber längst nicht alle.«

»Warum?«, wiederholte Margarete ihre Frage. »Warum sagen Sie mir das alles? Ich bin nicht die richtige Gesprächspartnerin für Sie. Und was Ihre Bilder anbelangt: Sie haben doch nichts mehr davon, wenn Sie mit ihnen angeben«, revanchierte sie sich für seine Spitze gegen sie. Margarete war überzeugt, dass sich hinter all der Prahlerei auch Verzweiflung verbarg und seine häufigen Ausbrüche ein Ventil zum Druckablassen waren.

Tatsächlich zuckte Göring zusammen. Seltsam sanft sah er sie an. »Natürlich, Sie haben recht. Sie verstehen so etwas, Sie Sensibelchen … den Schmerz über den Verlust, die Ausweglosigkeit der Lage. Glauben Sie, ich mache mir in der Einsamkeit der Zelle nicht oft genug Gedanken und überlege, ob ich nicht besser einen anderen Lebensweg eingeschlagen hätte, anstatt hier so zu enden?«

Ein Anflug von Bedauern, der sich allerdings so stark von seinem sonst zur Schau gestellten anmaßenden Selbstvertrauen und der heroischen Loyalität zum untergegangenen Nazireich unterschied, dass er Margarete kaum glaubwürdig erschien. Zweifellos wollte Göring sie mit seiner plötzlichen Gefühlsduselei nur um den Finger wickeln, dachte sie sich und blieb auf der Hut.

»Ja, ja, es ist eine Tragödie. All die vergebenen Chancen und Möglichkeiten«, redete Göring vor sich hin und blickte auf die steinernen Bodenplatten. »Mein eigentliches Problem ist, dass ich hier festsitze. Dabei müsste ich da draußen sein. Es liegt doch auf der Hand: Die Besatzer können Deutschland ohne meine Mitwirkung nicht regieren.«

Margarete staunte, wie schnell Göring seine zumindest ansatzweise kritische Eigenreflektion beendet hatte.

In seinem bekannt selbstgefälligen Ton sprach er weiter: »Man drängt mich hier in eine völlig falsche Rolle. Als Sündenbock soll ich herhalten. Ausgerechnet ich.« Er stieß ein verächtliches Schnaufen aus. »Dabei ist es allgemein bekannt, dass ich mit Hitler seit geraumer Zeit verkracht war. Und wenn mir bewusst gewesen wäre, was in den Konzentrationslagern angeblich vor sich ging, hätte ich protestiert und durchgegriffen.« Er hob den Blick, sah sie wieder an. »Habe ich je einen im Stich gelassen? Nein, auf mich ist Verlass. Wissen Sie, dass an Heiligabend '42 auf meine Veranlassung hin jedem einzelnen Soldaten in Stalingrad ein Weihnachtsbäumchen geschickt wurde? Ich habe sie einfliegen lassen, mit Lametta und allem Drum und Dran. Damit die armen Teufel etwas Erbauliches hatten auf ihrem Feldzug, den ich nicht wollte.«

Margarete mochte kaum glauben, was sie hörte. Hielt sich Göring am Ende wirklich für einen Gutmenschen, der nur missverstanden wurde?

»Mein Gott«, sagte sie matt. »Ist Ihnen denn nicht klar, dass man Ihnen das alles nicht abnimmt? Dass auf Sie sehr, sehr bald der Galgen wartet? Haben Sie keine Angst?«

Göring zuckte nicht einmal mit der Wimper. »Angst? Nein. Es ist nicht möglich, den Reichsmarschall durch den Strang zu richten«, gab er zur Antwort. Beim Wort »Reichsmarschall« hob er leicht die Stimme. Unvermittelt fügte er im Säuselton hinzu: »Möchten Sie einen haben?«

»Einen was?«, fragte Margarete, verwirrt über den konfusen Gesprächsverlauf.

»Einen van Gogh? Oder einen Dürer?«

Margarete riss die Augen auf und starrte ihn entsetzt an. Darum ging es also. Göring wollte sein Bestechungsgeld erhöhen und sie endgültig für sich einspannen. Aber nicht mit ihr! Sie pfiff auf Hutchonsons Erwartungen und dachte nur noch an sich selbst.

Margarete sprang auf und rief laut, beinahe hysterisch nach den Wachen. Die Stahlbehelmten waren augenblicklich zur Stelle. Während Margarete überstürzt aus der Kapelle hastete, hörte sie Görings dröhnendes Lachen, das im kahlen Flur widerhallte.

»Sie sind bleich wie ein Stück Papier!« Mit diesen Worten nahm Sergeant Stringer, der von dem Eklat in der Kapelle erfahren hatte, sie wenig später in Empfang.

»Lassen Sie mich nie wieder mit ihm allein!«, forderte Margarete, noch immer völlig außer sich.

»Was hat er getan? Hat er Sie angefasst?«, fragte Stringer und schob ihr einen Hocker unter.

»Nein«, sagte Margarete. »Er hat mich nicht berührt. Seine Worte sind es, die einen erledigen.«

»Um Himmels willen, was hat er denn Fürchterliches gesagt?«, fragte Stringer ernsthaft besorgt.

»Alles Mögliche«, erklärte Margarete und versuchte den Gesprächsverlauf zu rekonstruieren. »Von seiner misslichen Lage hat er gesprochen, dass er an allem unschuldig ist. Über Hitler hat er geredet und von irgendwelchen Christbäumen in Stalingrad.«

Stringer nickte wissend. »Ausgerechnet diese alte Geschichte. Dürre, zerrupfte Bäumchen waren das, mit weißer Farbe bestrichen und mit ein paar Kugeln dran. Tausendfach ließ er sie in den Kessel fliegen, um die Moral der Truppe zu heben. Göring erhoffte sich davon die Wende im Kampf an der Wolga. Denn das Regime wusste sehr genau um die propagandistische Bedeutung eines emotionsgeladenen Festes wie Weihnachten. Ein gutes Beispiel dafür, wie die Nationalsozialisten eine christliche Tradition für den Krieg instrumentalisiert haben.«

»Das waren wohl die einsamsten Weihnachtsbäume, die es je gab«, meinte Margarete.

»Wie wahr! Über ›Görings Weihnachtsgruß‹ haben die Soldaten nur gespottet, die da hungerten, froren und vergeblich auf Entsatz hofften. Seltsam, dass Göring gerade dieses Beispiel gewählt hat, um Ihnen zu imponieren.«

»Vielleicht ist ihm keine zweite gute Tat eingefallen«, vermutete Margarete.

»Schon möglich.« Stringer klopfte ihr aufmunternd auf die Schulter. »Gehen Sie heim, Margarete. Machen Sie für heute Schluss und versuchen Sie zu vergessen, was Sie gerade erlebt haben. Ich werde Sie nicht noch einmal mit Göring allein lassen. Versprochen.«

Dankbar griff sie Stringers Vorschlag auf.

Als sie nach Hause kam, hatte sie vor allem Durst. Ihre Kehle war wie ausgetrocknet. Doch das Wasser, das aus der einzigen noch funktionsfähigen Leitung im Keller kam, glich meist einer übel stinkenden Brühe, rostbraun verfärbt, mit dem schwefligen Geruch fauler Eier. Es war dringend angeraten, es abzukochen. Dafür aber musste man ein Feuer unter dem Kessel anschüren, und Brennmaterial war kostbar und selten. Also traten Margarete oder Harald alle paar Tage den Weg zur nächsten Frischwasserausgabe an und schleppten sich mit unhandlichen, lecken Kanistern ab. Heute hatte dies noch niemand erledigt. Margarete suchte in der Küchennische vergeblich nach Alternativen. Zu essen gab es auch nichts. Alles, was sie fand, war ein abgenagter Apfelbutzen. Sie aß ihn mit Stumpf und Stiel.

21

Julian hatte die Qual der Wahl: Zwar bot sein Kühlschrank nur eingeschweißte Wurst und Käse, aber das Tiefkühlfach quoll über und im Vorratsschrank lagerten etliche Fertiggerichte und Konserven. Sollte er sich etwas davon in der Mikrowelle warm machen? Reizvoll wäre auch die Pizza, die er sich beim Italiener um die Ecke holen könnte – oder mal wieder etwas Asiatisches vom Lieferservice. Er könnte sich auch aufs Rad schwingen und das neue Steakhaus am Hauptmarkt ausprobieren, was er schon so lange vorhatte, aber in Ermangelung einer Begleitung immer wieder aufgeschoben hatte. Er stöhnte, weil ihm die Entscheidung so schwer fiel. Überfluss konnte manchmal ganz schön anstrengend sein.

Aus Zeitgründen entschied er sich für »Zartes Hähnchenfleisch in süß-saurer Soße mit Langkornreis«, fix und fertig aus der eingeschweißten Plastikschale. Denn später am Abend musste er noch einmal raus: Sein erster Einsatz als Moderator der Oldie-Sendung stand bevor. Der Gedanke daran drückte auf den Appetit, und Julian ließ die Hälfte des Asia-Geflügels übrig.

Im Rundfunkhaus herrschte trotz der fortgeschrittenen Stunde Betrieb. Selbst Ingo, der längst zu Hause hätte sein müssen, saß an seinem Platz. Ihm gegenüber – auf Julians Stuhl – hatte es sich Victoria bequem gemacht.

»Was treibt ihr zwei denn um diese Zeit hier?«, wunderte sich Julian. »Wollt ihr meine Premiere als Schnulzen-Onkel live miterleben?«

»Nein danke, lieber nicht«, sagte Ingo ehrlich wie immer. »Ist ja noch etwas Zeit, bis deine Sendung losgeht. Vic möchte uns vorher einen O-Ton vorspielen, den sie heute Nachmittag aufgenommen hat.«

»Kannst es nicht sein lassen, was?« Julian schmunzelte über den Ehrgeiz der jungen Kollegin. War er selbst auch jemals so ambitioniert gewesen? »Ich bin neugierig. Muss ja ein besonders toller Typ gewesen sein, den du vors Mikrofon bekommen hast. Sonst hätte es ja wohl Zeit bis morgen, oder?«

Vic lieferte keine langen Erklärungen, sondern lotste die beiden in ein freies Studio.

»Setzt euch«, sagte sie. »Hört euch das mal an.« Sie tippte auf der Computertastatur herum und spielte einen Interviewmitschnitt ein. Aus den Studiolautsprechern erklang ihre Stimme, während der Monitor die Ausschläge des Tonpegels als Kurve darstellte.

»… danke Ihnen, Herr Professor Gnadewohl, dass Sie sich die Zeit für dieses Gespräch nehmen …«

»Wer soll das sein, dieser Gnadewohl?«, fragte Ingo dazwischen.

»Akademie der Bildenden Künste«, antwortete Vic kurz angebunden, weil sie wollte, dass sie sich auf das Interview konzentrierten. »Er leitet ein Forschungsprojekt über Beutekunst.«

Nun hörte man eine tiefe, sonore Stimme: »… als Renaissancemensch wollte sich Göring sehen. Er posierte bevorzugt mit Schwert und Weltkugel. Seine Kunstsammlung jedoch wies keine Linie auf. Ihm ging es vor allem um Masse.«

»Stimmt es, dass vieles davon nie mehr aufgetaucht ist?«

»Lassen Sie uns der Reihe nach vorgehen. Ich möchte Ihnen zunächst den ganzen Umfang meines analytischen Ansatzes erläutern.«

Ingo kicherte. »Da war sie wohl wieder etwas vorschnell, unsere Vic.«

Diese bedachte ihn mit einem strafenden Blick.

Der Professor referierte zwei Minuten lang, ohne dass sich brauchbare Informationen für Julians Reportage ergaben. Dabei wurde Gnadewohl nicht müde, die Komplexität seiner Arbeit herauszustellen. »Die Schwierigkeit liegt ja in erster Linie darin, dass es bis heute kein umfassendes Bestandsverzeichnis seiner Sammlung gibt.«

»Wo suchen Sie denn danach?«, hörte man Vic fragen.

»Ich muss mich stückchenweise voranarbeiten. In den Archiven in Deutschland, aber auch im Ausland, denn Göring hatte sich seine Kunst in allen besetzten Gebieten zusammengestohlen.«

»Aber haben nicht schon unmittelbar nach dem Krieg die Alliierten versucht, Görings Sammlung in die Hände zu bekommen, um sie den ursprünglichen Besitzern zurückzugeben?«

»Man konnte einige Werke sicherstellen, ja, aber vieles ist bis heute verschwunden geblieben. Und Görings eigene Liste, die er letztmals 1940 aktualisiert hatte, bestand lediglich aus einem Mischmasch von Papieren, die irgendwie in einem Ordner gelandet sind. Keine Grundlage für eine wissenschaftliche Erhebung.«

»Klingt nach keiner leichten Aufgabe, eher nach einem Puzzlespiel. Können Sie trotzdem etwas über die Sammlung an sich sagen?«

»Es handelte sich um eine ausgesprochen eklektische Sammlung. Vorwiegend holländische und deutsche Werke, auch ein paar französische und italienische Arbeiten. Wenn Sie nach besonderen Kennzeichen suchen: Göring hatte eine Vorliebe für Akte.«

»Es müssen Hunderte von Werken gewesen sein, die er in Carinhall angehäuft hatte.«

»Man ging bislang von dreizehnhundert Bildern aus, ich persönlich tippe auf achtzehn-, wenn nicht sogar neunzehnhundert Werke. Hinzu kamen Skulpturen, historische Waffen,

Münzen, Teppiche. Göring verfügte über eine der bedeutendsten Sammlungen überhaupt, die einen unschätzbaren Wert darstellte.«

»Wie hat er das angestellt, all diese Kunst zusammenzuraffen?«

»Oh, es fehlte ihm nicht an Einfallsreichtum und Helfern. Göring verfügte über einen Stab von Mitarbeitern, Kuratoren und Logistikexperten, die den sachgerechten Transport abwickelten.«

»Was ist mit all der Kunst passiert?«

»Kurz gesagt: Ein Teil der Sammlung, die Göring beim Vorrücken der Roten Armee aus Carinhall evakuierte, wurde von amerikanischen Streitkräften bei Berchtesgaden sichergestellt. Etliches aber ging verloren oder wurde nie gefunden.«

»Haben Sie eine Vorstellung, was mit den fehlenden Stücken geschehen sein könnte?«

»Einiges haben sich wohl Soldaten unter den Nagel gerissen. Aber ich gehe auch davon aus, dass Göring frühzeitig ein verstecktes Lager eingerichtet hatte, das unentdeckt blieb. In einem Bergwerkstollen zum Beispiel oder in den Katakomben einer Burg.«

»Haben Sie Anhaltspunkte, wo dieses Versteck liegen könnte?«

»Ich liefere mit meiner Bestandsaufnahme nur das Fundament für eine Suche, auf dem andere aufbauen könnten. Aber eines ist sicher: Es wird schwierig sein, dieses Geheimnis zu lüften.«

Damit endete die Aufnahme.

»Und?«, fragte Vic in der Erwartung eines dicken Lobs.

»Nicht übel«, kommentierte Ingo, relativierte sein positives Urteil aber im nächsten Moment: »Ich finde, allmählich haben wir genügend Professoren ausgefragt. Bloß nicht noch ein Akademiker, der gescheit daherredet, aber außer Theorien nichts zu bieten hat.«

»Ein wahres Wort«, stimmte Julian ihm zu. »Wir haben einen Berg von Versatzstücken angehäuft, die alle für sich reizvoll und nett sind, aber zu keinem greifbaren Ergebnis führen.« Eindringlich erläuterte er Victoria: »Wir nehmen an, dass Göring irgendeinen finsteren Plan verfolgte, und wissen, dass er dazu höchstwahrscheinlich Helfer benötigte und dass er neben kleinen Kostbarkeiten wohl sogar über einen versteckten Kunstschatz verfügte, mit dem er diese Helfer köderte. Alles, was darüber hinausgeht, sind bloße Vermutungen.«

»Etwa die, dass Göring Insiderwissen über die Alliierten gesammelt hatte, deren Preisgabe man verhindern wollte«, ergänzte Ingo, woraufhin Julian die Augen verdrehte.

»Merkt ihr nicht, dass wir uns im Kreis drehen? Wir verschwenden Zeit für ein Interview nach dem anderen, nur um am Ende genau dort zu stehen, wo wir begonnen haben. Im Übrigen glaube ich nur noch an einen normalen Ausbruchsversuch.«

»Damit liegst du falsch«, widersprach ihm Vic und rückte ihre leicht verrutschte Brille zurecht. »Wir müssen nur den Mut haben, weiter zu denken. Was kann es denn gewesen sein, das Göring über die Alliierten wusste? Sicher kein unlösbares Rätsel.«

Vics energische Art imponierte Julian, darum ging er auf ihre Anregung ein. »Also gut, lasst uns ein wenig ins Blaue raten. Ich habe ja noch fast eine Viertelstunde Zeit, bevor ich mich vor der versammelten Hörerschaft zum Narren mache.« Er rieb sich nachdenklich die Schläfen. »Es muss ja wohl etwas mit Görings Versuchen zu tun haben, an Hitler vorbei seine eigene Politik zu betreiben.«

Ingo griff Julians Geste auf und vergrub sein Gesicht in den fleischigen Händen, um anzuzeigen, dass er angestrengt nachdachte. »Und mit den Engländern muss es zu tun haben, da bin ich mir ganz sicher. Göring galt doch als großer Fan der Insulaner, bevor er auf Hitlers Geheiß seine Luftschlacht beginnen musste.«

»So etwas wird behauptet, ja«, meinte auch Julian.

Mit erhelltem Gesicht tauchte Ingo aus seiner Grübelstellung auf. »Was haltet ihr denn davon: Göring hat heimlich mit den Briten darüber verhandelt, dass man Hitler aus dem Weg räumt, die Friedenspfeife raucht, um dann mit vereinten Kräften gegen Russland zu ziehen. Wären die Sowjets erst einmal platt gemacht, hätten Westalliierte und Deutsche Europa gemeinsam neu aufstellen können.«

»Ein Pakt mit dem Teufel also, den die Briten eingehen wollten?«, fragte Julian, der den Gedanken ganz interessant fand.

»Zumindest einer mit dem kleinen Teufel, denn im Gegensatz zu Göring hätte sich Hitler selbst wohl niemals auf so etwas eingelassen.« Ingo grinste selbstgefällig. »Und die Pointe: Da es den Engländern am Ende doch etwas peinlich war, mit Göring verhandelt zu haben, machten sie ihn sicherheitshalber mundtot, bevor er es hinausposaunen konnte.«

Julian wiegte den Kopf. »Dann wäre es ziemlich gewagt gewesen, ihn erst so spät aus dem Verkehr zu ziehen. Er hätte sein Wissen ja an jedem beliebigen Prozesstag preisgeben und die Engländer auffliegen lassen können.«

»Vielleicht hatte Göring ihnen gedroht, dass er reden würde, wenn sie ihn nicht aus dem Knast holten, woraufhin ihn die Briten bis zum Schluss vertrösteten. Und dann …« Er legte den Kopf schief und ließ seine Zunge heraushängen.

»Sehr anschaulich«, meinte Vic angewidert.

»Na ja, es wäre immerhin eine Möglichkeit«, rechtfertigte sich Ingo.

»Eine von vielen.« Julian wirkte nicht sonderlich begeistert. Missmutig sah er auf die Uhr. »Ich werde wohl mal …« Er erhob sich und ging zur Studiotür. Als er sich noch einmal umschaute, sah er Ingo und Vic, die ihm anspornend die nach oben gerichteten Daumen entgegenreckten. Eine Geste, die ihm zumindest ein kleines Lächeln entlockte.

Sein Hemd klebte ihm schweißnass am Körper. Julian war fix und fertig – so hatte er sich zuletzt nach seiner ersten Sendung überhaupt gefühlt. Die Moderation des unvertrauten Formats war ihm noch viel schwerer gefallen als erwartet, und er war sich ganz sicher: Er hatte es vergeigt!

Nur gut, dass sich um diese Uhrzeit kaum jemand im Großraumbüro aufhielt. Mit eingezogenem Kopf stahl sich Julian aus dem Studio, durchquerte schnellen Schrittes die Redaktion, schlich sich am Empfang vorbei und tauchte ein in die Dunkelheit des Treppenhauses.

Als er in seiner Corvette saß, wurde ihm klar, dass er nach zwei Stunden Schnulzenmoderation unmöglich direkt nach Hause fahren und sich entspannen konnte. Vorher musste er irgendetwas Sinnvolles tun. Das war er seinem strapazierten Ego schuldig.

Ihm kamen die Unterhaltung mit Vic und die neuen Fragen in den Sinn, die dadurch aufgeworfen wurden. Zu gern hätte er eine weitere Meinung dazu gehört. Zum Beispiel die eines Querdenkers wie Professor Hufnagel.

Julian überlegte: Es war jetzt kurz nach neun. Wie er Hufnagel einschätzte, saß der mit einer Flasche Bier oder Härterem in seinem Vorzelt und schaute fern. Ein kurzer Besuch könnte eine willkommene Abwechslung in seinem Trott sein. Also gab Julian Gas.

Die Schranke des Campingplatzes war bereits heruntergelassen, sodass Julian außerhalb des Geländes parken musste. Der Abend war kühl und dunkel. Die wenigen Laternen an den Weggabelungen und Waschhäusern warfen ihre Lichtkegel auf das taufeuchte Gras. Über dem nahen Dutzendteich waberten Dunstwolken.

Obwohl Julian erst vor ein paar Tagen hier gewesen war, fiel es ihm schwer, sich zurechtzufinden. Jeder der nach rechts und links abzweigenden Wege sah für ihn gleich aus, und die Karavans boten keine Orientierungshilfe, da sie sich glichen wie ein Ei dem anderen. Schließlich erinnerte er sich doch noch an die Stellplatznummer, was die Suche erleichterte.

Das Gelände wirkte verwaist, kaum jemand war unterwegs. Auf dem Weg zu Hufnagels Parzelle begegnete Julian nur einer alten Frau auf dem Weg zum WC und zwei Buben, die mit Waschbeuteln und Handtüchern unterm Arm aus dem Waschhaus flitzten. Er lächelte ihnen im Gehen zu.

Hufnagels Wohnwagen stand ganz am Ende der Stichstraße, eingerahmt von zwei hoch aufragenden Bäumen, deren Äste im Wind auf und ab schwangen, als wollten sie dem altersschwachen Camper unter sich frische Luft zufächeln. Julian hatte Glück, denn schon aus einigen Metern Entfernung sah er, dass Hufnagel noch auf war. Zumindest brannte in seinem Vorzelt Licht.

Julian war schon sehr gespannt auf Hufnagels Meinung über Vics Erkenntnisse. Sicherlich würde er gleich wieder einige verschrobene, vielleicht aber auch erhellende neue Gesichtspunkte kennenlernen.

Als er den Wagen fast erreicht hatte, fiel ihm auf, dass das Licht im Zelt nicht gleichmäßig leuchtete wie das einer normalen Birne, sondern flackerte. Offenbar hatte Hufnagel eine Kerze oder Petroleumlampe angezündet. Allerdings musste es sich um eine besonders große Ausführung handeln, denn sie lieferte eine erstaunliche Helligkeit.

Julian trat näher heran und erschrak: Im Inneren des Zeltes breitete sich das Flackern binnen Sekunden aus und verwandelte sich in ein grelles Leuchten. War die Petroleumleuchte umgekippt?, fragte sich Julian alarmiert. Seine Befürchtung schien sich zu bestätigen, als sich die ersten hohen Flammen hinter den milchigen Fenstern des Zeltes emporreckten.

»Scheiße!«, fluchte Julian und sah sich um. Noch war kein anderer auf das Feuer aufmerksam geworden. Julian rannte auf Hufnagels Stellplatz, suchte nach dem Eingang des Zeltes. Er wollte gerade den Reißverschluss aufziehen, als das Feuer den Stoff der Außenhülle erreichte und blitzartig in Brand setzte. Entsetzt sprang Julian zwei Schritte nach hinten. Die Hitze, die ihm mit Wucht entgegenschlug, konnte es mit jedem Grill aufnehmen. Schützend hob Julian seine Hände vors Gesicht.

Knisternd und zischend verrichtete das Feuer sein zerstörerisches Werk. Innerhalb weniger Momente brannte das komplette Zelt lichterloh. Julian kniff geblendet die Augen zusammen.

»Hufnagel!«, rief er laut. »Herr Hufnagel! Sind Sie da drin?«

Keine Antwort. Nur das wütende Fauchen des Feuers war zu hören. Verzweifelt hielt Julian Ausschau nach dem Professor, dann flogen die Funken auch über den Wohnwagen selbst hinweg.

»Was ist denn hier los?« Ein beleibter Mann im Bademantel stand plötzlich neben Julian.

»Es brennt«, erklärte Julian aufgeregt das Offensichtliche. »Haben Sie einen Feuerlöscher?«

»Ja, in meinem Auto«, sagte der Mann und starrte auf das Inferno.

»Dann holen Sie ihn!«

»Nein«, widersprach der Mann und bekam Julian am Ärmel zu fassen. »Es ist zu spät. Wir müssen hier weg. Schnell!«

Julian versuchte sich dem Griff des Fremden zu entziehen, doch der ließ nicht locker.

»Das Gas!«, schrie der Mann gegen das Grollen der Flammenhölle an. »Die Propangasflaschen explodieren gleich!«

Julian zögerte, wollte Held sein und helfen, aber die Warnungen des anderen ließen ihn an sich selbst denken. Eilig rannten sie auf den Weg zurück, suchten hinter einem VW-Bus Schutz.

Keine Sekunde zu früh. Mit einem mächtigen Donnerschlag, der den ganzen Campingplatz aus dem Schlaf riss, explodierte Hufnagels Wohnwagen. Es hagelte Trümmerteile, Funken schwirrten wie aufgescheuchte Glühwürmchen durch die Luft, beißender Aschegeruch breitete sich aus. Ein höllisches Spektakel, wenn auch von geringer Lebensdauer.

Sehr schnell löste der Spuk sich auf. Außer ein paar kleinen Brandnestern blieb nichts übrig von dem Feuerinferno. Der Rauch verzog sich und gab den Blick auf die Verwüstungen frei: auf die wie zerknülltes Zeitungspapier herumliegenden Trümmer und die angesengten Bäume, die einen Teil ihrer Blätter verloren hatten. Für einen kurzen Moment kehrte gespenstische Ruhe ein, dann wurden die aufgeregten Stimmen der herbeieilenden Menschen laut. Julian, in dessen Ohren es seit dem Knall schrill pfiff, stand wie angewurzelt da und starrte auf die rauchenden Trümmer.

22

Margarete war im Begriff, das Gerichtsgebäude zu verlassen, als einer der Posten sie aufhielt.

»Frau Galster?«, fragte er. »Telefongespräch für Sie in Kabine drei.«

Sie folgte seinem Fingerzeig. Ihr war nicht ganz wohl in ihrer Haut, als sie zur Sprechkabine ging. Wer mochte der Anrufer sein, fragte sie sich. Hoffentlich war nichts Schlimmes passiert.

Die schmale Zelle, eine von fünf ganz am Rand des großen Treppenhauses im Hauptgebäude, verfügte über eine dünne Falttür, die Margarete sorgsam hinter sich zuzog. Der schwarze Telefonapparat schellte blechern. Sie nahm den Hörer von dem seitlich angebrachten Haken, woraufhin sich eine Telefonistin meldete:

»Der Teilnehmer verlangt nach Margarete Galster.«

»Ja, ich bin dran.«

»Einen Augenblick. Ich verbinde.«

Mehrmals klackte es laut und vernehmlich, es folgte ein Rasseln und Rauschen. Schließlich vernahm sie eine Männerstimme, die jedoch so stark verzerrt klang, dass sie sie nicht erkannte.

»Fräulein Galster, gut, dass ich Sie erreiche! Ich hatte befürchtet, Sie wären schon im Feierabend.«

»Die Verbindung ist sehr schlecht. Ich kann Sie kaum verstehen. Wer spricht denn bitte?«

»Oh, Verzeihung, ich habe mich gar nicht mit Namen gemeldet. Hutchonson am Apparat.«

»Colonel Hutchonson?« Unwillkürlich straffte Margarete die Schultern. »Entschuldigen Sie, dass ich Sie nicht gleich erkannt habe.«

»Nicht doch, es war mein Versäumnis. Fräulein Galster, darf ich Sie um eine Gefälligkeit bitten?«

»Gern, Herr Colonel, Sir«, antwortete Margarete, weil sie nicht anders antworten konnte. Hoffentlich brachte sie dieser Gefallen nicht in die Bredouille.

»Heute Abend gibt es einen kleinen Empfang für Angehörige der Streitkräfte und Prozessbeteiligte. Um acht Uhr p. m. im Ballsaal des *Bavarian Hotel*, gleich gegenüber vom Hauptbahnhof.«

»Ja, ich weiß, wo das Hotel liegt.« Jeder Nürnberger kannte es. Das Gebäude war von den Nazis errichtet worden, um dort während der Reichsparteitage hohe Funktionäre unterzubringen. Da von Bombentreffern kaum in Mitleidenschaft gezogen, wurde es nun von den Amerikanern als Quartier für Offiziere benutzt, wusste Margarete.

»Meine Deutschkenntnisse sind gut, aber verbesserungsbedürftig. Mir wäre es recht, wenn ich Sie als Translatorin an meiner Seite wüsste.«

»Für eine solche Aufgabe bin ich kaum qualifiziert«, versuchte Margarete auszuweichen.

Sie hörte Hutchonson in den Hörer atmen. Dann sagte er: »Well, hinzu kommt, dass ich mich auf gesellschaftlichem Parkett ungern allein bewege. Sie als charmante Begleiterin an meiner Seite – was halten Sie davon?«

Gar nichts, dachte Margarete, die sich an einem solchen Ort, zwischen all diesen hochgestellten Persönlichkeiten, völlig deplatziert fühlen würde. Sie versuchte es mit einer Ausrede: »Ich habe nicht das Richtige zum Anziehen.«

»No problem. Nennen Sie mir Ihre Kleidergröße. Ich werde alles Notwendige für Sie arrangieren und ein Zimmer reservieren, in dem Sie sich umkleiden können.«

Offenbar hatte er an alles gedacht. Es schien Margarete unmöglich, Hutchonsons Offerte auszuschlagen, und so willigte sie nach einem letzten Zaudern ein.

Kaum hatte sie die Zelle verlassen, klingelte der Apparat hinter ihr erneut. Hatte Hutchonson etwas vergessen? Kurzerhand ging sie zurück und nahm den Hörer ab.

»Teilnehmerin Galster, sind Sie noch in der Leitung«, wollte die Telefonistin wissen. Margarete bestätigte, woraufhin sie abermals verbunden wurde. Wieder knackte und rauschte es. Dann erklang erneut die Stimme eines Mannes – aber eindeutig die eines anderen:

»Legen Sie nicht gleich wieder auf. Biiitte!«

Der Schreck fuhr Margarete durch alle Glieder. »Sokolow? Was wollen Sie von mir? Von wo sprechen Sie?«

»Iiich? Ich bin gleich nebenan, kleines Fräulein. Ich chabe gesehen, wie Sie in die Telefonkabine gingen. Nun ich stehe selbst in der Zelle reeechts von Ihnen.«

»Warum, um Himmels willen, stellen Sie mir nach?« Margarete spürte ihren beschleunigten Puls und wurde kurzatmig.

»Keine Angst. Niiiemand kann sehen, dass wir sprächen miteinander.«

Margarete nahm all ihren Mut zusammen: »Sagen Sie endlich, was Sie wollen!«, forderte sie ihn auf.

»Mich entschuuuldigen bei Ihnen. Ich wollte Ihnen keinen Schräcken einjagen neulich. Ich meine es nur guuut mit Ihnen.«

Das kaufte sie ihm nicht ab. Aber wahrscheinlich musste er unverbindliches Zeug reden, weil die Gefahr bestand, dass die Leitung abgehört wurde. Sie war gespannt, wie er ihr durch die Blume zu verstehen geben würde, was sein eigentliches Anliegen war.

»Ich mööööchte Ihnen bloß einen Rat geben.«

»Ich höre«, entgegnete Margarete knapp.

»Schenken Sie nicht jedem, der angäblich Ihr Freund sein will, Ihr Vertrauen. Mancher führt Böses im Schiiilde.«

Sokolow selbst wäre ein gutes Beispiel, dachte sich Margarete. »Ich weiß nicht, was Sie damit andeuten wollen.«

»Maaanche geben vor, die Guten zu sein, sind in Wahrcheit aber Verbrääächer.«

»Sie müssen schon genauer werden. Ich kann mit diesen pauschalen Beschuldigungen nichts anfangen.«

Sokolow machte eine Pause, bevor er fragte: »Wiiissen Sie, wie viel wert der Gefangene in Zälle fünf ist?«

Zelle fünf? Sokolow sprach offenbar von Hermann Göring. Margarete dachte an dessen Besitztümer und die von ihm selbst genährten Gerüchte, dass viele seiner Kunstschätze an einem geheimen Ort verborgen sein sollten. Spielte Sokolow darauf an, dass einer ihrer Kollegen oder Vorgesetzten hinter diesen Reichtümern her war? Vielleicht Sergeant Stringer? Oder meinte er etwa – Colonel Hutchonson?

»Sind Sie noch draaan, Fräulein?«, quakte Sokolows aufdringliche Stimme aus dem Hörer.

»Nennen Sie mir einen Namen, wenn Sie können!«, sagte Margarete scharf.

»Einen Naaamen wollen Sie von mir chören?« Sokolow lachte. »Dann sollten Sie nicht iiimmer laufen weg, wenn Sie mich säääheen. Treffen Sie sich mit mir, und ich verrate es Iihnen!«

Margarete beschlich das ungute Gefühl, dass sie der Russe in eine Falle locken wollte. Wer konnte denn wissen, ob er nicht selbst derjenige war, der hinter Görings Schätzen herjagte?

»Nein!«, rief sie und hängte den Hörer in die Gabel.

Als sie die Kabine verließ, sah sie, wie Sokolow sich bemühte, ebenfalls seine Zellentür zu öffnen. Dank seines Bauchumfangs hatte er aber seine liebe Not damit, sodass Margarete das Weite suchen konnte.

Doch sie unterschätzte die Zähigkeit des Russen. Draußen auf der Fürther Straße holte er sie ein und hielt sie am Arm fest.

»Chören Sie, Fräulein«, nahm Sokolow einen neuen Anlauf. Er wirkte abgehetzt, die Hemdzipfel hingen aus seiner Hose. »Die Amerikaner nuuutzen Sie aus. Sie sind für die bloß ein – wie sagt man? – Spielball.«

»Niemand nutzt mich aus«, antwortete Margarete schmallippig.

»Doooch.« Hektisch schaute sich der beleibte Diplomat nach allen Seiten um, bevor er endlich konkreter wurde: »Hiiitler und seine Truppen sind im Krieg tief eingedruuungen in unser Territorium. Dadurch sie kennen die Schwachstellen unserer Verteidigung. Das ist es, was die Amerikaner von Göring chören wollen. Sie wollen sein Wiiissen über uns.« Er blinzelte ihr verschwörerisch zu. »Psychologische Tästs und Untersuchungen sind vorgeschoben. In Wahrcheit es gäht um kriegswichtige Informationen. Das ist die Währung, in der in unseren Kreisen gezahlt wird.«

»Warum erzählen Sie ausgerechnet mir das alles?«, fragte Margarete entgeistert. »Ich will das nicht hören! Ich habe mit so etwas nichts zu tun.«

»Sie werden von denen benuuutzt. Weil Sie sind jung und schön, schickt man Sie in die Zelle. Sie sollen Göring erweichen.«

»Das ist Unsinn! Sie sollten sich selbst mal in psychologische Behandlung begeben«, begehrte Margarete auf und spürte, wie Sokolows Griff fester wurde. »Wenn Sie mich nicht sofort loslassen, rufe ich um Hilfe.«

»Arbeiten Sie für uuuns«, schlug Sokolow, der seine Felle offenbar dahinschwimmen sah, nun ganz offen vor.

»Nie im Leben!«, schmetterte Margarete seine Offerte ab.

Dem Russen stand die Enttäuschung ins Gesicht geschrieben. »Das werden Sie noch bereuen. Biiitter bereuen. Früher oder später werden die Sie fallen lassen wie cheiße Kartooffel. Und Sie werden chaben großen Ärger.« Widerwillig ließ Sokolow von ihr ab. »Aber wie Sie wooollen: Stürzen Sie sich ins Verdärben – seeehenden Auges!« Wutentbrannt wandte er sich ab und stampfte schnaubend davon.

Margarete blieb minutenlang reglos stehen und wartete, bis sich ihre Aufregung gelegt und der Puls normalisiert hatte. Dann fiel ihr die Verabredung für den heutigen Abend wieder ein, und sie verscheuchte Sokolow aus ihren Gedanken.

Hutchonson hatte nicht zu viel versprochen. Eine weiße Bluse und ein anthrazitfarbenes Kostüm in passender Größe lagen für sie bereit, dazu ein Paar Schuhe mit Absatz. Sogar Nylonstrümpfe, eine absolute Rarität, fand sie in einem Zimmer im ersten Stock des Hotels vor. Der Colonel musste ausgezeichnete Beziehungen haben.

Rasch zog sie sich um und ging in das gleich nebenan liegende Badezimmer, um sich vor dem Spiegel die Frisur zu richten. Dabei fiel ihr Blick auf eine Badewanne. Nicht so eine zu kurz geratene aus Blech, wie sie sie von daheim kannte, sondern eine mit weißer Emaille beschichtete, mit einem glänzend polierten Hahn, aus dem gewiss brühend heißes Wasser fließen würde.

Ihr »Badezimmer« zu Hause bestand aus der zerbeulten alten Wanne, die einmal in der Woche in der Diele aufgestellt und gefüllt wurde. Das Wasser musste in dem Kessel im Keller gewärmt und eimerweise nach oben befördert werden. Mit der Toilette sah es nicht viel besser aus: Diese befand sich in einer provisorisch aus Holzbrettern errichteten Hütte im

Innenhof – ein Plumpsklo, bei dem man im Winter mit Viehsalz nachhelfen musste, um die gefrorenen Hinterlassenschaften ins Rutschen zu bringen. Als Toilettenpapier dienten bloß Zeitungsblätter, da gab es kein aufgerolltes, weiches wie hier in diesem wahr gewordenen Traum.

Mit ihren Fingern strich sie über die glatte Oberfläche der Armaturen. Kurz kam ihr der Gedanke, das Kostüm wieder auszuziehen und sich ein Schaumbad einzulassen. Doch Hutchonson wartete sicher schon auf sie, und so versagte sie sich den verlockenden Luxus.

Tatsächlich lehnte der Colonel bereits am Fußpfeiler der breiten, mit weinrotem Teppich überzogenen Steintreppe. In seinem markanten Gesicht stand ein Lächeln, die Beine hatte er gekreuzt. In seiner dunkelblauen Ausgehuniform machte er eine gute Figur, dachte Margarete, als sie die Stufen hinab- und auf ihn zuging.

»Bezaubernd! Einfach bezaubernd sehen Sie aus«, sagte er und bot ihr seinen Arm zum Unterhaken.

Margarete fand diese Geste zu vertraut und übersah seine Aufforderung geflissentlich. »Was möchten Sie denn, dass ich tue?«, erkundigte sie sich nach ihrer Aufgabe.

Hutchonson bemerkte ihre Unsicherheit und riet: »Lächeln Sie! Und genießen Sie den Abend.«

Sie durchquerten das Foyer, wobei sie mehreren Army-Angehörigen begegneten, die vor dem ranghöheren Colonel mit militärischem Gruß salutierten. Margarete spürte die neugierigen, teils auch missgünstigen Blicke ihrer Begleiterinnen, die sich zu fragen schienen, in welchem Verhältnis sie zu Hutchonson stand. In der Tat fragte sie sich selbst, was er mit ihrem gemeinsamen Auftritt hier bezweckte.

Durch eine breite Flügeltür betraten sie den Ballsaal des Hotels, den Margarete bislang nur von Schwarz-Weiß-Aufnahmen aus der Zeitung kannte – damals noch mit wandhoher Hakenkreuzfahne, die von der Decke hing. Wie sie feststellte, hatte diese dem Sternenbanner der Amerikaner Platz gemacht.

An Hutchonsons Seite defilierte sie durch eine erlesene Gesellschaft. Neben Uniformen dominierten dunkle Anzüge mit Krawatte oder Fliege bei den Herren, schicke Kostüme und modische, kurzsaumige Kleider bei den Damen.

Auf der Bühne saßen einige Musiker. Farbige, wie Margarete staunend feststellte. Sie spielten Jazzmusik, die im Deutschen Reich lange Jahre verpönt gewesen, nun aber immer häufiger zu hören war.

Hutchonson, der den Small Talk sowohl in seiner Muttersprache als auch auf Deutsch auch ohne Margaretes Hilfe mühelos meisterte, geleitete sie zu einem Büfett, das ihr die Augen übergehen ließ: Auf fünf aneinandergereihten Tischen waren so viele Nahrungsmittel aufgetürmt, dass eine Großfamilie ein ganzes Jahr lang davon satt geworden wäre. Margarete staunte über einen Korb voller milchweißer Brotscheiben, über die Fülle an Obst und Salaten. In einem großen Topf dampfte eine cremige Suppe, daneben stapelte sich Fleisch in unvorstellbaren Mengen. Es war ganz anders geschnitten und zubereitet, als Margarete es kannte, und wurde mit einer dunklen Tomatensoße und knusprigen Kartoffelecken gereicht.

»Spareribs«, erklärte Hutchonson, der ihren ratlosen Blick richtig deutete. »Rippchen vom Schwein. Wir pflegen sie zu grillen.«

Margarete streifte all die ihr eigene Bescheidenheit ab und lud sich den Teller randvoll. An der Seite von Hutchonson, der sich über ihren gesunden Appetit sichtlich freute, ließ sie es sich schmecken.

Als anschließend zum Tanz aufgespielt wurde, forderte Hutchonson sie prompt auf. Margarete, leicht beschwipst von einem Glas Perlwein, nahm an. Hutchonson führte sie souverän über das Parkett. Er erwies sich als ausgezeichneter Tänzer und dirigierte sie mit sanftem Druck. Margarete fühlte seine große, starke Hand auf ihrer Taille und merkte, wie ihr warm wurde. Hutchonson war ihr noch immer nicht besonders sympathisch – doch als Mann übte er eine wachsende Anziehungskraft auf sie aus.

Sie musste aufpassen, dass sie sich nicht gehen ließ, ermahnte sie sich selbst. Nach dem zweiten Tanz gab sie vor, erschöpft zu sein und deshalb nach Hause zu wollen.

»Schon so früh?«, bedauerte der Colonel und konnte seine Enttäuschung kaum verbergen.

»Ja, es tut mir leid. Aber ich muss morgen wieder zeitig raus.«

Hutchonson, ganz Gentleman, bedrängte sie nicht, sondern begleitete sie ins Foyer und zur Garderobe.

»Ich lasse einen Wagen für Sie kommen«, sagte er, als sie in die kühle Nachtluft hinaustraten. Auf seinen Wink hin fuhr eine graue Limousine vor, die von einem Uniformierten gesteuert wurde.

»Ich kann auch zu Fuß gehen«, bot Margarete halbherzig an, war jedoch insgeheim froh über Hutchonsons Angebot.

»Kommt nicht infrage«, bestimmte er und öffnete für sie die Hintertür.

Bevor Margarete sich verabschieden und einsteigen konnte, nahm er sie rasch beiseite. Er sprach plötzlich in einem anderen, sehr ernsten Tonfall:

»Auf ein Wort. Hat Göring Ihnen gegenüber jemals mit seinem Besitz geprahlt? Hat er von seinem Reichtum und speziell seiner Kunstsammlung gesprochen?«

Margarete erstarrte. »Nein«, log sie und sah Hutchonson furchtsam an. »Von seinen Geschenken wissen Sie ja, aber sonst …«

»Der Kleinkram interessiert mich nicht.« Der Colonel fixierte sie eindringlich, bevor sich seine Züge wieder entspannten und er freundlich fortfuhr: »Lassen Sie es mich wissen, wenn sich dies ändern sollte und er von seiner Sammlung redet.« Er hob ihre Hand an, drückte sie sanft und verabschiedete sich freundlich: »Ich wünsche Ihnen eine gute Nacht, Fräulein Galster. Es war mir eine Freude, den Abend an Ihrer Seite verbringen zu dürfen.«

Mehr als ein gehauchtes »Dankeschön« brachte Margarete nicht mehr heraus.

Als sie im weichen Polster des Wagens versank, fragte sie sich, warum sie ihm nicht die ganze Wahrheit gesagt, sondern Göring gedeckt hatte. Sie konnte es sich nur damit erklären, dass sie Hutchonson nicht völlig vertraute. Rationale Gründe dafür gab es nicht, und so konnte sie ihr unlogisches Verhalten einzig ihrer weiblichen Intuition zuschreiben.

23

Bis tief in die Nacht hatte er auf dem Campingplatz ausgeharrt, die Löscharbeiten der Feuerwehr verfolgt und der Polizei als Zeuge Rede und Antwort gestanden. Das Protokoll besaß jedoch wenig Aussagekraft, denn Julian hatte ja nicht gesehen, wie der Brand entstanden war, und nicht den leisesten Schimmer, was ihn verursacht haben könnte.

Zu Hause musste er all seine Sachen in die Waschmaschine stopfen und lange duschen, bevor er den penetranten Geruch nach Rauch und Ruß loswurde. An Schlaf war danach trotzdem nicht zu denken, denn die Bilder des Abends verfolgten ihn: Die Kunststoffhaut des Wohnwagens war angesichts der sengenden Hitze zu einem großen, unförmigen Klumpen zusammengeschmolzen, aus dem einzelne Metallstreben und der verkohlte Holzrahmen geisterhaft herausragten. Hufnagels Leichnam war – jedenfalls solange Julian sich am Ort des Geschehens aufgehalten hatte – nicht in den Trümmern entdeckt worden. Doch das sollte nichts heißen, wie ihm ein Feuerwehrmann erklärte, da man manchmal erst Stunden später, bei Tageslicht, auf Opfer stieße. Julian konnte sich ausmalen, dass Hufnagel, wenn er sich wirklich in dem Wagen aufgehalten hatte, keine Chance gehabt hatte. Ein solches Inferno überlebte niemand.

Unruhig wälzte er sich auf seinem Laken und verscheuchte die düstere Vorstellung, dass Hufnagels Wohnwagen vorsätzlich in Brand gesetzt worden war. In Julians übermüdetem Gehirn formten sich bizarre Bedrohungsszenarien. Gesichtslose Verschwörer spukten durch seine Gedanken. Brandstifter und Mörder, die zunächst die Studentin Melanie von der Brücke stießen, Professor Hufnagel bei lebendigem Leib verbrennen ließen, um sich am Ende Julian vorzuknöpfen. Er sah ihre kahlrasierten Schädel, die Hakenkreuzbinden an ihren Oberarmen und die feste Absicht in ihren fanatischen Augen, Julian am Aufdecken von Görings Plan zu hindern.

Ruckartig setzte er sich in seinem Bett auf und verscheuchte den schrillen Spuk, der ihn im Halbschlaf plagte. Er flüchtete vor den imaginären Killernazis in die Küche, um sich einen starken Kaffee zu kochen. Und als auch der nicht helfen wollte, verließ er die Wohnung, um im Rundfunkhaus nach Ablenkung zu suchen.

Die Nachrichten fielen zu dieser frühen Stunde spärlich aus. Der Polizeibericht lag noch nicht vor, und auch ein Anruf bei der Einsatzzentrale erbrachte keine neuen Erkenntnisse über das Feuer und mögliche Opfer. Er möge doch bitte warten, bis die Pressesprecherin des Präsidiums im Büro sei, teilte man ihm mit.

Also trank Julian noch einen Kaffee und dann noch einen. Auf dem Weg zur Toilette traf er Victoria, die mit gesenktem Kopf nachdenklich den Gang entlangschlurfte und ihn zunächst gar nicht bemerkte.

»Buh!«, machte Julian, woraufhin Vic erschrocken zusammenzuckte. »Verträumt oder auch so müde wie ich?«, fragte er.

»Weder noch«, meinte sie. »Mir geht so viel im Kopf herum.«

Mir auch, dachte Julian, wollte die junge Kollegin aber nicht gleich mit seinem eigenen Kram behelligen. »Falls du auf deinen Einstieg in die Morning Show anspielst, kann ich dir nur raten, diese Chance doch noch wahrzunehmen«, sagte er ohne jeden Hintergedanken. »Wenn du in unserer Branche weiterkommen willst, musst du zuerst an dich selbst denken und solche Gelegenheiten nutzen. Denn sobald die Oberen merken, dass jemand nicht zieht, wenn sie ihm Aufstiegsmöglichkeiten bieten, schreiben sie dich ab. Niemand wird dich zum Jagen tragen.«

Vic nagte an ihrer Unterlippe. »Aber ... ich kann doch nicht einfach ...«

»Sicher kannst du! Willst du den armen Ingo die Show etwa noch länger allein moderieren lassen? Das darfst du den Hörern nicht antun. Ich an deiner Stelle wäre auf dieses Angebot ganz sicher eingestiegen.«

»Ich würde mich mies fühlen, wenn ich's täte«, zauderte sie weiter.

Julian überlegte, wie er ihr seine Position verständlich machen konnte. »Natürlich war ich stinksauer, als Heike mich vor vollendete Tatsachen gestellt hat. Aber was soll's? Das Leben geht weiter. Und vielleicht habe ich diesen Tritt in den Hintern gebraucht, weil ich mich von allein schon lange nicht mehr bewegt habe.« Er lachte befreit. »Keine Ahnung, wohin der Weg mich führt. Ob ich letztlich Erfolg mit der Göring-Story haben werde oder ob das Schicksal für mich vorsieht, dass ich bis zur Rente meine Brötchen als Schlageronkel verdiene. Aber das soll nicht deine Sorge sein. Wie auch immer du dich entscheidest: Mach es nicht davon abhängig, dass ich aus der Show rausgekickt worden bin.«

»Das meinst du ehrlich?« Ihre Augen forschten in seinem Gesicht.

»Ja, Vic. Ich würde so was sicher nicht vor der großen Runde wiederholen, aber du kannst mir glauben. Ich habe nicht vor, dir in irgendeiner Weise zu schaden. Dich auflaufen zu lassen, wäre kindisch und unprofessionell.«

Sie lächelte dankbar. »Okay. Ich weiß deinen Rat zu schätzen und revanchiere mich, indem ich dir weiter bei deinen Recherchen helfe.«

»Übertreib's nicht. Sonst setzt dich Heike auch noch auf die Abschussliste. Das kann ganz schnell gehen.« Dann kam er doch auf den Vorfall der letzten Nacht zu sprechen, der ihm keine Ruhe ließ. Vic wirkte erschüttert, als er ihr detailliert von dem Feuer berichtete und seine Sorge äußerte, dass es Professor Hufnagel womöglich erwischt hatte.

In einem Anflug von Vertrauensseligkeit erzählte er ihr auch von seinen Albträumen. »Lächerlich, ich weiß«, endete er mit etwas verlegenem Grinsen.

Vic dachte eine Weile nach, bevor sie darauf einging: »Ist es denn so abwegig? Ich meine: Zwei Tote im direkten Zusammenhang mit deiner Recherche sind für einen bloßen Zufall mindestens einer zu viel. Was, wenn sie wirklich gezielt zum Schweigen gebracht worden sind? Radikalen Neonazis wäre so etwas zuzutrauen. Seit dem NSU-Skandal weiß man ja, dass sie vor Mord nicht zurückschrecken.«

Julian winkte ab. »Die NSU-Morde waren durch Fremdenhass motiviert. Das ist hier nicht der Fall. Und ich sehe auch keinen Anlass …«

»Immerhin bist du drauf und dran, das Andenken an einen von ihnen sicher hoch geschätzten Altnazi zu beschädigen«, warf Vic ein.

»Indem ich Nachforschungen über seine Todesursache anstelle?«, fragte Julian zweifelnd. »Was sollten die dagegen haben? Nein, nein, ich halte nichts von Verdächtigungen in dieser Richtung.«

»Das haben die Ermittler bei den NSU-Morden auch gesagt und zugelassen, dass die Killer munter weitertöten konnten.«

»Vic, dein Eifer in Ehren, aber ich habe einfach nur schlecht geträumt. Und von Träumen lass ich mich weder ins Bockshorn jagen noch von meiner Story abbringen.« Er presste die

Knie aneinander. »Jetzt entschuldige mich bitte. Ich muss dringend da rein«, sagte er und zeigte auf die Toilettentür.

»Sei vorsichtig«, meinte Vic.

»Beim Pinkeln?«, scherzte Julian.

»Ich glaube, die Göring-Story ist pures Dynamit«, sagte Vic mit unbewegter Miene.

24

Harald war verschwunden. Zunächst fiel es Margarete gar nicht auf, denn sie war viel zu sehr mit sich selbst beschäftigt, als auf ihren kleinen Bruder zu achten. Erst als Gertrud ziemlich aufgelöst die Wohnung betrat, wurde ihr bewusst, dass etwas nicht stimmte:

»Ist er inzwischen heimgekommen?«, fragte Gertrud aufgeregt.

»Ich bin noch nicht lange hier«, antwortete Margarete. »Liegt er denn nicht längst im Bett?«

Prompt hastete ihre Mutter an ihr vorbei, um hinter dem Bretterverschlag nachzusehen, der Haralds Kammer vom Rest der Wohnung abtrennte. Keine fünf Sekunden später war sie zurück, nackte Panik in den Augen. »Nein, er ist immer noch nicht da. Und draußen ist es schon stockfinster. Wo mag er bloß stecken?«

»Ist er vielleicht drüben bei Tante Marga?«, mutmaßte Margarete. »Oder er spielt mit dem kleinen Friedrich und Lotte. Vielleicht haben sie gar nicht gemerkt, dass es Zeit zum Nachhausegehen ist.«

Gertrud stierte sie finster an. »Was glaubst du, wo ich gerade herkomme? Tante Marga hat Harald heute noch gar nicht zu Gesicht bekommen, und die Mutter von Friedrich und Lotte wusste auch nichts.«

»Dann vielleicht der Schuttberg am Pellerhaus«, schlug Margarete vor. »Du weißt doch, wie gern er dort spielt.«

»Da war ich auch. Keine Spur von ihm.« Gertrud ließ die Schultern hängen. »Lieber Gott, hoffentlich ist ihm nichts passiert«, hauchte sie.

Margarete dachte fieberhaft nach, doch weitere Möglichkeiten kamen ihr nicht in den Sinn. Sie schlug vor: »Ich werde eine

Runde machen und nach ihm sehen. Keine Sorge, ich finde ihn, den kleinen Rotzlöffel.«

»Zu spät. Man sieht die Hand vor Augen nicht«, wandte Gertrud ein.

»Ich nehme eine Laterne mit«, sagte Margarete und zog ihren Mantel wieder an.

»Sieh zu, dass du vor der Sperrstunde zurück bist!«, schärfte Gertrud ihr ein. »Sonst habe ich gar kein Kind mehr.«

»Sag so etwas nicht. Alles wird gut«, versuchte Margarete sie zu beruhigen. Doch als sie die knarrenden Stufen hinabging, kamen ihr schaurige Gedanken. Ihr Zusammenprall mit dem aufdringlichen Russen war ihr noch in frischer Erinnerung. Hatte Sokolow seine Hände im Spiel? Wollte er sie gefügig machen, indem er ihr den kleinen Bruder entzog? Nein, auch wenn sie Sokolow verabscheute, so heimtückisch schätzte sie ihn nicht ein. Das war nicht seine Methode.

Dann aber überlief es sie eiskalt. War es ein Zufall, dass ihr kleiner Bruder verschwand, kurz nachdem sie Hermann Göring eine Abfuhr erteilt hatte? Sie konnte sich denken – ja, sie war sich sicher! –, dass Göring außerhalb der Gefängnismauern noch genügend Unterstützer aus den Reihen seiner willigen Vollstrecker hatte. Ein Wink von ihm, und sie setzten seine Befehle um, ohne Wenn und Aber. Wie skrupellos diese Leute vorgingen, stand ihr bildhaft vor Augen, wenn sie an das mitleidlose Vorgehen von Gestapo und SS zurückdachte. Was, wenn einer von Görings Befehlen gelautet hatte, Harald zu entführen? Damit hätte Göring ein Druckmittel in der Hand, das stärker war als jede Form der Bestechung. Sie hatte beide Hände zu Fäusten geballt, während sie inständig hoffte, sie würde sich täuschen.

Als sie vor die Tür trat, legte sich die Luftfeuchtigkeit wie ein nasser Mantel über sie. Die Luft war kalt und klar, und am

Himmel funkelten die Sterne, wofür Margarete jedoch keine Augen hatte. Mit einer Petroleumlampe, die nur ein schwaches, bei jedem Schritt flackerndes Licht lieferte, durchforstete sie Straßenzug um Straßenzug. Die Trümmerhäuser ragten skelettartig neben ihr auf. Der leichte Wind, der durch die Ruinenfluchten pfiff, erzeugte gespenstische Geräusche.

Kaum ein Mensch war unterwegs, und sie wagte nicht, Haralds Namen laut zu rufen, aus Angst, damit die falschen Personen auf sich aufmerksam zu machen. Es war allgemein bekannt, dass im Dunkeln Räuber und Vergewaltiger lauerten. Die Kriminalitätsrate galt trotz zahlreicher Militärstreifen als erschreckend hoch.

Bald hatte sie alle möglichen Spielstätten, die ihr einfielen, abgeklappert. Der Radius, in dem sich Harald, der Knirps, normalerweise herumtrieb, war nicht besonders groß. Aber die Schuttberge, auf denen die Kinder so gern herumtollten, bargen zahlreiche Gefahren. Man konnte abstürzen, sich einklemmen oder Schlimmeres. Margarete konnte mit ihrer unzureichenden Laterne daher nur die Randbereiche der zerbombten Grundstücke absuchen.

Sie wollte schon aufgeben und unverrichteter Dinge nach Hause zurückkehren, als sie hinter sich Schritte hörte. Auch das noch, dachte sie und beeilte sich, aus den düsteren Gassen zu verschwinden. Im selben Moment wurden die Schritte lauter. Sie meinte nun sogar die Tritte mehrerer schwerer Stiefel zu erkennen. Es handelte sich also mindestens um zwei Personen.

Margarete, die den Selbstschutz bis eben vor lauter Sorge um Harald hintangestellt hatte, begann zu trippeln, dann zu rennen. Sie lief schnell und leise wie eine Katze, dicht an Mauern und Hauswänden entlang, in der Hoffnung, mit den Schatten der Nacht zu verschmelzen.

Um jeden Preis musste sie eine der breiteren Straßen erreichen, wo die Chance bestand, dass sie auf andere Passanten traf. Ihre Verfolger schienen ihre Absicht zu ahnen, denn auch sie rannten nun. Die schweren Laufschritte kamen rasch näher. Margarete erhöhte abermals das Tempo, Schweiß trat ihr auf die Stirn.

Sie hatte die nächste Straßenecke fast erreicht, als die Verfolger sie einholten. Bebend vor Angst wandte sie sich um und blickte ihren Häschern ins Gesicht. Sie mochte kaum glauben, was sie sah: Ein Schutzmann in der abgetragenen Uniform der Vorkriegszeit stand ihr gegenüber und rang nach Luft, ihm zur Seite ein amerikanischer Militärpolizist.

»Personenkontrolle«, sagte der Wachtmeister kurzatmig. »Weisen Sie sich bitte aus, Fräulein.«

Margarete, deren Hände vor Furcht und Anspannung zitterten, zeigte ihm ihre Papiere.

»Warum sind Sie weggelaufen?«, fragte der Amerikaner mit rollendem R.

Margarete überdachte kurz, welche Konsequenzen es haben könnte, wenn sie den Polizisten die Wahrheit sagte. Doch klar war, dass sie auf ihre Unterstützung dringend angewiesen war. »Ich bin auf der Suche nach meinem Bruder. Er ist heute nicht nach Hause gekommen. Er ist noch ein Kind!«

Die Uniformierten tauschten kurze Blicke, woraufhin der Deutsche fragte: »Kommt es öfter vor, dass er ausbleibt? Ist er ein Streuner?«

»Nein«, sagte Margarete schnell.

»Hat er etwas angestellt und traut sich deshalb nicht heim?«, wollte der Schutzmann wissen.

Diesmal antwortete sie nicht sofort. Sie dachte an die vorletzte Woche, als ihr Bruder von einem seiner Streifzüge mit einem dicken Buch nach Hause gekommen war. Wie sich herausstellte, hatte er es aus einem geplünderten Gymnasium mitgehen lassen. Der Titel lautete *Mein Körper* und wurde von der Mutter umgehend konfisziert. Auch hatte Harald längst herausgefunden, dass Zigaretten als wichtiges Zahlungsmittel galten. Also fragte er bei den Besatzern danach und wurde von Margarete prompt beim Rauchen erwischt. Harald beteuerte, das Probieren wäre die Bedingung gewesen, um überhaupt einige Glimmstängel zu bekommen. Sogar einige englische Brocken hatte er sich inzwischen angeeignet: Typisch war seine Frage »Häf ju tschocolett?«, die er an jeden GI richtete, der ihm über den Weg lief. Manchmal schmeichelte er den Soldaten ein paar Scheiben des tollen weißen Toastbrots ab, das er heiß und innig liebte. Nicht ganz ungefährlich war das Hantieren mit gefundener Munition. Zum Glück war ihm und seinen Freunden bisher nichts passiert.

»Also?«, hakte der Beamte nach.

»Er ist ein ganz normaler Bub mit Flausen im Kopf. So wie jeder andere in seinem Alter«, stellte Margarete klar. »Aber es ist noch nie vorgekommen, dass er abends ausgeblieben ist.«

Der Polizist nickte wohlwollend. »Haben Sie ein Bild von ihm dabei?«

»Nein, aber ich kann eines besorgen. Wir wohnen ganz in der Nähe.«

»Gut«, sagte der Wachtmeister. »Holen Sie das Foto. Wir werden während unserer Streife die Augen offenhalten.«

Margarete sah ihn voll Dankbarkeit an. Dann lief sie los, um die Porträtaufnahme von Harald zu holen, die auf der Kommode in der Diele stand.

Ihr kleiner Bruder tauchte die ganze Nacht nicht auf. Gegen vier Uhr früh, als Margarete an der Seite ihrer völlig aufgelösten Mutter kauerte, unfähig, ein Auge zuzumachen, klopfte es an der Tür. Sofort sprangen die Frauen auf und öffneten. Die beiden Polizisten standen vor der Tür. Müde sahen sie aus, und sie hatten keine gute Nachricht für sie dabei. Den kleinen Harald hätten sie nicht gesehen und auch nichts über sein Verbleiben erfahren. Sie würden seinen »Abgang«, wie es der Deutsche ausdrückte, in der Dienststelle melden. Dann würde man weitersehen.

»Was machen wir denn jetzt?«, fragte Gertrud der Verzweiflung nahe. Inzwischen graute der Morgen. Margarete bereitete für sich und ihre Mutter Muckefuck zu, einen Kaffeeersatz aus verschiedenen Getreidesorten, der allerdings ganz ohne die belebende Wirkung von Koffein auskommen musste.

»Weitersuchen«, sagte Margarete automatisch. »Nicht aufgeben. Er hat sich vielleicht verlaufen, als es dunkel wurde, und ist irgendwo untergekrochen.«

»Wir haben doch alles nach ihm abgesucht!«, jammerte Gertrud.

»Dann suchen wir noch einmal und noch einmal, so lange, bis wir ihn finden!«, bestimmte Margarete und stand auf. »Du trinkst in Ruhe aus, isst etwas und nimmst dir noch einmal den Block und die benachbarten Viertel vor.«

Gertrud nickte. »Und was machst du?«

Margarete ging in den Flur. »Ich mach mich auf den Weg zur Arbeit und spreche jeden Menschen an, den ich treffe.«

»Wie kannst du das tun?«, fragte Gertrud vorwurfsvoll. »Willst zur Arbeit, als wäre nichts geschehen.«

»Ich muss gehen«, beharrte Margarete. »Sonst verliere ich meine Stellung, das weißt du doch. So was passiert, ehe man sich's versieht. Außerdem will ich meine Kontakte nutzen: Ich bitte meinen Chef, die Suche nach Harald zu unterstützen. Je mehr Leute nach Brüderchen suchen, desto besser.«

Die kurzen Gespräche, die Margarete unterwegs mit Passanten führte, blieben ergebnislos. Niemand hatte einen Schuljungen gesehen, auf den Haralds Beschreibung zutraf.

Im Gerichtsgebäude angelangt, kam sie nicht gleich dazu, ihr Anliegen bei Stringer vorzubringen. Denn der fasste Margarete unterm Arm, kaum dass er sie zu Gesicht bekam, und dirigierte sie schnurstracks in den Gefängnistrakt.

»Was ist denn los?«, erkundigte sie sich, weil ihr Stringers Hektik nicht geheuer war. Sonst wirkte er doch stets so ruhig und besonnen.

»Ein Vorfall in Zelle fünf!«, antwortete er gehetzt, während sie die Kontrolle durchliefen.

»In Görings Zelle?« Margarete war alarmiert. Was mochte dort passiert sein?

»Wir müssen uns beeilen!«, drängte Stringer.

Als sie den Hauptkorridor des Gefängnisblocks erreichten, erkannte Margarete sofort, dass etwas Ungewöhnliches vorgefallen sein musste. Statt dass, wie üblich, je zwei Weißbehelmte links und rechts von jeder Zellentür standen und zusätzlich kleine Trupps im Gang auf- und abmarschierten, war die militärische Ordnung aufgelöst. Die Soldaten liefen unkoordiniert durcheinander, vor Görings Zelle hatte sich ein Pulk gebildet. Aus dem Inneren waren laute Stimmen zu hören, Gebrüll und Streit.

Margarete sah Stringer unsicher an, doch dieser bahnte sich ohne Scheu einen Weg durch das Chaos und ließ sie nicht von seiner Seite weichen. Als sie sich an den Wachleuten vorbeigedrängt hatten, erblickten sie den Grund für den Aufruhr: Mitten in der Zelle stand, von drei Soldaten umstellt und wild gestikulierend, Boris Sokolow. Mit hochrotem Kopf stieß der korpulente Russe heftige Worte in seiner Muttersprache aus, die Margarete nicht verstehen konnte, aber Flüche waren es ganz sicher.

»What happened?«, fragte Stringer die Posten und sah sich gleichzeitig nach Göring um. Der saß friedlich auf seiner Pritsche und tat so, als ginge ihn der Wirbel um ihn herum nichts an.

Einer der Militärpolizisten salutierte vor Stringer und klärte ihn über den Vorfall auf. Obwohl Margarete nicht jedes Wort übersetzen konnte, bekam sie immerhin so viel mit, dass der sowjetische Diplomat die Posten mit nicht gültigen Passierscheinen getäuscht und sich unberechtigten Zugang zur Görings Zelle erschlichen hatte. Bevor die Wachen den Schwindel durchschauten und die Gefängnisleitung informieren konnten, hatte Sokolow reichlich Zeit gehabt, sich mit Göring auszutauschen.

»Sie haben die Gefängnisordnung missachtet und gebrochen. Was wollten Sie von dem Gefangenen?« Die Frage wurde mit kerniger, fester Stimme geäußert. Margarete stellte sich auf die Zehenspitzen, um mehr sehen zu können, und erkannte nun auch Colonel David Hutchonson in der Menge.

Sokolow schüttelte die Hände der Wachen ab wie lästige Insekten. »Iiihr Yankees seid nicht die Einzigen, die ein Recht chaben auf die Kriegsgefangenen!«, wetterte er.

»Es gibt klar definierte Regeln, die vom gesamten Kontrollrat ratifiziert wurden«, hielt ihm Hutchonson entgegen. »Wenn Sie Fragen an den Gefangenen haben, können Sie sie jederzeit über die juristischen Vertreter Ihres Landes vor Gericht vorbringen.«

»Einen Scheißdreck werde iiich!«, schimpfte Sokolow. »Gleiches Recht für alle! Iiihr Psychologe kann ja auch jederzeit chier rein- und rausspazieren.«

»Die psychologischen Tests sind Bestandteil des vereinbarten …« Weiter kam Hutchonson nicht. Denn Sokolow schoss wie eine unter Dampf stehende Lokomotive an ihm vorbei, rempelte ihn dabei kräftig an und rauschte aus der Zelle. Seine stampfenden Schritte waren noch zu hören, als er den Korridor bereits verlassen hatte.

»Was ist?«, fragte Hutchonson, dessen gepflegte Frisur unter der Attacke gelitten hatte, in die Runde. »Alle wieder auf ihre Posten!«, wies er die unschlüssig herumstehenden Soldaten an, worauf sie die Zelle räumten und die Tür von außen verriegelten.

»Werden Sie etwas gegen Sokolow unternehmen?«, erkundigte sich Stringer beim Colonel.

Dieser taxierte ihn mit einem unfreundlichen Blick. »Machen Sie Ihre Arbeit, Sergeant, und ich werde meine erledigen.« Er nickte Margarete zu und ließ beide stehen.

Stringer, sichtlich in seiner Ehre getroffen, straffte die schmalen Schultern und räusperte sich. »Nun, Fräulein Galster«, sagte er, »die heutige Sitzung bei Herrn Göring werden wir uns schenken, denn zweifelsohne würde er unsere Anwesenheit bloß nutzen, um damit zu prahlen, wie gefragt er ist – selbst bei den Sowjets.«

»Möchten Sie nicht wissen, worum es bei dem Treffen mit Sokolow ging?«, fragte Margarete, da ihr die Paarung Sokolow-Göring höchst suspekt vorkam und ihren eigenen Verdacht zu bestätigen schien.

»Doch, sicher. Aber ich kenne Göring gut genug. Man muss ihn schmoren lassen und die betreffenden Fragen erst anbringen, wenn er selbst fast platzt vor lauter unbefriedigtem Mitteilungsbedürfnis.«

Margarete, die die Sorge um den vermissten Bruder im Tohuwabohu der letzten Minuten kurzzeitig verdrängt hatte, blickte ihren Vorgesetzten bekümmert an. »Darf ich Sie um Ihre Hilfe bitten?«, fragte sie.

»Immer gern. Das wissen Sie doch, Fräulein Galster. Wird es mal wieder knapp mit Lebensmitteln?«

Sie schüttelte den Kopf. »Es geht um meinen kleinen Bruder Harald. Er ist seit gestern nicht nach Hause gekommen.« Sie nagte an ihrer Unterlippe. »Ich bin nicht sicher – aber vielleicht hat sein Verschwinden etwas mit meiner Stellung hier zu tun.« Margarete bereute den letzten Satz, kaum dass sie ihn ausgesprochen hatte. Sie konnte es sich nicht leisten, Stringer vollends ins Vertrauen zu ziehen. An seiner statt hätte sie sich ja eigentlich an Hutchonson wenden müssen.

Stringer fasste an den lackschwarzen Bügel seiner Brille und sah Margarete forschend an. »Wenn Sie solche Zusammenhänge sehen, ist das der Angst um Ihren Bruder geschuldet. Ich halte das für unwahrscheinlich, ja sogar abwegig. Es sei denn …«

»Es sei denn … – was?«, fragte Margarete bang.

»Es sei denn, Sie werden erpresst«, sprach Stringer es aus. »Trifft das zu?«

»Nein!«, antwortete Margarete resolut. »Nein, das werde ich nicht.«

»Gut.« Stringers Miene hellte sich auf. »Ich sorge dafür, dass Ihre Wohngegend gezielt nach Harald abgesucht wird. Wir werden ihn finden, ganz gewiss. Die MP kann auch Spürhunde einsetzen.« Als er bemerkte, wie Margarete blass wurde, fügte er schnell hinzu: »Nur für den Fall, dass er irgendwo in der Klemme steckt und nicht mehr aus eigener Kraft herauskommt.«

Den Rest des Arbeitstages schwankte Margarete zwischen der beruhigenden Aussicht, dass die Suchtrupps Harald bald finden würden, und der Befürchtung, sie habe sich genau dem falschen Mann offenbart. Wer sagte ihr denn, dass Stringer nicht tatsächlich mit Göring unter einer Decke steckte und Haralds Entführung höchstpersönlich angeordnet hatte?

25

»Bevor du fragst: Ich habe heute aus drei Gründen schlechte Laune«, erklärte Julian, als er gegen Mittag das zweite Mal an diesem Tag die Redaktion betrat und gegenüber Ingo Platz nahm. Dieser trug ein Hawaiihemd, dessen oberste drei Knöpfe offen standen und den Blick auf seine stattliche, behaarte Brust preisgaben. »Erstens war meine Sendung gestern Abend der Oberhorror und der Rest der Nacht ja sowieso. Ich fürchte, uns stehen etliche Beschwerden ins Haus, weil ich diesen Schnulzenkram nicht ernst genug genommen habe. Zweitens: Lea hat mich schon wieder versetzt. Als ich sie vorhin endlich mal ans Telefon bekommen habe, hat sie nur oberflächlich vor sich hin gegackert und mir zu verstehen gegeben, dass sie nächstes Wochenende auch nicht heimkommt. Ich müsste eben Geduld haben, meinte sie. Und drittens: Ich war vorhin bei meinem Anwalt.«

Ingo beugte sich vor. »Hört sich nicht gut an, so wie du das sagst.«

»War es auch nicht«, meinte Julian geladen. »Er hat mir alle möglichen Gesetze und Paragrafen aufgezählt, die er gegen das Landeskriminalamt ins Feld führen könnte, im selben Atemzug aber doppelt so viele, mit denen die mich drankriegen könnten. Alles hängt jetzt davon ab, was die Bullen auf meiner Festplatte finden. Ist da irgendetwas drauf, das in Richtung rechter Szene deutet, bin ich geliefert. Die sind zurzeit dermaßen scharf, dass es kein Pardon gibt.«

»Aber du bist Journalist! Das Sammeln von Daten und Fakten gehört zu deinem Job!«, hielt Ingo dagegen.

Julian wusste es inzwischen besser: »Auf meinem Arbeits-PC hier im Rundfunkhaus dürfte ich gewisse Daten speichern, nicht aber auf meinem privaten Laptop daheim. Mein Anwalt nannte mir das Beispiel eines Kollegen, der angeblich in Richtung Pädophilie recherchierte und bei dem Kinderpornobilder auf dem Rechner entdeckt wurden. Sein Beruf als Journalist hat ihn nicht vor einer Strafe geschützt.«

Ingo sah ihn betreten an, als er sagte: »Wenn wir schon dabei sind – ich habe auch eine schlechte Nachricht.« Er reichte Julian den Ausdruck einer Eilmeldung. »Hier lies mal.«

Julian vertiefte sich in die Pressenotiz der Polizei, die er ja bereits am frühen Morgen erwartet hatte, und las erschüttert die wenigen Zeilen. »Es ist also wahr: Professor Hufnagel ist tot. In seinem Wohnwagen verbrannt.« Betroffen starrte er auf das Blatt Papier in seiner Hand. »Ich hatte ja befürchtet, dass er noch drin war, als es passierte. Im Tohuwabohu nach dem Feuer ließ sich das nicht klären. Ich habe eine halbe Ewigkeit zugesehen, wie die Feuerwehr ihre Arbeit getan hat. Alles war völlig verrußt, zerfetzt und zerschmolzen. Dass da wirklich noch ein Mensch in den Trümmern lag …«

»Wundert mich nicht, dass du seine Leiche nicht erkannt hast«, sagte Ingo und biss in ein dick belegtes Pausenbrot. »Der Mann war sicher völlig verkohlt und kaum mehr als Mensch zu erkennen. Wusstest du, dass man bei solchen Temperaturen bis auf die Hälfte seiner ursprünglichen Körpergröße schrumpft?«

»Erspar mir deine makabren Ausschmückungen. Ich kann kaum glauben, dass du bei solchen Gruselstorys nicht den Appetit verlierst.«

»Eine Zigarette soll schuld gewesen sein. Es wurden mehrere Kippen gefunden, eine von ihnen muss das Feuer ausgelöst haben«, fuhr Ingo ungerührt fort. »Der arme Kerl war wohl zu betrunken, um es rechtzeitig nach draußen zu schaffen.«

Julian ließ das Papier sinken. »Ein Tag der wirklich miesen Nachrichten, was?«, fragte er bedrückt. »Das Ganze beginnt mir auf den Magen zu schlagen. Den Kaffee lasse ich heute besser weg.«

Ingo zog seine Schreibtischschublade auf und zauberte einen besonders dicken Schokoriegel hervor. »Nimm! Das wird dich wieder aufbauen. Doppelter Nougatschock in XXL-Größe. Limited Edition.«

Julian winkte ab, musste aber lächeln. »Das ist ja noch schlimmer als eine Koffeindröhnung!«

Die erwarteten Beschwerden über seine erste Abendshow blieben aus. Im Gegenteil, einige (wahrscheinlich ältere) Hörerinnen posteten auf seiner Facebook-Seite sogar, was für eine angenehme Sprechstimme er hätte und dass sie die Musikauswahl ausgesprochen gelungen fanden. Trotzdem schleppte sich Julian recht träge durch den Tag und war froh, als er in seine Corvette steigen und heimfahren konnte. Dabei ließ er die Fenster weit offen, sodass ihm der Fahrtwind ins Gesicht blies.

Aus dem Briefkasten, dessen Schlüssel er seit Längerem verlegt hatte, angelte er neben Werbeprospekten und einer Rechnung einen Brief mit handgeschriebener Adresse. Er staunte nicht schlecht, als er den Absender sah: Hufnagel!

Julian ließ alles andere stehen und liegen, setzte sich an den Küchentisch und öffnete das Kuvert. Gespannt las er:

»Sehr geehrter Herr Heldt,
unser Gespräch ist mir lebhaft in Erinnerung geblieben. Sie schienen mir ein gewissenhafter Redakteur mit hoher Auffassungsgabe. Daher empfand ich es als unbefriedigend, Sie wieder ziehen zu lassen, ohne dass ich Sie von meinem Standpunkt überzeugen konnte. Nun meine ich, einen Ansatz gefunden zu haben, der Sie umstimmen könnte:
Am 30. September 1938 titelte der Daily Express *mit der in Ver-*

salien gesetzten Schlagzeile ›PEACE‹. Premier Neville Chamberlain kam gerade aus Deutschland zurück und brachte das Münchner Abkommen mit. Dieser Vertrag ist ebenso wie Chamberlains gesamte Appeasement-Politik in den folgenden Jahren in Verruf geraten, der Premierminister selbst galt später gar als Narr, der sich von Hitler über den Tisch hatte ziehen lassen. Das Bild des naiven und gutgläubigen Staatsmannes, das später von Chamberlain gezeichnet wurde, ist aber in weiten Teilen falsch.

Die britische Politik folgte in diesen Jahren der Doktrin des Gleichgewichts der Kräfte. Es sollte keinen einzelnen überlegenen Staat auf dem Kontinent geben, das Deutsche Reich als ebenbürtiger Gegenspieler Frankreichs kam Chamberlain daher durchaus gelegen. Sein eigenes Land nämlich war noch geschwächt durch die Folgen des Ersten Weltkriegs und war weder wirtschaftlich noch militärisch für irgendeinen größeren Konflikt gerüstet.

Noch schwerer wiegt meines Erachtens ein zweiter Aspekt. Unbestritten stellte Hitler eine Gefahr dar, das erkannte Chamberlain durchaus. Aber größer noch musste ihm die Bedrohung durch die sowjetische Diktatur Josef Stalins erscheinen. Denn immerhin wollte Stalin den Kapitalismus an sich zerstören. Ein starkes Deutschland als Bollwerk zwischen Ost und West konnte Chamberlain daher nur recht sein.

Wie die Sache letztlich ausging, wissen Sie: Statt mit den Briten paktierte Hitler mit den Sowjets, um am Ende auch ihnen in den Rücken zu fallen. Chamberlains Appeasement wurde zum Rohrkrepierer und zum Synonym für Feigheit und Kapitulation. An Chamberlains Stelle trat Winston Churchill, der nichts mehr wissen wollte von wie auch immer gearteten Abkommen mit dem Deutschen Reich.

Dennoch bin ich davon überzeugt, dass es in Wahrheit nie zu einem Ende der Gespräche zwischen beiden Staaten gekommen ist. Denn in den frühen Vierzigerjahren zeichnete sich immer deutlicher ab, wer der Feind von morgen sein würde, nämlich Stalin. Daher wurden zweifelsohne weitere Optionen ausgelotet. Womöglich zunächst durch

Rudolf Heß, der nach seiner Flucht nach England von einer Amnesie befallen wurde, was man als Selbstschutz eines inoffiziellen Unterhändlers interpretieren könnte.
Ich persönlich halte jedoch Göring für den eigentlichen geheimen Mittelsmann. Vieles spricht dafür, dass er schon sehr früh und über verschiedene Wege den Kontakt zum Westen suchte und fand.
Verehrter Herr Heldt, seien Sie gewiss: Auch im Zweiten Weltkrieg gab es nicht nur die Farben Schwarz und Weiß. Hinzu kam – wie bei jedem Konflikt – eine Graunote. Dieses Grau wurde von Göring verkörpert, dem zunächst geheimen Unterhändler, anfangs wahrscheinlich in Hitlers Auftrag, später auf eigenes Risiko.
Die Zusagen und Kompromisse, die Göring erzielte, galten nach Ende der Kampfhandlungen natürlich als brisant. Göring hätte mit ihrer Hilfe einige einflussreiche Politiker und womöglich sogar Staatslenker stolpern lassen können. Diese Gefahr bestand latent und sollte ihm als Ass im Ärmel dienen. Nur so ist der Habitus der Überlegenheit zu erklären, den er während des gesamten Prozessverlaufs an den Tag legte. Sein Wissen sollte ihn schützen.
So wie ich Sie kennengelernt habe, Herr Heldt, werden Sie auch diese Worte allein nicht überzeugen. Daher möchte ich Sie dazu einladen, Einsicht in einige Dokumente zu nehmen, die ich mir auf Umwegen besorgen konnte. Hier in meinem Wohnwagen verfüge ich über kein Telefon. Kommen Sie daher einfach vorbei, wenn Sie in der Nähe sind. Ich werde Ihnen die Unterlagen dann zeigen.
Auf bald!
Freundliche Grüße
H. Hufnagel

Julian legte den Brief nachdenklich beiseite. Unter normalen Umständen hätte er nicht besonders viel darauf gegeben. Er hielt den Ex-Professor zwar für einen großen Denker mit interessanten Ansätzen, aber eben auch für einen abgehalfterten Gewohnheitstrinker. Ob ihm da nicht der Suff die Sinne vernebelt hatte? Ein wildes Jonglieren mit den Fakten der Weltgeschichte, Verschwörungstheorien aus willkürlich zusammengebastelten Historienbrocken ... und ausgerechnet Göring als geheimer Helfer des Westens im Kampf gegen die rote Flut? Julian hätte den Gedanken belächelt, wenn Hufnagel nicht Dokumente erwähnt hätte.

Jetzt, nachdem Hufnagel tot und sein Quartier abgebrannt war, bekam Julian keine Möglichkeit mehr, sich diese Unterlagen anzusehen. Er konnte also nicht beurteilen, ob Hufnagel nur ein Spinner gewesen war oder ob doch etwas hinter seinen kühnen Behauptungen steckte.

Das frustrierende Gefühl, nicht voranzukommen, nahm von ihm Besitz. Julian fragte sich nicht zum ersten Mal, ob er mit der Göring-Recherche weitermachen sollte. Ob sich der Aufwand und der Ärger durch die vielen Rückschläge jemals auszahlen würden. Allerdings: Jetzt aufzugeben würde ihn noch mehr frustrieren.

Also legte er sich auf sein Sofa, starrte an die Decke und überlegte, was er noch tun könnte. Dabei kam ihm die kurze Liste der Zeitzeugen in den Sinn, die Vic ihm überlassen hatte. Bisher hatte er nur einen der drei Namen abgehandelt. Für den zweiten, den Mann im Altenheim, war es heute zu spät. Übrig blieb die Frau, die ehemalige Krankenschwester. Hier könnte sich ein Versuch lohnen.

Er gab sein bequemes Plätzchen auf, suchte am Küchentisch die Telefonnummer von Margarete Galster heraus und wählte sie. Wie schon beim ersten Mal lauschte er lange dem Freizeichen. Doch die einstige Gefängniskrankenschwester ging nicht ran. Enttäuscht legte Julian das Telefon beiseite. Mehr konnte er heute nicht tun. Der Tag war gelaufen.

»Top! Spitze! Klasse gemacht!« Heike Ehlers, heute ein lindgrünes Designerjäckchen über der faltenfreien Bluse, überschlug sich mit ihren Lobeshymnen. »Jetzt stehen wir alle einmal auf und spenden dem Kollegen einen Riesenbeifall!«

Sie saßen zur Frühkonferenz am großen ovalen Tisch im Sitzungszimmer des Rundfunkhauses, die Chefs der einzelnen Sender, einige der leitenden Redakteure – und Julian, der nun beklatscht wurde und sich dabei reichlich blöd vorkam.

»Wer hätte das gedacht?«, fragte die Ehlers, die rundum zufrieden wirkte. »Es war eine der besten Entscheidungen meines Lebens, Julian die Verantwortung für eine neue Sendung zu übertragen. Denn nach nur zwei Ausgaben hat er ein Format, das viele schon für tot gehalten haben, aus dem Quotenkeller gehievt. Wir haben jetzt im schwierigen Zeitfenster zwischen 20 und 22 Uhr, wenn wir mit dem Fernsehen konkurrieren müssen, traumhafte Einschaltquoten. Das Werbeaufkommen könnte sich innerhalb einer Woche verdreifachen.«

»Dann hast du jetzt wohl deine Bestimmung gefunden«, raunte einer der Kollegen Julian zu. Der verdrehte nur die Augen.

Er war froh, als das Meeting beendet war. Das hatte ihm gerade noch gefehlt, dass er mit der verhassten neuen Show Erfolg hatte. So würde er die Oldie-Sendung ganz bestimmt nicht wieder loswerden. Statt eines kurzen Zwischenspiels könnte sich daraus ein Klotz am Bein entwickeln, den er bis zur Rente mit sich herumschleppen müsste.

Nach flüchtiger Vorbereitung für seine nächste Moderation am Abend stahl er sich aus dem Rundfunkhaus und ließ den Motor seines Sportflitzers aufheulen. Auf der Fahrt zum Seniorenstift am Rande des Reichswaldes wählte er ganz bewusst einen Radiokanal der Konkurrenz.

Seniorenheime empfand Julian stets als deprimierend. Jahrelang war er in einem ein- und ausgegangen, um seine pflegebedürftige Oma zu besuchen, zu der er ein sehr enges und vertrautes Verhältnis hatte. Bei jedem Besuch musste er feststellen, wie sie mehr und mehr abbaute. Hinzu kam, dass ihr Freundeskreis, den sie sich im Heim aufgebaut hatte, im Zeitraffertempo schrumpfte. »Mein Weg führt nur noch in eine Richtung«, hatte sie gesagt. Das war einen Monat vor ihrem Tod.

Bereits im Foyer empfing ihn der vertraute Geruch nach Desinfektionsmitteln, die den Gestank menschlicher Ausscheidungen kaum überdecken konnten.

Julian meldete sich im Büro der Heimleitung an und bekam die Erlaubnis, Willy Schwertfechter in seinem Zimmer zu besuchen.

»Herr Schwertfechter hat keinen Vormund, darf also selbst entscheiden, ob er mit Ihnen reden möchte«, wurde Julian von einer resoluten Schwester belehrt. »Aber Sie werden merken, dass bei ihm die Demenz bereits fortgeschritten ist.«

Die Schwester ging mit weit ausholenden Schritten voran und führte Julian durch Flure mit eierschalenfarben gestrichenen Wänden und Handläufen auf Hüfthöhe. Sie gingen an Senioren vorbei, die unterschiedliche Stadien des geistigen und körperlichen Verfalls zeigten. Julian sah Rollstuhlfahrer, andere kamen noch mit dem Rollator aus, wieder anderen reichte der Stock als Gehhilfe. Er blickte in aufgeweckte, intelligente Gesichter ebenso wie in zahnlose Masken, die dumpf in eine Welt schauten, die sie nicht mehr verstanden.

Willy Schwertfechters Zimmer war klein und quadratisch. Es enthielt einen Wandschrank, einen Lehnstuhl sowie ein Krankenhausbett mit Schlaufe zum Hochziehen und griffbereitem Notfallknopf. An den Wänden hingen Fotos einer

Familie mit Hund, daneben kunterbunte Kindergemälde. Schwertfechter selbst war ein Mann von mittlerer Statur. Er hatte schütteres Haar, ein schuppiges Gesicht und Augen, die Julian mit kindlicher Naivität erwartungsfroh ansahen.

Julian brauchte genau fünf Minuten, um zu wissen, dass hier nichts mehr zu holen war.

26

Tag drei nach Haralds Verschwinden. Margarete wusste nicht, wie sie ihrer Mutter noch unter die Augen treten konnte, denn all ihre Hoffnungen hatten sich in Luft aufgelöst. Weder die Suche durch die Polizei noch Stringers Bemühungen hatten zu einem Ergebnis geführt. Von ihrem Bruder fehlte nach wie vor jede Spur.

Wortlos frühstückten sie miteinander, wobei Margarete es vermied, Gertrud anzusehen. Sie fühlte sich schuldig und schlecht, obwohl sie nicht sicher sein konnte, dass sie tatsächlich der Auslöser für Haralds ungewisses Schicksal war.

Aber sie würde es herausfinden. Heute würde sie mit demjenigen Klartext sprechen, dem sie die Schurkentat einer Entführung zutraute.

Sie drückte ihrer Mutter, die mit gebeugtem Rücken unbewegt am Küchentisch kauerte, einen Kuss auf die Stirn und verließ die Wohnung in Richtung Justizpalast, inständig hoffend, dass Stringer eine Visite bei Göring vorgesehen hatte und sie Gelegenheit bekam, ihn wenigstens kurz allein zu sprechen.

Natürlich lief es wieder nicht reibungslos, nicht, wie sie es geplant hatte. Statt sich direkt mit Sergeant Stringer treffen zu können, wurde sie vom Posten an der Hauptwache ins Büro des Colonels geschickt.

Hutchonson, der große Blonde, stand mit leicht gespreizten Beinen inmitten seines saalartigen Arbeitszimmers und brannte darauf, sie über die neuesten Entwicklungen zu unterrichten:

»Sokolow hat sich mit seiner eigenmächtigen Aktion selbst ins Abseits manövriert. Das wird man ihm nie und nimmer durchgehen lassen.«

»War er denn einer der …« Margarete bekam das Wort »Verschwörer« nicht über die Lippen.

»Wer weiß? Leider schützt ihn seine diplomatische Immunität, sodass wir ihn nicht verhören dürfen.« Ein hinterlistiges Lächeln legte sich auf sein Gesicht. »Aber ich gehe davon aus, dass die russischen Kollegen das übernehmen werden. Wenn Sokolow Glück hat, wird er für ein paar Jahre in ein Arbeitslager nach Sibirien verbannt. Wenn er Pech hat, dürfen wir seine Leiche in ein paar Tagen aus der Pegnitz fischen.« Er wedelte mit der rechten Hand durch die Luft, als wolle er seine bösartige Bemerkung verscheuchen. »Weshalb ich Sie eigentlich sprechen wollte, Fräulein Galster: Mir ist zu Ohren gekommen, dass nach Ihrem Bruder gesucht wird. Eine Vermisstensache.« Er sah sie intensiv an. »Weshalb sind Sie mit dieser Angelegenheit nicht zu mir gekommen, sondern haben sich an Sergeant Stringer gewandt?«

»Weil, äh …« Margarete, überrumpelt durch diese Frage, geriet in Erklärungsnöte.

Hutchonson winkte ab. »Ich weiß schon, worin Ihre Absicht liegt: Sie wiegen Stringer in Sicherheit, indem Sie ihm das Gefühl geben, dass Sie ihm trauen. Das ist auch richtig so. Aber vergessen Sie nicht, dass wir es bei dem Sergeanten unter Umständen mit einem Verräter zu tun haben. Ich kann Sie nur inständig bitten, sich auf keine gefährlichen Spielchen einzulassen. Obwohl ich nicht glaube, dass die Sache mit Ihrem Bruder hiermit etwas zu tun hat, könnte Ihre Mission gefährdet werden.«

»Haben sich die Hinweise gegen Stringer denn inzwischen bestätigt?«, fragte Margarete scheu.

Hutchonson schüttelte den Kopf. »Dafür haben wir drei der Wachposten so gut wie überführt, mit Göring zu paktieren. Aber ich werde nicht zuschlagen, bevor ich nicht das ganze Netz der Verschwörer aufgedeckt habe.«

»Wie lange wird das dauern?«, sorgte sich Margarete.

»Das kommt unter anderem darauf an, ob und was Sie herausfinden.« Er kam näher, legte Margarete beide Hände auf die Schultern und sah ihr fest in die Augen. »Mir ist durchaus bewusst, dass ich viel von Ihnen verlange. Sie sind gewiss keine ausgebildete Meisterspionin. Aber gerade das macht Sie unverdächtig und damit so wertvoll für unsere Zwecke. Ich sage es ganz offen: Momentan sind Sie mein bester Maulwurf. Daher fordere ich Sie auf: Wühlen Sie sich durch das Dickicht aus Lüge und Korruption.« Er ließ seine Worte wirken und ergänzte: »Und ich werde natürlich alles in meiner Macht Stehende tun, um bei der Suche nach Ihrem Bruder zu helfen.«

Mit diesem Versprechen entließ er Margarete, die Audienz war beendet.

Mit dem Vorsatz, Stringer nicht mehr ganz so offenherzig gegenüberzutreten, machte sie sich auf den Weg zum Medizinischen Dienst, wo der Sergeant schon auf sie wartete.

»Heß, Schacht und Fritzsche stehen heute auf dem Programm«, teilte er ihr mit, worauf Margarete innerlich fast kollabierte. Ihr Vorhaben, Göring gezielt auf Harald anzusprechen, war mit diesem Tagesplan vereitelt. Sie würde sich einen, vielleicht sogar zwei oder drei weitere Tage gedulden müssen.

Doch kurz bevor sie zur Visite aufbrachen, bemerkte Stringer einen Fehler in seinen Unterlagen. »Verflixte Unordnung«, schimpfte er über seine eigene Nachlässigkeit. »Das ist der Plan für Dienstag.« Er tauschte den Laufzettel aus und verlas eine andere Liste: »Von Papen, Streicher – und Göring.« Margarete atmete auf.

Als sie Stunden später vor Görings Zelle standen, hatten sie zwei anstrengende Besuche hinter sich. Von Papen war nicht müde geworden, in seinem gestelzten Diplomatendeutsch seine besondere Rolle als Botschafter und vor allem seine gänzliche Unschuld an allem Bösen zu beteuern. Er redete unentwegt von seiner Freilassung, mit der Stringer, wie er Margarete nach dem Gespräch anvertraute, auch tatsächlich rechnete. Streicher, der wortstarke Judenhetzer von einst, versuchte sich auf widerlich unterwürfige Art bei seinen Besuchern einzuschmeicheln, machte Margarete süßliche Komplimente und bemühte sich vergeblich, seinen primitiven Geist vor Stringers Intelligenztests zu verbergen.

Nach all dem machte Stringer auf Margarete einen abgekämpften und leicht gereizten Eindruck. Er musste sich erst einige Minuten sammeln, indem er mit geschlossenen Augen seine Schläfen massierte, bevor er für das Gespräch mit dem nächsten Insassen bereit war. Als sie die Zelle betraten, hatte die Wache Göring gerade seinen Nachmittagskaffee serviert. Er stippte ein Stück Brot hinein und schluckte es geräuschvoll.

Nach den kurzen Begrüßungsfloskeln begann Göring einmal mehr, sich von Hitler loszureden: »Der Führer als großer Literat. Ausgerechnet er.« Göring lachte dreckig. »Haben Sie *Mein Kampf* gelesen?«

Stringer setzte sich wie üblich neben Göring. Das von diesem gewählte Thema behagte ihm wohl nicht, denn er antwortete abweisend: »Nein, das habe ich nicht. Darauf kann man getrost verzichten.«

Göring sah ihn verwundert an. »Oho! Woher wollen Sie das denn wissen, wenn Sie es nicht gelesen haben? Sie bilden sich Ihre Meinung lieber aus zweiter Hand, was?«

Stringer wirkte für den Moment konsterniert, was Göring mit einem schadenfrohen Grinsen quittierte. »Habe ich Sie drangekriegt, ja?« Er klopfte sich vergnügt auf die Schenkel.

»Keine Bange, ich habe selbst nur Auszüge davon gelesen, das reichte vollkommen. Ich wusste auch ohne *Mein Kampf*, wo es langging.«

»Ja, auf den Weg des Nationalsozialismus, gleichbedeutend mit dem Weg in den Abgrund.«

Göring zog die Mundwinkel nach unten. Man sah ihm an, dass er dieses Mal keine Lust hatte, eine Lanze für die Politik des Dritten Reichs zu brechen. Dennoch sah er sich wohl in der Pflicht, einen Standpunkt einzunehmen: »Der Nationalsozialismus an sich ist ein Meilenstein in der deutschen Geschichte. Eine große Idee, deren konsequente Umsetzung aber in den Anfängen stecken geblieben ist. Doch welche große Idee funktioniert schon von vornherein perfekt? Auch Ihre Demokratie musste erst aufgebaut werden und in den Köpfen der Leute ankommen. Oder wollen Sie behaupten, sie wäre frei von Rückschlägen gewesen?« Ganz im Plauderton fuhr er fort: »Ich habe nichts dagegen einzuwenden, sich mit dem Nationalsozialismus kritisch auseinanderzusetzen. Das habe ich auch früher immer wieder getan, dazu können Sie die Herren aus den Nachbarzellen gern befragen. Diesen Speichelleckern war ich oft und gern ein Dorn im Auge. Aber wenn man Kritik übt, darf man das Positive nicht ausklammern. Denn wenn Sie den Nationalsozialismus als Ganzes verurteilen, machen Sie es sich zu einfach.«

»Was sollen denn die positiven Seiten sein? Ich habe nur negative Assoziationen: Angriffskrieg und Endlösung …«

»Bei Umwälzungen von historischen Dimensionen bleibt es nie aus, dass sie von radikalen Gangarten begleitet werden. Auch die Französische Revolution forderte ihre Opfer. Da rollten die Köpfe im Minutentakt – aber würden Sie je auf die Idee kommen, diese geschichtliche Zäsur zu verurteilen?«

»Sie können die Ziele Ihrer Ideologie nicht mit denen der Französischen Revolution vergleichen«, rückte Stringer die Verhältnisse zurecht.

Dieser Einwand brachte Göring keineswegs in Verlegenheit. »Dann nehmen wir das Römische Reich oder das Britische Empire. Meinen Sie, diese Mächte sind entstanden, weil ihnen die Völker bereitwillig in die Arme liefen und sich ihrer Doktrin unterwarfen? Nie und nimmer! Da führten Schwerter und Kanonenkugeln das Wort. Nennen Sie mir einen bedeutenden Staat, der kein Blut auf seiner Fahne hat!«

»Demokratisch gewählte Regierungen streben genau dies an«, argumentierte Stringer.

»Demokratie ist eine Sache für wenige, aber nicht für die breite Masse«, tat Göring den Einwand ab.

Stringer hielt dagegen: »Demokratie ist für mich die einzige akzeptable Staatsform. Jede Diktatur verabscheue ich, ob sie von rechts oder links kommt.«

»Ich vertrete meine Überzeugung, und Sie die Ihre, nur dass Sie momentan leider am längeren Hebel sitzen und meine Argumente mit Füßen treten.« Göring lachte abfällig. »Glauben Sie etwa, mit meiner Bloßstellung Ihre Arbeit erfüllt zu haben?«

»Ja, vollkommen«, antwortete Stringer frei heraus.

»Geben Sie sich keiner Illusion hin! Sie haben eine krankhafte Vorstellung von falsch verstandener Demokratie. Nicht alle Menschen sind gleich. Die meisten brauchen eine strenge Führung, eine starke Hand. So war es und wird es immer sein«, gab er sich selbstsicher.

Stringer rutschte unruhig auf seinem Schemel hin und her. Doch noch machte er gute Miene zum bösen Spiel, als Göring mit gespielt gequältem Ausdruck zu seinem Einstiegsthema zurückkehrte:

»Jedenfalls haben wir's verpatzt. Und schuld daran war wer?« Er seufzte und ließ sein Gesicht theatralisch hinter den aufgestützten Händen verschwinden. »Ahnen Sie, wie höllisch schwer es war, zwölf Jahre den Kronprinzen zu geben in dem steten Bewusstsein, dass ich es besser gekonnt hätte als Hitler? Dem Treueschwur verpflichtet, obwohl ich mit vielen politischen Entscheidungen nicht einverstanden war. Eine Tortur!« Er tauchte aus seiner Denkerpose auf, zog die Stirn in Falten und schien schwer mit sich zu ringen. »Was hätte ich tun sollen?«, fragte er und lieferte gleich die Antwort: »Eine Verschwörung konnte ich nicht gegen ihn anzetteln, ihn nicht von hinten erdolchen oder eine Aktenmappe mit Sprengstoff unter seinem Arsch explodieren lassen. Denn selbst ein Mann in meiner Position hätte mit so etwas keine Chance gehabt.«

Stringer ließ sich zu einem Kommentar hinreißen: »Für den Anfang hätte es gereicht, wenn Sie sich einmal offen gegen ihn gestellt hätten.«

»Meinen Sie?« Göring, anscheinend überrascht von Stringers Idee, kniff missbilligend die Augen zusammen. »Sie haben ja keine Ahnung, wie jähzornig er werden konnte. Ein falsches Wort über ihn, und er hätte mich zu Hackfleisch verarbeitet. Da erschien es mir sinnvoller, mit meinen eigenen Mitteln gegen ihn zu arbeiten.«

»Weit sind Sie damit ja nicht gekommen«, merkte Stringer an.

»Glauben Sie?« Göring lachte, doch es hörte sich mehr an wie ein Knurren. »Es hätte noch weit schlimmer für Sie und Ihre alliierten Truppen laufen können.«

Stringer nahm seine Brille ab und deutete mit dem Gestell in Görings Richtung. »Sie wollen nicht ernsthaft behaupten, Sie hätten Ihre Luftwaffe absichtlich geschwächt, um uns

Vorschub zu leisten. Das wäre ja gleichbedeutend mit Sabotage gewesen.«

Göring vermied eine direkte Antwort. »Immerhin hätte ich darauf zählen können, dass mich die Abwehr nicht drankriegt – jedenfalls solange Canaris noch am Ruder war.« Damit spielte er auf Gerüchte an, nach denen der Spionagechef selbst auf gegnerischer Seite gestanden haben sollte.

Stringer schlug nun eine schärfere Tonart an: »Sie wollen sich Ihrer Verantwortung entziehen, indem Sie uns diese Lügenmärchen auftischen? Sie gebärden sich als Opportunist!«

Göring nutzte die Vorlage sofort: »Hat nicht überhaupt der Opportunismus des Einzelnen, sein Ehrgeiz, aufsteigen zu wollen oder wenigstens keine Nachteile hinnehmen zu müssen, in den vergangenen Jahren eine viel größere Rolle als die Ideologie gespielt? Sind die Menschen von heute denn wirklich so viel couragierter als die von gestern? Schauen Sie sich in Ihren eigenen Reihen um: Wollen die Dienstherren jemals kritische, unbequeme Untergebene? Oder wollen sie lieber solche, die an die nächste Beförderung oder Gehaltserhöhung denken und die nicht negativ auffallen, weil dies der Karriere am zuträglichsten ist?«

»Es tut mir leid, Herr Göring, aber ich nehme Ihnen Ihre plötzliche Redlichkeit nicht ab.« Stringer klang jetzt knallhart. Keine Spur mehr von der Zurückhaltung des Psychologen. »Wenn Sie den Helden spielen wollten, hätten Sie früher damit anfangen müssen, statt sich mit Morphium vollzupumpen und Beute zu sammeln. Sie haben immer wieder gezeigt, dass Sie trotz Ihres aggressiven Charakters nicht den Mut besitzen, echte Verantwortung zu übernehmen.« Er kam Margarete vor wie ein Richter bei der Urteilsverkündung. »Erinnern Sie sich an den Kleckstest, den ich zu Beginn unserer Sitzungen durchgeführt habe? Mit einer kleinen Geste haben Sie sich dabei verraten. Ich zeigte Ihnen einen roten Tintenfleck. Krankhafte Neurotiker zögern häufig bei dieser Karte, weil sie annehmen, der Klecks stelle Blut dar. Sie zögerten ebenfalls, nannten es jedoch nicht Blut, sondern versuchten, das Bild unter den Tisch fallen zu lassen. Als könnten Sie das Blut mit dieser Bewegung einfach wegwischen. Ganz ähnlich haben Sie während der Prozesstage gehandelt: Immer wenn die Beweislast gegen Sie übermächtig wurde, nahmen Sie die Kopfhörer ab. Und nicht anders agierten Sie im Krieg.«

»Lächerlich«, meinte Göring. »Ihre psychologischen Taschenspielertricks beeindrucken mich nicht im Geringsten.«

Stringer setzte die Brille wieder auf, vertiefte sich in seinen Aktenordner und schien nach einer bestimmten Notiz zu suchen. »Während die wahren Widerstandskämpfer vom Schnellgericht abgeurteilt und erschossen wurden, ließen Sie es sich weiter gut gehen. 1944, als längst alles den Bach runterging, gaben Sie dekadente Empfänge, bei denen Sie mit Toga und Sandalen wie Nero auftraten, mit geschminktem Gesicht und rot bemalten Lippen.« Er wedelte mit einem Zettel. »Hier steht es geschrieben. Von mehreren Zeugen beglaubigt.«

Göring schnappte nach Luft, verschluckte sich und musste husten. »Wo haben Sie denn das her?« Mit einem peinlich berührten Seitenblick auf Margarete sagte er: »Hier ist kaum der geeignete Ort, um so etwas zur Sprache zu bringen, selbst wenn es wahr wäre. Ich weiß wirklich nicht, warum Sie damit anfangen.«

»Weil es zu Ihrer Persönlichkeit gehört – genau wie alles andere auch. Ihr Leben ist eine einzige Schau, bestehend aus Lug und Trug. Sie sind ein Blender und würden alles tun, um sich Ihrer Verantwortung zu entziehen. Ich halte Sie für einen moralischen Feigling.«

Göring setzte sich gerade auf. »Sie vergessen sich, Herr Stringer!«, rief er zornig.

Doch Stringer war noch nicht am Ende: »Ihre Eitelkeit und Ihr Ehrgeiz, verbunden mit Ihrem korrupten und ausschweifenden Leben, haben Sie zu einem aufgeblasenen Egomanen gemacht. Zu einem gewissenlosen Tyrannen.«

Göring schäumte vor Wut. Er konnte kaum an sich halten, als er mit bebender Stimme verkündete: »Ich werde meinen Verteidiger eine Erklärung verfassen lassen, nach der unsere Unterhaltungen ebenso wie Ihre pseudowissenschaftlichen Psychotests bedeutungslos und null und nichtig sind. Ich schere mich einen Dreck darum!«

Stringer hatte ihn ins Mark getroffen, schloss Margarete aus Görings Reaktion.

»Wache!«, brüllte Göring mit krebsrotem Gesicht. »Der Sergeant möchte gehen. Die Sitzung ist beendet!«

Zwei Militärpolizisten, die an der Tür Spalier gestanden hatten, waren augenblicklich zur Stelle. Während Stringer seine Unterlagen zusammenpackte, gelang es Margarete, sich in Görings Nähe zu positionieren.

»Warum haben Sie meinen Bruder entführen lassen?«, zischte sie ihm ins Ohr.

Göring verzog keine Miene. »Habe ich das?«, fragte er leise und fast ohne die Lippen zu bewegen.

»Was verlangen Sie von mir, damit er wieder freikommt? Was muss ich tun?«

Göring wandte sich ihr zu und lächelte. »Bleiben Sie mir gewogen, kleines Fräulein«, flüsterte er. »Das ist alles, was ich will.«

Im nächsten Moment dirigierten die Wachen sie nach draußen.

27

Frisches Gemüse besorgte Julian, wenn er die Zeit dafür fand, gern auf dem Hauptmarkt, wo zwischen den Ständen der Knoblauchsländer Bauern auch der Wagen eines Demeter-Hofs aufgebaut war. Lea stand auf Biogemüse, und irgendwie hatte ihre gesunde Einstellung im Lauf der Zeit auf ihn abgefärbt. In den letzten Wochen waren bei ihm allzu oft Fertiggerichte auf den Tisch gekommen, und die hatte er satt. Für heute hatte er sich fest vorgenommen, dass es etwas Hochwertiges sein sollte. Frisch und mit vielen Vitaminen.

Also streifte er durch die engen Verkaufsgassen und lauschte den Händlern, die vollmundig ihre Waren anpriesen. Er ließ sich Probierstückchen von Schafskäse und Oliven reichen, kostete einen vegetarischen Brotaufstrich und begutachtete eine Auslage mit prallen, tiefroten Tomaten.

»Probieren Sie unsere kernlosen Weintrauben!«, lockte ein Verkäufer, während sein Standnachbar besonders große Avocados anpries. Eier, Butter, Käse aus eigener Herstellung konkurrierten mit Steinofenbrot und fränkischen Kiwis.

Endlich am Stand des Biobauern angelangt, stieß er mit jemandem zusammen, der ihm den Rücken zuwandte. Julian wollte sich gerade entschuldigen, als er bemerkte, wen er versehentlich angerempelt hatte: eine Frau – aber nicht irgendeine Frau.

Julian starrte sie an, sie erwiderte seinen Blick aus weit geöffneten Augen.

»Sorry«, nuschelte sie, sobald sie sich einigermaßen gefangen hatte, und wollte sogleich das Weite suchen.

»Stopp!«, bremste Julian sie aus. Sein Ton duldete keinen Widerspruch. »Sie sind das doch, die ich neulich bei Melanie

Schmitz gesehen habe.« Er sprach bewusst laut und vernehmlich, sodass schon einige Händler und Passanten zu ihm herübersahen. »Was hatten Sie in der Wohnung zu suchen?«

Die Reaktion der jungen Frau fiel wie erwartet aus – sie zog den Kopf ein und gab klein bei. Leise raunte sie ihm zu: »Ich will Ihnen ja alles sagen. Aber nicht hier zwischen all den Leuten.«

»Wo denn sonst?«

»Gehen wir zur Fleischbrücke.«

»Einverstanden.«

Sie erreichten ihr Ziel wenige Minuten später, ohne dass die Frau Reißaus zu nehmen versuchte. Doch auch die Brücke war stark frequentiert.

»Und jetzt?«, wollte Julian wissen.

»Gehen wir ein wenig an der Pegnitz entlang«, schlug sie vor.

Julian hatte nichts dagegen einzuwenden und folgte ihr die Treppen zur Uferpromenade hinab.

»Also?«, fragte er. »Was wollen Sie mir sagen? Und warum haben Sie sich als Melanie ausgegeben? Ganz schön verdächtig, Ihr Verhalten.«

»Ich will mir keine Probleme einhandeln«, bekannte seine Begleiterin.

»Dann antworten Sie mir«, drängte Julian. »Weshalb haben Sie mir etwas vorgespielt?«

Nun sprudelten die Worte nur so aus ihrem Mund: »Das war dumm von mir. Eine spontane Idee. Wissen Sie: Ich bin … – war eine Freundin von Melli. Sie hatte mich an diesem Morgen angesimst, weil sie in der Klemme steckte. Sie hatte sich mit einem Radiofuzzi, also mit Ihnen, verabredet, aber Angst vor der eigenen Courage gekriegt. Denn ihr Prof saß ihr ja im Nacken. Wenn Melli Ihnen das Interview wirklich gegeben hätte, wäre es das gewesen mit ihrem Studium. Ihren Abschluss hätte sie vergessen können.«

»Sie hat Sie vorgeschickt, um mich abzuwimmeln?«

»Genau!«, bestätigte sie und wirkte erleichtert, dass es endlich raus war. »Melli sagte, ich sollte mir irgendeine Geschichte ausdenken, um Sie loszuwerden, und Sie nur ja nicht in ihre Wohnung lassen. Sie selbst würde so lange durch die Gegend ziehen und irgendwo abhängen.« Beklommen fuhr sie fort: »Ich konnte ja nicht ahnen, dass sie sich an diesem Morgen umbringen würde. Melli hatte zwar Probleme, psychisch, meine ich. Sie war manchmal ziemlich neben der Kappe. Aber nie und nimmer hätte ich gedacht, dass sie so weit geht.«

Sie schlenderten über den menschenleeren Trödelmarkt in Richtung Henkersteg, als Julian nachhakte: »Glauben Sie an Selbstmord?«

Melanies Freundin blieb stehen und sah ihn aus großen Augen an. »Wie meinen Sie das?«

»Wie ich es sage: Glauben Sie an einen Suizid?«

»Natürlich glaube ich … – ich meine, ich denke, dass …« Sie stockte und fragte verunsichert: »Wieso? Gibt es denn Zweifel?«

»Das würde ich gern von Ihnen hören. Sie haben Melanie gut gekannt. Hatten Sie den Eindruck, dass sie mit ihrer Studienarbeit gewisse Themen anrührte, von denen sie besser die Finger gelassen hätte? Dass sie bestimmten Personenkreisen auf die Füße getreten ist?«

»Nein!« Das kam wie aus der Pistole geschossen und erschien Julian daher nicht glaubwürdig.

»Hat Melanie nie etwas in dieser Richtung erwähnt?«, bohrte er tiefer. »Hatte sie Angst vor irgendetwas oder jemandem?«

»Nein.« Sie presste die Lippen aufeinander.

»Sie haben gesagt, dass Sie offen mit mir reden wollen. Also halten Sie Ihr Wort!«, forderte Julian.

Melanies Freundin ging langsam weiter. »Ganz ehrlich: Für mich kam der Selbstmord völlig überraschend. Wie gesagt, ich wusste, dass sie ganz schön unter Druck stand und sich wegen allem Möglichen einen Kopf machte. Aber sie hat nie etwas darüber gesagt, dass sie in echten Schwierigkeiten steckt. Dass ihr jemand gedroht hätte oder so.«

»Denken Sie bitte genau nach: Hat Melanie in Zusammenhang mit ihrem Studium einmal erwähnt, dass sie auf etwas Besonderes gestoßen ist? Auf etwas Ungewöhnliches?«

»Na ja, sie verfolgte ja diese These mit dem Gift. Melli meinte Indizien dafür gefunden zu haben, dass Göring das Zyankali nicht freiwillig eingenommen hat.«

»Das weiß ich längst«, meinte Julian ungeduldig. »Aber gibt es da noch mehr?«

Seine Begleiterin wirkte unschlüssig. »Nicht dass ich wüsste.« Sie hielt kurz inne. »Das heißt – höchstens die Sache mit dem Gold.«

Julian wurde hellhörig. »Was für Gold?«

»Dieser Göring muss ja stinkreich gewesen sein. Hatte haufenweise Kostbarkeiten gesammelt. Und wie die meisten von diesen Nazibonzen war er Wagner-Fan. Die Nibelungen hatten es ihm wohl besonders angetan. Er hat die Legende für bare Münze genommen. Melli meinte, dass Göring wie besessen davon war, den Schatz der Nibelungen aus dem Rhein zu fischen.« Sie sah zu Julian auf. »Melli konnte sich gut vorstellen, dass er es geschafft hat.«

Julian musste schmunzeln. »Wenn Melanie auch noch herausgefunden hat, wo Göring diesen Schatz versteckt hielt, dann schwebte sie tatsächlich in Gefahr, denn das hätte bestimmt eine Menge Neider auf den Plan gerufen.« Sie schwenkten auf den Henkersteg ein, dessen Dach aus dunklem Holz die Sonnenstrahlen schluckte. »Nichts gegen den Forschungseifer Ihrer Freundin, aber das mit den Nibelungen ist Humbug. Da ist die Fantasie mit ihr durchgegangen«, meinte Julian etwas enttäuscht. »Sonst fällt Ihnen wirklich nichts ein, was Melanie in Schwierigkeiten gebracht haben könnte?«

»Nein«, antwortete sie und ging auf Abstand zu ihm.

Im selben Moment entdeckte Julian eine Gestalt am anderen Ende der schmalen Brücke. Ein muskulöser Kerl, dessen angespannte Körperhaltung nichts Gutes verhieß.

»Ich finde, ich habe Ihnen genug gesagt«, meinte Melanies Freundin. »Mehr können Sie nicht von mir verlangen.«

»Ihren Namen haben Sie mir aber noch nicht verraten«, entgegnete Julian, ohne den bedrohlich wirkenden Mann aus den Augen zu lassen.

»Möchte ich nicht.«

»Aber die Polizei könnte ein Interesse daran haben, mit Ihnen zu sprechen.«

»Wozu? Mellis Todesursache steht fest. Niemand ermittelt mehr.«

Julian konnte dem nichts entgegensetzen.

»Ich gehe jetzt«, sagte die Frau ohne Namen und bewegte sich auf den Bodybuilder zu.

»Ich nehme an, ich sollte Ihnen besser nicht folgen«, rief ihr Julian hinterher.

»Mein Freund hätte wohl was dagegen«, erwiderte sie und verschwand zusammen mit dem Bodybuilder in Richtung Unschlittplatz.

Julian machte keine Anstalten, den beiden zu folgen.

»Komischer Vogel«, grübelte Ingo, während er sich auf seinem Schreibtischstuhl räkelte. »Warum hat dieses Mädel überhaupt mit dir geredet? Ich meine, sie hätte dich auf dem Markt doch ganz einfach stehen lassen können.«

»Es liegt auf der Hand: weil sie ein schlechtes Gewissen hatte. Und weil sie verhindern wollte, dass ich ihr nachforsche.« So reimte Julian es sich zusammen.

Das schien Ingo einzuleuchten, denn er wippte mit seinem beachtlich großen Kopf. »Wirst du sie bei den Bullen anschwärzen?«

»Ich kenne ja nicht mal ihren Namen.«

»Dürfte doch kein Problem sein, den herauszufinden.«

»Ach nein? Wie sollten wir das denn anstellen?« Julian zuckte die Achseln. »Und abgesehen davon: Was sollte ich der Polizei sagen? Dass ich ein Mädel erwischt habe, das auf Bitten von Melanie ihre Wohnung gehütet hat? Ist ja nicht verboten.«

»Mmm. Da hast du recht.«

»Wirklich weiterhelfen konnte sie mir sowieso nicht. Allein dieses Gerede über den Nibelungenschatz …«

»Da ist echt nichts dran. Habe ich längst gecheckt«, meinte Ingo. »Es stimmt zwar, dass Göring hinter dem Rheingold her war. Er schaffte eigens einen Schwimmbagger an, mit dem er den Fluss durchpflügte. Brachte aber nicht viel. In vier Jahren konnte er gerade mal dreihundert Gramm Gold aus dem Rhein waschen.« Ingo grinste süffisant. »Daraus ließ er sich übrigens einen fetten ›Nibelungenring‹ gießen.«

»Noch so eine Anekdote, die uns nicht hilft«, bedauerte Julian.

»Ganz so negativ sehe ich das nicht«, entgegnete Ingo. »Das Beispiel macht es wieder deutlich, dass Göring von Raffgier getrieben war. Kein Mensch weiß genau, was er zwischen ’33 und ’45 so alles angehäuft hat – und wen er später mit seinem Reichtum bestochen hat. Je mehr Göring aufbieten konnte, desto stärker muss das Heer seiner heimlichen Helfer gewachsen sein.«

»Na prima! Dann müssen wir bloß die passenden Figuren aus diesem Heer herauspicken und sie fragen, womit Göring sie beauftragt hatte.« Julian legte den Kopf in den Nacken und starrte auf die Energiesparlampen an der Decke. »Klingt nach der berühmten Nadel im Heuhaufen. Ich weiß wirklich nicht, ob ich so große Lust darauf habe, nach ihr zu suchen.«

»Die wenigsten von denen werden noch am Leben sein. Damit schrumpft der Heuhaufen erheblich. Und wenn sie einer findet, dann bist du es«, spornte Ingo ihn an. Doch Julian meinte einen Hauch von Ironie in der Stimme des Kollegen wahrzunehmen.

28

Colonel Hutchonson hatte gute Neuigkeiten für sie, als er Margarete in sein Büro führen ließ.

Es gebe Hinweise, dass eine Gruppe von Jungen in der Nähe des Aufmarschgeländes beobachtet worden sei, genauer gesagt nahe den Baugruben des Deutschen Stadions. Auf einen von ihnen habe Haralds Beschreibung gepasst.

»Wirklich?« Margarete konnte sich vor Freude kaum fassen. »Wie schön!« Doch schon im nächsten Moment kehrten ihre Sorgen zurück. »So weit weg von zu Hause? Wie soll er denn dort hingekommen sein?«, fragte sie bang.

»Wir wissen es nicht. Es handelt sich lediglich um den Hinweis eines Schutzmannes, der das Bild Ihres Bruders herumgezeigt hat. Passanten wollen ihn darauf erkannt haben.«

»Wer sollen denn diese anderen Jungen gewesen sein? Jugendliche, die ihn auf dumme Gedanken gebracht haben?«

»Auch das können wir nicht sagen«, stellte Hutchonson bedauernd fest. Er bot ihr an, dass sie selbst an Ort und Stelle nach Spuren suchen könne. Mit gemischten Gefühlen stimmte sie zu.

In demselben Wagen, der sie neulich abends vom *American Hotel* heimgebracht hatte, wurden sie und Hutchonson in den Nürnberger Süden kutschiert. Mitten durch die vom Krieg schwer gezeichnete Südstadt, wo bis zu den verheerenden Bombenangriffen das industrielle Herz der Stadt geschlagen hatte. Sie sah zerfetzte Fabrikhallen, gekappte Schornsteine und rußgeschwärzte Lager, aber ebenso grässlich zerstörte Wohnblocks.

Ihr Ziel bot einen starken Kontrast zur urbanen Trümmerwüste: Im Schatten der unvollendeten Kongresshalle, einem

Nazibau im Stile des römischen Kolosseums, blühte die Natur. Sie schritten das Ufer eines idyllischen Teichs ab, dessen Oberfläche friedlich glitzerte. Enten bahnten sich ihren Weg durch das Schilf, dessen Halme sich sanft im Wind bogen. Vogelgezwitscher drang aus dem dichten Buschwerk, das das Ufer säumte. Darüber zogen Graugänse ihre Bahnen.

Margarete wusste, dass die Idylle trog. Der Silbersee, vor dem sie standen, lag auf dem Areal des Aufmarsch- und Versammlungsgeländes für die Reichsparteitage. Neben fertiggestellten Monumentalbauten wie der fast vierhundert Meter langen Zeppelintribüne und dem selbst als Torso gewaltigen Kongressbau war hier eine Arena geplant gewesen, die bis zu einer halben Million Menschen fassen sollte. Entworfen von Hitlers Leibarchitekt Albert Speer, sollte die aus Stein gehauene Gigantomanie eine Länge von fast einem Kilometer erreichen. Dazu kam es nicht mehr, denn der Krieg machte Speer einen Strich durch die Rechnung. Nur die Gruben für die Fundamente wurden ins Erdreich getrieben. Der Silbersee war eine solche Baugrube, die sich längst mit Regen- und Grundwasser gefüllt hatte.

Doch nicht nur Wasser plätscherte in dem tiefen Tümpel. Angeblich waren zu ihren Füßen chemische Kampfstoffe aus den Restbeständen der Wehrmacht versenkt worden. Margarete hatte Schauergeschichten über Leichenfunde gehört: von Badenden, die im Sommer eine Abkühlung gesucht hätten und deren Körper leblos auf dem See treibend aufgefunden worden seien. Ob an diesen Berichten etwas dran war, vermochte sie nicht zu beurteilen. Doch meistens besaßen derartige Gerüchte einen wahren Kern. Margarete war alarmiert.

»Vielleicht haben die Boys einige Runden gedreht«, mutmaßte Hutchonson, der die Absätze seiner schwarzen Stiefel in den modrigen Untergrund stemmte. »Es ist zwar schon etwas kühl um diese Jahreszeit, aber die unerschrockene Jugend ist kaum zu bremsen.« Er sah Margarete fragend an. »Kann Ihr Bruder schwimmen?«

»Ja. Er hat es früh gelernt«, sagte sie, doch diese Antwort beruhigte sie selbst keineswegs.

»Das ist gut«, meinte der Colonel, »aber wir müssen uns trotzdem Gedanken machen.« Er zeigte auf die Enten. »Das Federvieh kommt hier zurecht. Für Menschen ist es kritisch. Kennen Sie die Eigenschaften von Schwefelwasserstoff?«

»Nein«, antwortete Margarete mit trockener Kehle. Hutchonson schien ihre schlimmsten Befürchtungen zu bestätigen, indem er solche chemischen Begriffe anführte. Schwefel verhieß nichts Gutes. Sie musste nun annehmen, dass die Gerüchte um den Silbersee durchaus von der Realität getragen wurden.

»Es stimmt also, dass das Wasser vergiftet ist«, stellte sie fest.

»Ja, es handelt sich sogar um ein besonders heimtückisches Gift. Unsere Kampfmittelexperten sagen, dass es die Geruchsrezeptoren betäubt. Daher nehmen es die Schwimmer nicht wahr, und je heftiger die Arm- und Beinbewegungen sind, desto mehr Gift gerät an die Oberfläche.«

»Wenn er aber doch nur am Ufer geblieben ist und etwas geplanscht hat?« Verzweifelt suchte Margarete nach Möglichkeiten eines guten Ausgangs.

»Die Gefahr lauert überall: in der Mitte des Sees genauso gut wie am Rand«, ließ Hutchonson ihre Hoffnungen platzen. »Der Wind treibt die Ausgasungen manchmal sogar über den See hinweg bis hoch auf die Böschung. Man will jetzt Warntafeln aufstellen, mit großen Totenköpfen darauf, zur Abschreckung.«

Margarete versagte beinahe die Stimme, als sie fragte: »Warum sagen Sie so etwas? Glauben Sie, dass Harald ertrunken ist?«

Hutchonson schürzte die Lippen. »So etwas will ich keinesfalls behaupten. Man sollte nie gleich vom Schlimmsten ausgehen. Ich bin Optimist. Sie doch hoffentlich auch.«

»Ich weiß nicht. Manchmal fällt es mir schwer.«

Der Colonel baute sich direkt vor ihr auf und versperrte ihr den Blick auf den Silbersee. »Sie würden alles tun, um das Leben Ihres Bruders zu retten, richtig?«

Margarete sah ihn an, blickte in seine fordernden Augen und antwortete mit einem aufrichtigen »Ja«.

Ihr Gegenüber nahm das mit einem seltsamen Gesichtsausdruck zur Kenntnis. »Sie wissen, dass das Verschwinden Ihres Bruders Sie empfänglich machen könnte für …« Er suchte nach geeigneten Worten. »… für gewisse Anreize?«

»Was meinen Sie?«, fragte Margarete, obwohl sie es genau wusste.

Hutchonson vertiefte den Gedanken nicht weiter und fragte stattdessen: »Kann ich mich dennoch auf Sie verlassen? Habe ich Ihre Loyalität?«

Margarete seufzte. Was für eine Frage? Wer konnte sich heutzutage denn überhaupt auf einen anderen Menschen verlassen? Das gegenseitige Vertrauen war in den Zerwürfnissen des Krieges verloren gegangen. Ein für allemal, wie Margarete befürchtete. Um sich selbst und vor allem ihren Bruder zu schützen, gab sie jedoch die erwartete Antwort: »Selbstverständlich«, sagte sie und legte all ihre Kraft in eine feste und hoffentlich überzeugende Stimme. »Ich stehe zu meinem Wort.«

»All right«, meinte Hutchonson zufrieden. »Gerade jetzt, in der heißen Phase des Prozesses, ist Loyalität besonders wichtig. Die Urteilsverkündung steht unmittelbar bevor. Nun darf es keine Patzer geben. Ich muss die Gewissheit haben, dass meine Leute funktionieren. Dass ich auf sie zählen kann.« Und als wäre es nur noch eine Nebensache, fügte er hinzu: »Selbstverständlich werde ich die Suche nach little Harald mit aller Macht vorantreiben lassen.«

»Fordern Sie Taucher an?«, erkundigte sich Margarete.

»Nein, nein. Ich glaube nicht, dass wir hier an der richtigen Adresse sind«, winkte Hutchonson ab und ging zurück zum Wagen.

Margarete folgte ihm mit dem unschönen Gefühl, sie sei gerade einem Test unterzogen worden. »Heißt das, es war ein blinder Alarm?«, wollte sie wissen. »Haben sich die Passanten getäuscht? Oder der Schutzmann?«

Hutchonson erhöhte das Tempo. »Kommen Sie, Fräulein Galster. Es wird kühl. Wir wollen doch nicht, dass Sie sich erkälten.«

Niemand hatte Harald am Silbersee gesehen. Dessen war sich Margarete nun sicher.

Als sie wieder im Wagen saßen, schwiegen beide. Hutchonson wohl deshalb, weil er nun zu wissen glaubte, dass er noch auf Margarete zählen konnte. Und Margarete, weil sie nach dieser menschenverachtenden Prüfung genau daran zu zweifeln begann.

29

Julian hielt den Brief auf Armeslänge von sich entfernt. In ihm regten sich sehr unterschiedliche Gefühle: Er war gerührt, gleichzeitig fühlte er sich abgestoßen, ja beleidigt. Das lachsfarbene Kuvert, das ihm mit der Mittagspost in die Redaktion gebracht worden war, verströmte einen penetranten Fliederduft.

»Ein Fanbrief«, stellte Ingo präzise fest. »Kannste stolz drauf sein, dass sich heutzutage noch jemand solche Mühe gibt. Wenn überhaupt, bekommt man doch bloß schnöde Mählz oder blöde Kommentare auf Fatzebucke.« Er nickte anerkennend. »Mit deiner neuen Sendung räumst du bei der Generation fünfzig plus mächtig ab, was?«

»Wisch dir lieber mal das Karamell vom Kinn, bevor du dumme Sprüche klopfst«, giftete Julian den Kollegen an und versenkte den Brief ungeöffnet im Papierkorb. »Damit das ein für allemal klar ist: Ich mache den Scheiß nur so lange, wie mich die Chefin dazu verdonnert. Keinen Abend mehr. Und wenn das zu lange dauert, gehe ich in die Geschichte ein als erster Radioamokläufer, der seine Hörer allein mit Worten killt. Die werde ich abfeuern wie Kugeln aus einem Schnellfeuergewehr. Tacktacktacktacktack!«

Ingo zog erschrocken den Kopf ein. »Reg dich ab, Alter! Alles cool. Wenn du wirklich nicht mehr den Schnulzen-Julian geben willst – ganz einfach: Hör auf, den großen Enthüllungsjournalisten zu markieren, und schwups gibt dir Heike die Morning Show zurück.«

»Kommt nicht infrage!«, bockte Julian. »Eine Story mit Nazihintergrund und zwei frischen Toten würde nur ein Idiot freiwillig aus der Hand geben.«

»O Mann!« Ingo klatschte sich mit der flachen Hand vor die Stirn. »Du bist drauf und dran, dein Berufs- und Privatleben zu ruinieren, nur weil du dich an dieser Sache festgebissen hast wie ein Pitbull. Wann siehst du ein, dass du diese Story nie rund kriegen wirst?«

»Vor ein paar Tagen hast du mir noch meine Wankelmütigkeit vorgeworfen. Nun bleibe ich an der Sache dran, und es ist dir auch wieder nicht recht.« Julian war es leid, darüber zu diskutieren. Stattdessen fragte er: »Irgendwelche Anrufe für mich?«

Ingo machte runde Augen und gurrte: »Der Herr verlangt nach der Anrufliste? Stets zu Diensten. Darf ich Ihnen auch eine Tasse Kaffee kredenzen, oder möchten Sie lieber mein Knie tätscheln?«

Julian fand das nur mäßig lustig. »Mensch, Ingo. Du willst das Thema doch selbst zu einem ordentlichen Abschluss bringen. Also hör auf, ständig querzuschießen.« Er sah ihn missbilligend an. »Hast du nun etwas für mich oder nicht?«

Ingo schob ihm einen ausgerissenen Notizblockzettel mit Fettflecken an den Rändern hinüber. »Da hat vorhin eine Frau für dich angerufen. Klang nett, aber alt. Wahrscheinlich einer deiner neuen weiblichen Fans. Sie fragte, ob du sie zurückrufst. Ich habe ihr klargemacht, dass du ein gefragter Mann bist und ich daher nichts versprechen kann.«

Julian nahm den Zettel entgegen und las den Namen der Anruferin: Margarete Galster.

»Wann war das?«, fragte er sofort.

»Vor einer halben Stunde vielleicht«, erwiderte Ingo unsicher, »kann aber auch schon eine dreiviertel Stunde her sein. Das heißt: Nein, da war ich ja gerade beim Bäcker drüben. Die haben Nutella-Hörnchen neu im Sortiment.«

»Eine halbe Stunde«, wiederholte Julian. »Dann erwische ich sie vielleicht endlich, wenn ich gleich zurückrufe.«

»Ach, ist das wohl … wichtig?« Erst jetzt schien Ingo zu begreifen, um wen es sich bei Margarete Galster handelte.

Julian antwortete ihm nicht, sondern schnappte sich stattdessen das Handteil des Telefons.

»Du hast meines erwischt! Benutz gefälligst deinen eigenen Apparat«, rief Ingo ihm nach. Aber da war Julian schon weg.

Weil er beim lange ersehnten Erstkontakt mit der Zeitzeugin nicht durch dumme Kommentare seines Kollegen aus dem Konzept gebracht werden wollte, zog er sich in eine durch Rigipswände abgetrennte Nische zurück. Hier standen ein Kaffeeautomat und eine Mikrowelle. Eine wenig anheimelnde, aber zweckmäßige Rückzugsmöglichkeit aus der Hektik des Großraumbüros.

Julian wollte Margarete Galsters Nummer eintippen, als ihm ein anderer zuvorkam: Das Telefon in seiner Hand begann zu klingeln. Julian sah eine Nummer mit Hamburger Vorwahl auf dem Display und nahm ab.

»Hallo«, meldete sich eine aufgeweckte Frauenstimme. »Schön, dass ich Sie gleich erreiche. Um es kurz zu machen: Ja, wir sind interessiert! Wir haben das Thema heute Morgen in unserer Redaktionsrunde diskutiert, und es kam gut an. Der Chefredakteur sieht viel Potenzial darin. Die Nürnberger Prozesse und Göring als Protagonist – das liefert vielleicht sogar Stoff für eine ganze Serie! Natürlich müssen wir erst Ihr Material auf seine Stichhaltigkeit prüfen. Es wäre schön, wenn Sie in Ihrem Terminplan Zeit für einen Flug nach Hamburg fänden. Alles Weitere können wir dann vor Ort besprechen. Selbstverständlich auch das Finanzielle. Ist das in Ihrem Sinn?«

Julian war ganz benommen, als die Frau endlich aufhörte zu reden. Mit ausgetrockneter Kehle sagte er: »Ich bin nicht Ingo … – Sie, ähm, Sie müssen sich verwählt haben.« Dann drückte er ganz fest auf die rote Taste und unterbrach die Verbindung.

Minutenlang stand er unbewegt in der Kaffeeküche und kämpfte gegen seine starken Emotionen an. Wie ein Kartenhaus brach soeben seine Welt zusammen, schlagartig, ohne jede Vorwarnung. Unter den stürzenden Karten wurde eine langjährige Freundschaft begraben.

Ingo, ausgerechnet Ingo, hatte ihn getäuscht, ihn ausgetrickst und hintergangen. Sein bester Kumpel im Rundfunkhaus, den er für einen wahren Freund gehalten hatte, nutzte die erstbeste Gelegenheit, ihm eine vielversprechende Story wegzuschnappen und meistbietend zu verkaufen. An irgendein Hamburger Massenblatt. Die Erkenntnis, dass er sich in dem vermeintlich so loyalen Ingo dermaßen getäuscht hatte, traf ihn wie ein Faustschlag in den Magen. Wut stieg in ihm auf, doch die verflog sehr bald und machte tiefer Enttäuschung und Traurigkeit Platz.

Wie sollte er Ingo jetzt gegenübertreten? Würde er dem ersten Impuls folgen, müsste er ihm ganz offen die Meinung sagen und ihm die Freundschaft aufkündigen. Dabei liefe er Gefahr, ausfallend zu werden, das wusste er. Julian wollte nicht alle anderen Kollegen im Großraumbüro zu Zeugen ihres Streits machen. Deshalb beschloss er, erst einmal gar nichts zu sagen und stattdessen das Rundfunkhaus zu verlassen. Bloß schnell weg von hier!

Ingo bekam gar nicht mit, wie er verschwand. Draußen vor der Tür seufzte Julian tief auf. Dann ging er zum Bäcker und orderte einen doppelten Espresso. Er schaufelte zwei gehäufte Löffel Zucker hinein und kippte ihn wie einen Schnaps hinunter. Besser fühlte er sich danach immer noch nicht.

Mit schlurfenden Schritten schlich er zu seinem Wagen, fiel kraftlos auf den Fahrersitz und ließ einige Minuten verstreichen. Er brauchte jetzt dringend jemanden, mit dem er reden und der ihn wieder aufbauen konnte. Er überlegte, ob er versuchen sollte, Lea zu erreichen. Aber um diese Zeit saß sie bestimmt in irgendeinem wichtigen Meeting oder war mit noch wichtigeren Proben beschäftigt. Also würde er fürs Erste einfach nur ein bisschen durch die Gegend fahren. Er drehte den Zündschlüssel um und erweckte das PS-Monster unter der Motorhaube zum Leben.

Ohne Eile ließ er sich im Verkehrsstrom treiben, folgte ziellos dem Straßenverlauf und erreichte bald die Peripherie. Eine Weile fuhr er am Kanal entlang. Die Kulisse der vorbeiziehenden Häuser wurde abgelöst von Bäumen, Feldern und Wiesen. Schließlich bog er ab, lenkte die Corvette über eine schmale Nebenstraße und kam auf einem geschotterten Parkstreifen zum Stehen.

Zwar wusste er noch immer nicht, was er mit Ingo anstellen sollte, wenn er ihm das nächste Mal unter die Augen kam, doch die Autofahrt hatte ihn etwas heruntergebracht und beruhigt. So wurde sein Kopf auch wieder frei für andere Gedanken – etwa den an den Anruf, den er in der Kaffeeecke eigentlich hatte erledigen wollen.

Julian suchte nach der Notiz mit Margarete Galsters Telefonnummer und tippte sie in sein Handy. Hoffentlich hatte er sie jetzt nicht wieder verpasst, dachte er besorgt. Doch es dauerte gar nicht lange, bis sich jemand meldete.

»Ja, bitte?« Die Stimme der Frau klang freundlich und klar. Rückschlüsse auf ihr Alter, wie Ingo behauptet hatte, hätte Julian daraus nicht ziehen können.

»Mein Name ist Julian Heldt«, stellte er sich vor. »Ich bin Reporter beim Rundfunkhaus und würde gern mit Ihnen sprechen. Es geht um Ihre Zeit als Mitarbeiterin des Nürnberger Tribunals.«

Ein kurzes Zögern, bevor die sympathische Stimme wieder zu hören war: »Ich kenne Sie aus dem Radio.«

»Und was meinen Sie? Wären Sie bereit zu einem kleinen Interview?«

»Ich bin nicht sicher.« Nun klang die Stimme belegt und verhalten. »Das alles ist sehr lange her. Diese Zeit ist für mich ein längst abgeschlossenes Kapitel meines Lebens.«

Julian erkannte, dass er Überzeugungsarbeit leisten musste, damit ihm die Zeitzeugin nicht absprang. »Umso wichtiger ist es, dass Sie dieses Kapitel für die Nachwelt noch einmal öffnen. Ihre Erinnerung ist ein wertvolles Geschichtsdokument«, appellierte er an sie.

»Ich weiß nicht, ob ich das möchte.«

»Bitte, Frau Galster. Geben Sie sich einen Ruck.« Julian befürchtete, dass sie jeden Augenblick auflegen könnte, und bot ihr an: »Wir können es ja so machen, dass Sie erst nach dem Interview entscheiden, ob ich es veröffentlichen darf oder nicht. Damit gehen Sie gar kein Risiko ein. Sie können das Ganze natürlich auch vorher mit Ihren Angehörigen besprechen.«

Diesmal antwortete Margarete Galster ohne jedes Zaudern: »Das brauche ich nicht. Ich entscheide selbst, was ich tue und was ich lasse. Also gut, junger Mann. Sie wissen, wo ich wohne? Wann möchten Sie vorbeikommen?«

»Würde es Ihnen gleich morgen passen? So gegen Mittag?«

30

»Nun ist es raus!« Als er in die Krankenstation stürmte, wirkte Stringer aufgewühlt. »Die Urteile sind verkündet!« Sofort war er von Schwestern und Ärzten umrundet, die selbst keinen Zutritt zum Verhandlungsraum hatten. Auch Margarete mischte sich unter sie und drängte nach vorn.

»Wie haben die Richter über Göring entschieden?«, wollte sie wissen und brannte vor Neugierde.

»Erst einmal gab es eine peinliche Panne«, berichtete der Sergeant. Göring habe sich seinen Kopfhörer aufgesetzt, um das Urteil vom Dolmetscher übersetzen zu lassen. Aber bei ihm seien nur die ersten Worte angekommen: »Angeklagter Hermann Wilhelm Göring. Gemäß …« Danach habe die Technik ihren Dienst versagt.

»Und weiter?«, fragte ein junger Assistenzarzt.

»Die Panne war bald behoben«, sagte Stringer und zitierte wortgetreu den Urteilsspruch: »›Gemäß den Punkten der Anklageschrift, unter welchen Sie schuldig befunden wurden, verurteilt Sie der Internationale Militärgerichtshof zum Tod durch den Strang.‹«

Ein Raunen ging durch die Gruppe der Mediziner. »Und?«, fragte eine dürre Frau in Schwesternkluft. »Hat er getobt vor Wut und mal wieder gegen die Siegerjustiz gewettert?«

»Nein«, erwiderte Stringer. »Ganz im Gegenteil: Er nahm seinen Kopfhörer ab, stand auf und verneigte sich vor dem Gericht. Anschließend stieg er seelenruhig in den Fahrstuhl und ließ sich zurück in seine Zelle bringen.«

»Wann ist mit der Hinrichtung zu rechnen?«, wurde aus der Runde gefragt.

Stringer nannte den Termin: den 16. Oktober.

Dann bleibt nicht mehr viel Zeit, dachte Margarete und war sicher: Göring würde seinen Plan umsetzen und zuschlagen, bevor ihn der Scharfrichter in die Hände bekäme. Das Problem war nur, dass mit Ausnahme von Colonel Hutchonson offenbar niemand mit so etwas rechnete. Wie man hörte, war für das Anklägerteam die Sache seit Tagen gelaufen, nachdem sie in geheimer Klausur die zwölf Todesurteile beschlossen hatten. Gerüchten zufolge feierten sie schon Abschiedspartys in den Salons der requirierten Villen, für die angeblich sogar Champagner aus Frankreich eingeflogen wurde. Solche und ähnliche Geschichten hatte Margarete in Flurgesprächen aufgeschnappt. Auch für die meisten anderen hier war die Sache abgeschlossen, alles weitere nur noch Routine. Niemand witterte die Gefahr.

Kaum waren sie unter sich, nahm Stringer Margarete beiseite.

»Wir müssen nach ihm sehen«, sagte er.

Margarete verstand: Es gehörte zu Stringers Aufgaben, die Reaktionen der Verurteilten zu überprüfen, um die möglichen psychischen Auswirkungen einschätzen zu können. Nicht zuletzt aber trieb ihn wohl auch die Neugier zu erfahren, ob Görings Stolz und seine eiserne Zuversicht nun doch gebrochen waren. Ihr selbst ging es nicht anders – auch sie brannte darauf, Görings Zelle zu besuchen und ihn in einem schwachen Moment zu erwischen. Die stärkere Motivation aber war eine andere: Vielleicht würde es ihr gelingen, mit dem angezählten Göring über die Freigabe ihres Bruders zu verhandeln.

Tatsächlich fanden sie den Gefangenen in emotional höchst angespanntem Zustand vor. Er stand mitten im Raum, mit hängenden Schultern. Er trug nur noch einen seiner beiden Reiterstiefel, den anderen hatte er achtlos in die Ecke gepfeffert.

»Tod«, sagte Göring, sichtlich bemüht, möglichst viel Spott in dieses Wort zu legen. Kaum dass Margarete und Stringer die Zelle betreten hatten, ließ sich Göring auf seine Pritsche fallen. Er wollte lässig wirken, doch als er sich seines zweiten Stiefels entledigte, verrieten die zitternden Hände seine innere Unruhe. Sein Atem ging schwer, durchbrochen von nervösem Lachen. »Der Richter sollte nicht vergessen, dass er es mit historischen Figuren zu tun hat. Ob unser Handeln recht oder unrecht war, ist zweitrangig. Wir sind geschichtliche Persönlichkeiten – und er ist ein Nichts.« Schnaufend holte er Luft. »Ich hätte nicht gedacht, dass sie das wagen würden«, sagte er grimmig. »Aber sie werden schon sehen, was sie davon haben. Denen werde ich's noch zeigen!«

Göring stieß düstere Prophezeiungen über die Zukunft Deutschlands aus und wurde nicht müde zu betonen, dass sich das Volk schon bald gegen die Besatzer, wie er es ausdrückte, erheben werde.

Stringer wartete ab, bis Göring seine Hasstiraden beendet und genügend Luft abgelassen hatte, bevor er feststellte: »Die Zeit des Redenschwingens ist vorbei. Sie müssen der Tatsache ins Auge sehen, dass Sie rechtskräftig zum Tode verurteilt worden sind. Ich kann Ihnen nur raten, sich zu besinnen. Nutzen Sie die verbleibende Zeit, um mit sich ins Reine zu kommen. Schreiben Sie einen Brief an Ihre Familie und verabschieden Sie sich auf zivilisierte Art und Weise von dieser Welt.«

Stocksteif saß Göring auf der Pritsche und starrte Stringer an. Seine Augen waren weit geöffnet und traten deutlich hervor, als wollten sie aus ihren Höhlen quellen.

»Was für ein unsägliches Psychogewäsch!«, knurrte er. »Sie wissen ja gar nicht, was Sie da sagen. Wenn Sie wirklich glauben, dass man Hermann Göring aufknüpfen kann wie einen gemeinen Strauchdieb, dann glauben Sie wahrscheinlich auch noch an den Osterhasen.« Er lachte rau, bedachte Stringer mit einem herablassenden Blick und richtete seine Aufmerksamkeit auf Margarete. Er winkte sie näher zu sich heran.

»Können Sie mir beim nächsten Mal bitte etwas aus meinem persönlichen Besitz mitbringen, Schwester? Ich brauche meine Hautcreme.« Als Margarete und Stringer ihn gleichermaßen verwundert ansahen, erklärte er: »Ich habe eine wunde Stelle am Allerwertesten. Die muss ich versorgen. Schließlich geht das Leben ja weiter.« Das Lächeln, mit dem er das sagte, sprach seinem vorbestimmten Schicksal Hohn.

Als die Besucher seine Zelle verlassen wollten, verabschiedete sich Göring per Handschlag von beiden. »Vergessen Sie meine Creme nicht«, sagte er zu Margarete, und mit einem Augenzwinkern fügte er hinzu: »Ich werde mich sicher einmal revanchieren können.«

Margarete meinte, ihr Herz würde stehen bleiben.

Ihr angespannter Zustand blieb Stringer nicht verborgen. Statt die Besuchsrunde bei den anderen Verurteilten fortzusetzen, schlug er eine Pause vor. Margarete nahm dankbar an. Sie verließen das Gebäude, um im Säulengang vor dem Hauptportal ein wenig zu flanieren.

Stringer gab Margarete Zeit, ihren Puls zu beruhigen. Dann fragte er: »Was ist das für ein sonderbarer Wunsch? Warum hat er Sie um die Creme gebeten?«

Margarete hielt den Blick auf den Boden gerichtet. »Ich weiß es nicht«, sagte sie mit piepsiger Stimme.

»Unter den Asservaten, die bei seiner Verhaftung sichergestellt wurden, sind Medikamente, das ist bekannt. Auch eine spezielle Creme ist dabei. Als Göring noch starkes Übergewicht hatte, brauchte er sie, weil sich zwischen seinen Fettwülsten immer wieder wunde Stellen bildeten«, erzählte Stringer und klang dabei sehr nachdenklich.

»Also eine harmlose Bitte«, schloss Margarete, die sich vor weiteren Nachfragen fürchtete. Sie wollte erst einmal allein über die Hintergründe von Görings Forderung nachdenken, statt sie mit Stringer zu diskutieren. Sie durfte jetzt nichts verderben, es ging schließlich um Haralds Leben.

»Harmlos? Wie es scheint, ja. Die Medikamente wurden überprüft. Es spricht nichts dagegen, Görings Wunsch zu erfüllen.«

»Dann …« Margarete spürte, wie sich wieder ein Kloß in ihrem Hals bildete. »Dann werde ich die Creme besorgen. Ich trage sie in die Liste der entnommenen Asservate ein und quittiere den Empfang, damit alles korrekt läuft. Und ich sorge dafür, dass …« Der Kloß wurde größer und größer und nahm ihr die Luft zum Sprechen.

Stringer blieb stehen und musterte sie. Sein Blick war eher besorgt als misstrauisch. »Was bedrückt Sie, Margarete?«, fragte er. »Was lastet Ihnen so ungeheuer auf der Seele, dass Sie so nervös werden?« Er wartete auf ihre Antwort. Als sie schwieg, wurde er deutlicher: »Sie verbergen etwas vor mir, Margarete, und zwar nicht erst seit heute. Hat es etwas mit Ihrem Bruder zu tun? Setzt man Sie unter Druck?«

Als hätten sich in diesem Moment die Schleusentore geöffnet, wurde Margarete von einem Strom erfasst, der sie mit aller Kraft mitriss. Die Tränen schossen ihr in die Augen, als sie sich schluchzend an Stringers Brust warf. Sie konnte nicht mehr! Der Druck, die Anspannung, all die Geheimnisse machten sich Luft und drängten an die Oberfläche. Schnell und atemlos erzählte sie Stringer die ganze böse Geschichte.

31

Julian brachte es nicht fertig, Ingo gegenüberzutreten, der ihn so schäbig hintergangen hatte. Zu groß war seine Verbitterung darüber. Um den Kontakt zu vermeiden, zog er sich in die Abgeschiedenheit eines freien Studios zurück. Hier wollte er die Musiktitelliste für die nächste Oldie-Show zusammenstellen.

Er hatte kaum begonnen, als der Riegel der Studiotür nach oben schwenkte. Vic trat ein. In ihrer Miene spiegelten sich Sorge und ein schlechtes Gewissen.

»Was gibt's?«, fragte Julian, der lieber allein geblieben wäre.

»Du hast es rausgefunden, stimmt's?«, erkundigte sich Vic vorsichtig. »Man merkt dir an, dass du stinksauer bist, und ich kann es mir nur so erklären, dass du das mit den Hamburgern spitzgekriegt hast.«

Julian stieß sich vom Aufnahmepult ab und ließ den Stuhl zurückrollen. Fassungslos starrte er die Volontärin an. »Was?«, rief er. »Du steckst da auch mit drin? Na, sauber! Hätte ich mir ja denken können. Ein feines Team gebt ihr beide ab.«

»Ein Missverständnis!«, beeilte sich Vic zu versichern und setzte sich neben ihn. »Was auch immer du gehört hast, Ingo hatte niemals vor, dich zu hintergehen.«

»Wie nennt ihr es denn sonst, wenn ihr meine Story verkauft, ohne dass ich davon etwas weiß?« Julian kochte vor Wut.

»Ingo hat sich Gedanken gemacht über dich und deine Lage. Er hat befürchtet, dass du dich in etwas verrennst und am Ende mit leeren Händen dastehst. Dass Göring keinen Stoff fürs Rundfunkhaus abgibt, sollte inzwischen klar sein. Deshalb hat er nach anderen Wegen gesucht, um deine Arbeit an den Mann zu bringen. Er wollte dich damit überraschen und dir einen Gefallen tun!«

Julian sah Vic, deren Wangen sich vor Aufregung rosa gefärbt hatten, ungläubig an. »Das kauf ich euch nicht ab.«

»Aber du musst!«, ereiferte sie sich, rückte noch näher und drückte beschwörend seine Hände. »Ingo hat es nicht verdient, dass du ihn jetzt fallen lässt. Er hat sich vielleicht nicht besonders geschickt angestellt, aber er hat es nur gut gemeint. Du musst mir glauben ...«

Vic unterbrach sich, als die Studiotür, die nur angelehnt war, sich ein zweites Mal öffnete. Herein kam Lea, deren zunächst freudig lächelndes Gesicht zu einer steinernen Maske gefror.

Julian entzog sich Vics Händedruck, doch es war zu spät, um ihre freundschaftliche Geste so harmlos darzustellen, wie sie gemeint war.

Das Wiedersehen hatten sich wohl beide anders vorgestellt. Julian brauchte viele gute Worte und noch mehr liebevolle Blicke, bevor sich die alte Vertrautheit zwischen Lea und ihm wieder einstellte.

»Warum hast du nicht gesagt, dass du mich besuchen kommst?«, fragte er, nachdem der Verdacht, er hätte etwas mit Vic am Laufen, mehr oder weniger ausgeräumt war.

Lea warf ihr welliges dunkelblondes Haar zurück und entblößte mit einem hinreißenden Lächeln zwei Reihen ebenmäßiger, perlweißer Zähne. »Weil es kein Besuch ist. Ich bin wieder da – meine Kölner Hospitanz ist beendet. Finito!«

»Eigentlich wären es doch noch sechs Monate gewesen.«

»Mir hat's gelangt. Die spinnen doch alle in dieser Medienhochburg. Wenn du bei denen wirklich etwas reißen willst, musst du entweder ein absoluter Überflieger sein oder ganz besonders gute Beziehungen haben. Ansonsten reibst du dich für nichts und wieder nichts auf. Danke, nein. Dann doch lieber zwei Nummern kleiner, aber mit weniger Stress hier in Nürnberg weiterwursteln.«

Julian freute sich über den Sinneswandel, einerseits – andererseits war ihm Leas latente Unzufriedenheit in ihrem alten Umfeld noch sehr präsent. »Du wolltest dich aber doch unbedingt verändern. Du wolltest nur weg von hier. Möglichst schnell möglichst weit weg. Schon vergessen?«

»Nein«, erwiderte Lea und schlug die Augen nieder. »Die Heimat erschien mir plötzlich wie eine Fessel, etwas, das an mir klebte und mich in meiner Entwicklung hemmte. Aber inzwischen weiß ich zu schätzen, was ich daran habe.«

»Du kehrst also zurück in dein altes Leben – auch in die Morning Show?«, fragte Julian, der mit dieser Möglichkeit selbst kaum noch gerechnet hatte.

»Wenn mich Heike lässt und auch dich wieder ins Team nimmt, liebend gern!«

Julian ließ einen Stoßseufzer los und nahm seine Lea fest in die Arme. Er bekam kaum mit, wie sich Vic verschämt aus dem Studio stahl. Gern hätte er alles stehen und liegen lassen, um mit Lea all die verlorenen Wochen nachzuholen. Vorher wollte er aber doch noch etwas erledigen, das er sich für den heutigen Tag fest vorgenommen hatte: den Besuch bei der alten Dame.

Ein ruhiges Wohnviertel, die Zufahrtsstraße leicht abschüssig, genau wie die schmalen Gärten der Siedlungshäuser, deren Bauzeit Julian auf die frühen Fünfzigerjahre schätzte. Margarete Galster bewohnte eines dieser kleinen Häuser, die den bescheidenen Neuanfang Nachkriegsdeutschlands symbolisierten. Die Fassade war grau verputzt, Fensterrahmen und Tür zartbitterbraun gestrichen. Julian öffnete die Jägerzaunpforte und folgte einem Weg, dessen Waschbetonplatten schon lange nicht mehr ausgerichtet worden waren. Er läutete.

Als hätte sie neben der Tür gewartet, öffnete Margarete Galster keine zwei Sekunden später. Eine schmale, kleine Frau mit weißen Löckchen, die Julian nicht einmal bis zur Schulter reichte. Sie trug Rock und Strickjacke in gedeckten Farben, einen ihrer schmalen weißen Finger zierte ein hübscher Opalring. Um ihr Handgelenk lag eine antiquierte silberne Damenuhr. Margarete Galster entsprach ganz Julians Vorstellung von einer betagten Dame, auch die unzähligen Fältchen in ihrem ovalen Gesicht kündeten von ihrem fortgeschrittenen Alter. Ihr Blick jedoch sprach eine andere Sprache: Hinter den Brillengläsern blitzten zwei hellwache, intelligente Augen, die ihn voll Interesse musterten.

»Kommen Sie bitte herein«, sagte sie mit angenehm warmer Stimme und führte Julian durch ein beengtes Treppenhaus in ein Wohnzimmer von ebenso bescheidenen Ausmaßen. Julian nahm auf einem graugrünen Sofa Platz, dessen abgenutzte Lehnen von Häkeldeckchen geschützt wurden.

»Schön, dass Sie sich zu diesem Treffen bereit erklärt haben«, sagte Julian, während er tief in den altersschwachen Polstern einsank.

Seine Gastgeberin erkundigte sich nach seinem Getränkewunsch, fragte, ob ein Kännchen Kaffee recht wäre. Julian bejahte, woraufhin Margarete Galster in der angrenzenden Küche verschwand. Julian nutzte die Wartezeit, um sich in dem kleinen Raum umzusehen. Die Möbel und wohl auch die meisten Accessoires stammten zweifellos aus früheren Jahrzehnten. Kaum ein moderner Gegenstand war zu sehen, selbst der Fernseher arbeitete noch mit Röhrentechnik. An den Wänden hingen nur einige Landschaftsbilder und Stillleben, die Julian nichts sagten. Reichlich kitschige Ölschinken, wie er fand, und einige Radierungen, die kein gemeinsames Thema hatten und daher nicht recht zueinander passen wollten.

Julian suchte nach persönlichen Elementen, nach Fotos oder anderen Erinnerungsstücken. Doch bis auf eine einzelne gerahmte Aufnahme eines älteren Mannes mit zurückgehenden Haaren und starker Brille entdeckte er nichts.

Wenig später kehrte Margarete Galster mit einem Tablett zurück und stellte das Kännchen, zwei Tassen und eine leicht angestoßene Kristallschale mit Butterkeksen auf den Wohnzimmertisch.

Julian ergriff die Initiative, indem er beiden einschenkte. Anschließend positionierte er sein kleines digitales Aufnahmegerät in der Tischmitte.

»Also, wie versprochen: Ich zeichne unser Gespräch auf, aber gesendet wird es nur, wenn Sie zustimmen«, erklärte er noch einmal.

Margarete Galster beäugte den Rekorder kritisch, stimmte dann aber zu. »In Ordnung«, sagte sie, »Sie können mit Ihren Fragen beginnen.«

Das tat Julian in routinierter Manier und fragte zunächst die persönlichen Daten der alten Dame ab. Möglichst schnell kam er dann auf ihre Zeit in Diensten des Militärgerichtshofs zu sprechen: »Sie waren damals als Krankenschwester tätig, trifft das zu?«

»Hilfskrankenschwester«, korrigierte sie. »Man teilte mich dem Psychologischen Dienst zu. Meine Aufgabe bestand darin, Protokolle von den fachärztlichen Befragungen der Insassen anzufertigen.« Mit diesen Worten nahm sie ein Fotoalbum mit marinebraunem Kunstledereinband zur Hand und schlug es auf. Gleich die erste Seite zeigte eine hübsche junge Frau in der weißen Tracht einer Krankenschwester. Eine ebenfalls weiße Haube bedeckte den Kopf. »Das war ich, kurz nachdem ich meinen Dienst angetreten hatte. Sehen Sie meine Beine an: dürr wie die eines Storchs. Magere Zeiten damals.« Sie blätterte weiter. Andere Bilder zeigten sie mit Kolleginnen, ebenso dünn, aber alle mit einem zuversichtlichen Lächeln in den jungen, fast noch kindlichen Gesichtern.

Julian nickte gespannt. »Wenn ich Sie richtig verstanden habe, sind Sie bei Ihrer Arbeit den Gefangenen sehr nahe gekommen.«

Margarete Galster stimmte in sein Nicken ein. »Sehr nahe«, wiederholte sie eine Nuance leiser. In Julians Ohren klang es, als meinte sie »zu nahe«.

»Sie wissen ja schon, dass ich mich in erster Linie für die Person Hermann Görings interessiere. Ich recherchiere für einen Bericht, der sich mit den letzten Wochen in seinem Leben befasst. Speziell geht es mir um gewisse Ungereimtheiten in Bezug auf seinen Tod.«

Margarete Galster nippte am Kaffee. »Was möchten Sie darüber hören?«

»Nun, wenn Sie bis zuletzt Kontakt zu Göring hatten, könnte Ihnen etwas aufgefallen sein. Etwas, das Sie misstrauisch gemacht hat. Vielleicht haben Sie es damals gar nicht als etwas Besonderes wahrgenommen, sondern erst im Nachhinein Ihre Rückschlüsse gezogen.«

Sie stellte die Tasse ab und faltete die Hände über ihren Knien. »Was Görings Tod betrifft: Dazu können Sie alles Wesentliche in Büchern nachlesen oder, wie man das heute wohl tut, im Internet. Ich kann dem nichts hinzufügen.«

»Das habe ich getan, Frau Galster, ich war sogar im Staatsarchiv. Aber es bleiben Lücken. Zum Beispiel wurde nie hinreichend belegt, wie Göring an das Zyankali gekommen ist, mit dem er seinem Leben ein Ende gesetzt hat.«

»Aber natürlich«, widersprach sie. »Wissen Sie denn nicht, dass Göring einen Abschiedsbrief verfasst hat, in dem ganz ausführlich beschrieben ist, wie er es angestellt hat?«

Melanie Schmitz hatte besagten Brief beiläufig in ihrer Arbeit erwähnt und als Fälschung eingestuft. Julian brachte diesen Einwand vor und leitete zum eigentlichen Kernpunkt seiner Recherche über: »Was halten Sie von der Theorie, dass es sich gar nicht um einen Freitod, sondern um Mord handelte?«

Margarete Galster ging nicht darauf ein, sondern nahm stattdessen wieder das Fotoalbum zur Hand. »Schauen Sie: Das ist eine Gruppenaufnahme, die das ganze Team zeigt. Der Herr ganz rechts war mein Chef, Sergeant William Stringer. Und der hier …« Sie blätterte einige Seiten um. »Dieser hier stand uns allen vor: Colonel David Hutchonson, verantwortlich für die Personalplanung und die Sicherheit im Gefängnistrakt.«

Julian betrachtete die vergilbten Schwarz-Weiß-Aufnahmen nur flüchtig. »Ich hatte Ihnen eine Frage gestellt, Frau Galster. Möchten Sie darauf nicht antworten?«

Margarete Galster verweilte bei dem Album, ohne etwas zu sagen. Dann ging ein kaum wahrnehmbarer Ruck durch ihren zierlichen Körper. Sie hob leicht den Kopf und sah Julian fest an.

»Ich bin eine alte Frau. Meine Tage sind gezählt«, erklärte sie. »Nie habe ich jemandem gesagt, was sich damals abgespielt hat. Ich wollte es nicht – konnte es nicht. Aber Sie haben recht: Es ist an der Zeit, endlich darüber zu reden.« Sie zeigte auf Julians Rekorder: »Läuft das Band noch? Dann fange ich jetzt an und erzähle Ihnen, wie es damals wirklich war.«

32

»Sie denken also, dass Göring einen Ausbruch plant? Eine Flucht aus dem wahrscheinlich sichersten Gefängnis der Welt?« Stringer wirkte verwirrt. Noch immer standen sie in der Säulengalerie vor dem Justizpalast, weit genug entfernt von möglichen Zuhörern.

»Er hat Helfer«, gab sich Margarete überzeugt.

»Aber das ist hier doch nicht die Invasion in der Normandie, Fräulein Galster! Um Göring zu befreien, dazu müsste man eine ganze Armee aufbieten.«

»Nein. Ein paar wenige Leute in den richtigen Positionen würden ausreichen.«

»Das halte ich für unmöglich. Nehmen wir allein den Zeitfaktor: Görings Exekution steht unmittelbar bevor. Wann sollte das Ganze denn vonstattengehen?« Es war ihm anzusehen, dass sie ihn nicht überzeugt hatte. »Wenn ich es für bare Münze nehmen würde, was Sie mir erzählen, müsste ich sofort Alarm schlagen. Aber das könnte mich meinen Job kosten, sollte nichts dabei herauskommen. Denn es gibt in der Verwaltung schon jetzt einige, die ständig Kohlen ins Feuer werfen, um mir ordentlich Dampf zu machen. Meine Nähe zu den Insassen ist vielen ja ein Dorn im Auge.« Stringer betrachtete Margarete, diese zarte und gleichwohl drahtige kleine Person. Die Arme in die Hüften gestemmt und zitternd vor Anspannung, stand sie vor ihm. Er schlug einen ruhigen Tonfall an und redete ihr gut zu: »Ich finde, dass Sie gefühlsmäßig zu engagiert sind, um objektiv urteilen zu können. Nach dem, was mit Ihrem Bruder Harald passiert ist, ist es verständlich, dass Sie alles so persönlich nehmen.«

»Sie haben absolut recht, Sergeant«, sagte Margarete mit bebender Stimme. »Ich nehme das persönlich. Und wenn Sie mir nicht helfen, wende ich mich an andere. Ruhe geben werde ich jedenfalls nicht!«

Stringer schürzte die Lippen, während er sich Margaretes Worte noch einmal durch den Kopf gehen ließ. Die Entschlossenheit seiner Mitarbeiterin beeindruckte ihn. Dann tat er etwas, das weder seinem Naturell noch seiner Erfahrung entsprach: Er handelte spontan.

»Kommen Sie mit«, sagte er und führte Margarete weiter den Gang entlang. »Wir müssen in Bewegung bleiben, sonst machen wir uns verdächtig.« Mit gepresster Stimme vertraute er ihr an: »Hören Sie, es ist möglicherweise ein Fehler, wenn ich Ihnen sage, was ich wirklich denke. Aber ich glaube, Sie haben es verdient und ich kann mich auf Ihre Diskretion verlassen. – Ich traue Göring alles zu. Dieser Mann ist ein Psychopath und verfolgt ganz andere Ziele, als die meisten denken.« Bedrückt sah er Margarete an, während er fortfuhr: »Im Grunde war Göring in der ganzen Naziclique immer ein Außenseiter. Sein Ziel war nicht die totale Nazifizierung, sondern traditionelle Großmachtpolitik. Wilhelminisch, kapitalistisch, expansionistisch. Er strebte einen Staat in altpreußischer Tradition an, und er selbst wollte darin eine übermächtige, ja diktatorische Rolle einnehmen. Das machte ihn – und macht ihn immer noch! – zum Hoffnungsträger für die konservativ-reaktionären Kräfte im Lande. Die haben Hitlers blinden Zerstörungswahn immer missbilligt, genau wie Göring es wohl getan hat. Ich kann mir durchaus vorstellen, dass er sich mithilfe dieser konservativen Kreise zurück an die Macht putschen will.« Auf Stringers Stirn bildeten sich tiefe Furchen. »Noch viel größere Sorgen machen mir die versprengten Überbleibsel der ›Division Hermann Göring‹. Haben Sie je davon gehört? Eine Elitetruppe, bestehend aus zwanzigtausend Mann, ideologisch gedrillt und ganz besonders fanatisch. Jedes Mitglied dieser Division hat seinem Dienstherrn Treue bis in den Tod geschworen.«

»Sie glauben mir also!« Margarete atmete auf. »Dann müssen wir ihm das Handwerk legen!«, sagte sie erregt, um gleich darauf kleinlaut hinzuzufügen. »Aber erst, wenn Harald auf freiem Fuß ist.«

»Sind Sie denn sicher, dass Göring seine Entführung eingefädelt hat?«

»Ja«, antwortete Margarete ohne Zögern. »Ich kann es geradezu spüren, dass dieser Teufel dahintersteckt. Deswegen …« Sie knabberte an ihrer Unterlippe. »… deswegen muss ich ihm die Creme bringen.«

»Es ist womöglich ein Test«, mutmaßte Stringer. »Und beim nächsten Mal fordert er Sie dazu auf, eine Waffe in die Zelle zu schmuggeln.«

Margarete sah ihn bittend an. »Werden Sie mir helfen, Görings Plan zu vereiteln – und Harald zu befreien?«, fragte sie und versuchte die Antwort aus Stringers sorgenvollem Gesicht abzulesen.

Langsam und kaum merklich begann er zu nicken.

Die anfängliche Freude darüber, einen Verbündeten gefunden zu haben, hielt nicht lange an. Bereits auf dem Heimweg überfielen Margarete schwere Gewissensbisse. Fragen tauchten auf und Bedenken. Bleierne Gedanken, die sich schnell zu schwergewichtigen Problemen zusammenballten.

Was hatte sie getan?, bangte sie, während sie sich wie ferngelenkt durch das Trümmermeer der Stadt treiben ließ. Statt stark zu bleiben und ihr geheimes Wissen für sich zu behalten, hatte sie einfach alles ausgeplaudert, ja, sich schlimmstenfalls um Kopf und Kragen geredet.

War Stringer glaubwürdig? Sie konnte nicht sicher sein, ganz egal, wie sympathisch ihr der Mann war. Nicht umsonst hatte Hutchonson ihr eingebläut, niemandem zu vertrauen. Niemandem und am allerwenigsten Stringer. Denn war er nicht Hutchonsons Hauptverdächtiger? Bestand nicht gar die Möglichkeit, dass es Stringer selbst gewesen war, der Harald im Auftrag Görings verschleppt hatte?

Margarete merkte, wie ihr der kalte Schweiß ausbrach. Ihre Schritte wurden schneller, durch die letzten Straßen bis zu ihrem Haus eilte sie wie eine Gehetzte. Sie verfluchte sich selbst, ihre Gutgläubigkeit und ihre Schwäche. Alles hatte sie verdorben und das Leben ihres Bruders leichtfertig aufs Spiel gesetzt. Sie hatte das Schicksal herausgefordert, nur weil sie ihren dummen Mund nicht halten konnte.

Abgekämpft und derangiert kam sie in der Wohnung an. Sie ließ den Mantel neben der Garderobe auf den Boden fallen und taumelte in die Wohnküche.

»Mama«, sagte sie und merkte selbst, dass sie sich anhörte wie die kleine Margarete von höchstens fünf Jahren. Vor dem Stuhl ihrer Mutter sank sie zu Boden, legte schluchzend ihren Kopf auf Gertruds Knie. »Ich habe alles falsch gemacht. Ich bin schuld an Haralds Verschwinden. Ich ganz allein! Und an mir liegt es auch, wenn er nie wieder heimkommt.«

Auf diese Selbstbezichtigung hin hätte Gertrud sie von sich stoßen müssen. Doch das Gegenteil war der Fall. Sanft ließ sie ihre Hände über Margaretes Haar gleiten und murmelte beruhigend. »Wenn jemand die Schuld an dem trägt, was geschehen ist, bist es gewiss nicht du, Gretchen. Ich habe dich durch meine Gier hineingetrieben in diesen Sumpf des Verbrechens.«

Margarete hörte auf zu schluchzen: »Nein ... Mami, ich allein ...«

Gertrud hob die rechte Hand. »Sei jetzt bitte still, Kind. Ich weiß selbst, was ich getan habe. Es war nicht recht, was ich von dir verlangt habe. Auch wenn es uns schlecht geht – niemals hätten wir das Gold annehmen dürfen, mit dem Göring uns verführen wollte. An diesem Gold klebt Blut.«

Aus rot geränderten Augen sah Margarete ihre Mutter an. »Aber nun ist es zu spät. Wir können nicht mehr zurück. Sie haben unseren Harald und werden keine Ruhe geben, bis sie ihr Ziel erreicht haben.« Margarete beichtete Gertrud alles, was sie bisher für sich behalten hatte – auch den Geheimnisbruch gegenüber Sergeant Stringer behielt sie nicht für sich.

»Was soll ich tun?«, fragte sie schließlich verzweifelt.

Gertrud, ausgezehrt und hohlwangig durch die Mangelernährung und die Sorge um ihren Sohn, ließ sich Margaretes Worte lange durch den Kopf gehen, bevor sie zu einem Entschluss kam: »Ich sage dir, was du tun wirst, Margarete. Es ist die einzige Möglichkeit, die uns bleibt.« Sie beugte sich zu ihrer Tochter hinab und flüsterte ihr ins Ohr, was sie für richtig hielt.

33

Die alte Dame wirkte gefasst. Nur das leichte Zittern ihrer Hände, die unablässig über den Saum ihres Rockes strichen, verriet, dass sie bewegt war von dem, was sie Julian erzählte.

»Im Herbst 1945, da kamen die ersten Nachrichten über die schrecklichen Verbrechen, die die Deutschen begangen hatten. Das war für mich ein traumatisches Erlebnis, das mich für mein ganzes Leben geprägt hat. Nach den Bildern von Buchenwald, von Auschwitz, von den Leichenbergen und den Gaskammern war ich fest überzeugt, dass die Welt uns das nie verzeihen würde. Ich würde immer ein Teil eines weltweit geächteten Volkes sein.«

»Waren Ihnen die Naziggräuel denn nicht schon in den Jahren zuvor aufgefallen?«, wollte Julian wissen.

»Nicht in diesem Ausmaß«, antwortete Margarete Galster, die in ihrem Sessel klein und verloren wirkte. »Es gab Gerüchte, und natürlich blieb es keinem verborgen, wenn Nachbarn über Nacht verschwanden. Jüdische Geschäfte, in denen man früher eingekauft hatte, wurden erst boykottiert und später geschlossen oder von arischen Kaufleuten übernommen. Aber die totale Vernichtung, der unerbittliche Völkermord – das war ein Gedanke, den wir alle nicht an uns heranlassen wollten. Nennen Sie es meinetwegen eine kollektive Verdrängung. Sicher hat auch die Feigheit eine Rolle gespielt, auf jeden Fall Furcht und Sorge um die Konsequenzen für einen selbst.«

»Wie standen Sie zu den politischen Führern dieser Zeit, was fühlten Sie?«

»Ich habe sie gehasst«, kam es wie aus der Pistole geschossen. »Die Antipathie stellte sich früh ein, so ab Mitte der Dreißigerjahre. Da war ich noch ein Kind, merkte aber, wie sehr es meinen Eltern missfiel, was in unserem Land vor sich ging. Spätestens mit Kriegsbeginn war für mich klar, dass der anfängliche Jubel schnell in Jammern und Wehklagen enden würde. Als mein Vater fiel, verlor ich das letzte bisschen Respekt für das Regime. Allerdings war ich nicht der Charakter, den es in den Widerstand trieb, ich zog mich nur immer mehr in mich zurück.« Sie schlug die Augen nieder, suchte wohl nach Worten. Ihre eigene Erklärung schien ihr noch nicht zu genügen. »Wer in den Dreißigerjahren in Deutschland aufwuchs, konnte im Grunde weder Täter noch Opfer sein, so sehe ich das heute. Man wuchs in das Unrechtssystem hinein, stolperte als junger Mensch durch den Wertewandel von 1945 und gehörte dann zu den Leuten, die die neue Republik aufbauen sollten.«

Julian nickte langsam und ließ die Worte auf sich wirken. Er goss sich Kaffee nach und formulierte seine nächste Frage: »Sie müssen froh gewesen sein, als der Krieg endlich zu Ende ging. Doch als diese schlimme Zeit vorbei war, traten Sie einen Dienst an, der Sie genau mit denjenigen zusammenbrachte, die das ganze Unheil verursacht hatten. Warum?«

»Meine Tätigkeit bei den Alliierten war verhältnismäßig gut bezahlt. Wir waren auf dieses Geld angewiesen. Aber ich will es nicht leugnen: Es trieb mich auch die Neugierde, diesen Verbrechern gegenüberzustehen. Schließlich hatten die Nazis meine Familie ins Unglück gestürzt.«

»Sie haben die Herausforderung also gesucht – oder sollte man sagen: die Gefahr?«

»Ich kann das wohl kaum abstreiten, obwohl ich mir nie hätte träumen lassen, was sich daraus entwickeln sollte. Hätte ich es gewusst, wäre wohl einiges anders gelaufen.« Sie hob das Schälchen mit den Keksen an. »Möchten Sie?«

Julian lehnte dankend ab. »Kommen wir zurück auf Göring: Sie wollten mir erzählen, was wirklich geschah.«

Margaretes schmaler Körper erbebte unter der Macht der Erinnerung. »Ich war eine seiner Auserwählten.« Das Pathos, das in diesem Satz mitschwang, war ihr offenbar unangenehm, denn sie korrigierte ihre Wortwahl: »Sein Werkzeug.«

Sie berichtete von den Geschenken, mit denen Göring sich ihre Gunst zu sichern versuchte, und auch vom Verschwinden ihres Bruders Harald.

Die altbewährte Methode, folgerte Julian, Zuckerbrot und Peitsche, und hörte gespannt zu, wie sich die Sache entwickelt hatte. Bereitwillig und zunehmend gelöst ließ Margarete ihre Vergangenheit lebendig werden. Sie schilderte minutiös die Ereignisse und kam schließlich auf Görings Bitte nach einer Hautcremedose aus den Asservaten zu sprechen.

Julian wunderte sich über diesen profanen Wunsch, denn er hatte mit ganz anderen Dingen gerechnet. Er war gespannt, worauf Margarete Galsters Rückblick hinauslaufen würde.

»Ich war ratlos und wusste nicht, wie ich reagieren sollte«, schilderte sie ihre Gefühle von damals und beschrieb die Fragen, die ihr durch den Kopf gegangen waren: »Handelte es sich um eine harmlose Bitte, um einen Test oder enthielt die Dose möglicherweise eine gefährliche Substanz?«

»Aus Sorge um das Leben Ihres Bruders wollten Sie keine Meldung bei Ihrem Vorgesetzten machen?«, vermutete Julian.

»Ganz richtig, ich befand mich in einer Zwangslage. Gleichzeitig war mir bewusst, dass ich diese Herausforderung nicht allein bewältigen konnte. Ich brauchte jemanden, dem ich mich anvertrauen konnte.«

Nun kam sie auf den geheimen Auftrag zu sprechen, mit dem sie durch Colonel Hutchonson betraut worden war. »Er machte mich zu einer Art Spionin – eine zusätzliche Belastung für mich.«

»Wäre er dann nicht derjenige gewesen, der für Sie die Kohlen aus dem Feuer hätte holen müssen?«

Margarete Galster zuckte mit den Schultern, als sie ein Bild dieses Mannes zu zeichnen versuchte. Seine körperlichen Vorzüge mussten eindrucksvoll gewesen sein: sein üppiges Blondhaar, das Gebiss strahlend weiß, der Körper schlank und durchtrainiert. Ein Bild von einem Mann. »Und bedenken Sie: Ich war jung, ungebunden und in Bezug auf Männer gänzlich unerfahren. Hutchonson, der nicht zuletzt wortgewandt und selbstsicher auftrat, hätte eine wie mich um den Finger wickeln können.«

»Trotzdem hegten Sie Vorbehalte gegen ihn – weshalb?«

»Vielleicht weil er *zu* perfekt war. Seine Art und sein Auftreten schüchterten mich ein. Bei einem Mann wie ihm konnte man Minderwertigkeitskomplexe bekommen, und ich fragte mich unwillkürlich: Ist der zu allen jungen Damen so galant?«

»Wie stand es um Ihren direkten Vorgesetzten, den Gerichtspsychologen?«

»Der Sergeant war das genaue Gegenteil von Hutchonson. Klein und gedrungen, ein blasser Brillenträger, der zur Introvertiertheit neigte.«

»Typ belesener Intellektueller«, fasste Julian zusammen. »Aber einem der beiden mussten Sie ja vertrauen, denn wer sonst hätte Sie aus Görings Fängen befreien können?«

»Wie wahr, wie wahr«, sinnierte Margarete Galster. »Dem Gefühl nach war Stringer mein Favorit. Ich hatte ihm schon so vieles anvertraut und nie schlechte Erfahrungen gemacht. Aber es stand zu viel auf dem Spiel, um mich auf bloße Emotionen zu verlassen und nur auf ihn zu setzen. Ich musste einen anderen Weg finden. Und zwar schnell. Denn mit jedem Tag, der verstrich, wurden die Chancen kleiner, Harald noch einmal lebend wiederzusehen.«

»Eine schwere Prüfung«, meinte Julian mitfühlend. »Für welchen der beiden haben Sie sich letztendlich entschieden?«

Auf Margaretes altersgraues Gesicht zauberte sich ein weises Lächeln: »Ich habe va banque gespielt und es beiden gesagt.«

34

Hutchonson sah sie stirnrunzelnd an. »Es ist gut, dass Sie mit dieser Information zu mir gekommen sind«, sagte er mit gewichtiger Stimme und ging nachdenklich auf und ab. Seine Schritte wurden von einem schweren Perserteppich gedämpft, der den Parkettboden seines saalartigen Arbeitszimmers bedeckte. »Wir haben von der Hautcreme eine Spachtelprobe entnommen«, informierte er sie. »Wir verfügen hier über kein Labor für aufwendige Analysen, aber so viel steht fest: Es ist zweifelsfrei eine Emulsion, eine Creme zum Auftragen auf die Haut. Falls Göring etwas anderes damit vorhaben sollte, als sich den – wie er sagte – Allerwertesten einzureiben, können wir darüber nur spekulieren. Haben Sie eine Idee, Fräulein Galster?«

»Nein«, antwortete Margarete, die lange, aber ergebnislos über genau diese Frage nachgedacht hatte.

»Es besteht natürlich die Möglichkeit, dass er lediglich Ihre Bereitschaft ausloten will, dass es sich bei der Cremedose also nur um einen harmlosen Schuss uns Blaue handelt. Doch wir müssen weiterdenken«, forderte Hutchonson sie auf. »Wir wissen: Die Hautcreme als solche ist harmlos. Verwendet man sie für das, wofür sie gemacht wurde, kann Göring weder sich noch anderen einen Schaden zufügen. Aber lassen wir unserer Fantasie einmal freien Lauf. Nehmen wir beispielsweise an, Herr Göring würde die Creme nicht äußerlich anwenden, sondern innerlich.«

»Sie meinen …«

»Ja, stellen wir uns vor, er löffelt die Dose aus und würgt das Zeug hinunter. Und zwar die komplette Portion. Was wäre Ihrer Meinung nach die Folge?« Er musterte sie erwartungsvoll.

Margarete nannte das Naheliegende: »Ihm würde übel werden.«

»Genau!«, bestätigte Hutchonson und schien sich zu freuen wie ein kleines Kind, das gerade für seine besonders originelle Idee gelobt wurde. »Sehr übel sogar. Die Creme dürfte eine ähnliche Wirkung wie Rizinusöl haben, nur schlimmer. Der Magen würde sich ihm umdrehen, und er müsste sich heftig erbrechen. Was würde in einem solchen Fall geschehen?«

Margarete begann zu verstehen, worauf der Colonel hinauswollte. »Die Wachen müssten den medizinischen Dienst verständigen.«

Hutchonson nickte vehement. »Der Arzt würde sehr wahrscheinlich anordnen, dass man ihm den Magen auspumpt. Dafür müsste man ihn aus seiner Zelle holen und ins Militärhospital fahren. Und schon würde sich eine Sicherheitslücke auftun, die prädestiniert wäre für eine Befreiungsaktion.«

»Mein Gott«, stammelte Margarete, als ihr die Tragweite von Hutchonsons Worten bewusst wurde. »Dann darf er die Creme auf keinen Fall in die Hände bekommen.«

Hutchonson lächelte mild, als er zu ihrer Überraschung sagte: »Doch. Göring soll seine Hautcreme haben!« Margarete sah ihn befremdet an. »Es ist alles eine Frage der nüchternen Herangehensweise«, führte Hutchonson aus. »Wissen Sie, normalerweise schlägt man einfach wild um sich bei dem Versuch, ein Komplott aufzudecken. Bemüht man sich aber, verlässliche Daten zu sammeln, erlangt man einen viel besseren Ausgangspunkt. Mein Motto lautet: Nur die Ruhe! Göring soll seinen Willen haben. Bringen Sie ihm die Cremedose – und dann schlagen wir zu.« In sein Lächeln mischte sich berechnende Kälte. »Um an seine Helfer und die Hintermänner der Aktion heranzukommen, müssen wir sein Spiel so lange mitspielen, wie wir es verantworten können.« Als er Margarete nicht gänzlich überzeugt sah, fügte er hinzu: »Das ist übrigens auch in Ihrem eigenen Interesse: Sollte Ihre Überzeugung, dass Göring involviert sein könnte, zutreffen …«

»Sie glauben mir endlich?«, fiel sie ihm ins Wort.

Hutchonson neigte den Kopf. »Ich ziehe diese Möglichkeit in Betracht, ja. Mit etwas Glück ist Ihre Aufgabe mit dem Überbringen der Cremedose erledigt, und Göring gibt Ihren Bruder frei.«

Mit neu erwachter Hoffnung sah Margarete Hutchonson an und willigte mit fester Stimme ein: »Jawohl, Colonel! Ich werde die Dose in Görings Zelle abliefern.«

»Göring hat den Kaplan angefordert. Er möchte das Abendmahl und den Segen.« Mit dieser Neuigkeit begrüßte Sergeant Stringer sie, kaum dass Margarete seinen kargen Praxisraum betreten hatte.

»Könnte es sein, dass es jetzt losgeht? Ist etwa der Kaplan der verkappte Verschwörer, der Göring aus dem Gefängnis holen soll?«, fragte sie bang.

»Wohl kaum. Denn der hat Görings Bitte abgelehnt: Er sagte, er werde nicht mit jemandem beten, der es nicht ernst meint und das Abendmahl zum Gespött macht. Der Kaplan war sehr aufgebracht. Er meinte, Göring hätte nie Reue gezeigt und alle humanen Werte verspottet.«

»Dann ist er nicht Görings Türöffner in die Freiheit.«

»Ganz sicher nicht.«

Margarete schluckte schwer. »Also fällt diese Rolle am Ende doch mir zu.«

»Es hat den Anschein.« Stringer trat dicht auf sie zu und legte – für ihn sehr ungewöhnlich – seine Hände auf ihre Schultern. »Sie müssen es nicht tun. Niemand kann Sie dazu zwingen, dieser Bestie in Menschengestalt zuzuspielen.«

»Doch«, sagte Margarete mit schwacher Stimme. »Er kann mich dazu zwingen. Nur wenn ich die Creme in seine Zelle bringe, besteht Hoffnung auf Haralds Befreiung.«

Stringer, sichtlich bewegt von ihren Worten, straffte seinen untersetzten Körper. »Ich werde Ihnen den Rücken freihalten und Ihnen die nötigen Papiere ausstellen. Wenn es irgendwelche Schwierigkeiten geben sollte, zögern Sie nicht, meine Hilfe in Anspruch zu nehmen.«

Ausgestattet mit Stringers Laufzettel sowie einer Erkennungsmarke des medizinischen Dienstes machte sie sich auf den Weg. Nur mit diesem Orden, der an einer Kordel vor der Brust getragen wurde, durfte sie die »Schatzkammern« betreten.

Die bei ihrer Festsetzung sichergestellten Habseligkeiten der Inhaftierten lagerten im Kellergeschoss. Zur scharfen Kontrolle waren vor dem Treppenabgang doppelte Militärwachposten aufgestellt. Ein labyrinthischer Weg führte in ein fensterloses Tonnengewölbe, düster und klamm, gesichert durch eine Eisengitterpforte. Dort unten erwartete sie die nächste Hürde: Ein Wachmann in Zivil, dessen blasse Gesichtsfarbe wohl seinem lichtfernen Arbeitsplatz geschuldet war, ließ sich von Margarete die Papiere vorweisen. Er las die wenigen Zeilen, die Stringer formuliert hatte, zweimal durch, bevor er den Kopf hob und Margarete einer kritischen Musterung unterzog.

»Sie sind vom medizinischen Dienst?«, vergewisserte er sich.

Margarete nickte verhuscht. Daraufhin klopfte der Wachmann mit einem Schlagstock mehrmals kräftig an das Eisengatter. Aus der Dunkelheit des Gewölbes tauchte eine weitere Schattengestalt auf: ein schmales Männchen, das einen großen Schlüssel mit breitem Bart in der Hand hielt. Von innen öffnete der zweite Wächter das Schloss und wuchtete das Tor auf.

Auch er ließ sich Margaretes Passierschein zeigen und ordnete mit dürrer, blecherner Stimme an: »Kommen Sie mit!«

Margarete, deren Schritte von den nackten Steinwänden widerhallten, folgte dem Wachmann entlang einer schier endlosen Zahl hoher Regale. In diesen stapelten sich Kartons, Taschen und Koffer. Es schloss sich eine Pyramide aus grob zusammengezimmerten Holzkisten an. Wie die Taschen war auch jede Kiste mit einem Pappschildchen versehen, das an einer Drahtschlaufe hing. Margarete berührte mit dem Zeigefinger eines der Schilder und versuchte die Aufschrift zu lesen, fing sich dabei jedoch einen Splitter ein. Schmerzerfüllt zuckte sie zurück.

»Wir müssen weiter«, wies sie der Wächter zurecht.

Sie passierten eine zweite Tür, die durch ein Vorhängeschloss gesichert war. Als ihr Begleiter an einem Lichtschalter drehte, flammten mehrere Deckenleuchten auf. Der kahle Raum beherbergte weitere Holzkisten und Gepäckstücke. Es waren so viele, dass man für ihren Transport mehrere Lieferwagen benötigt haben musste, dachte Margarete.

»Das sind die Wertsachen Göring«, verkündete der Wächter mit weit ausholender Geste, um dann zielstrebig auf einen Schrankkoffer zuzugehen. »Seine Medizin«, sagte er knapp und klappte den Koffer auf. Margarete bot sich der Blick auf ein Sammelsurium von Pillendöschen, Ampullen, Schachteln und Verbandsmaterial.

Margarete, beeindruckt von der Fülle des Göring-Besitzes, fragte: »Wo kommt das alles her? Es ist so viel …«

»Hatte er bei sich, als er sich den Amis stellte«, antwortete der Mann in schnoddrigem Ton. »Mehrere Armeelaster voll.«

»Was passiert mit all den Sachen?«

Er sah sie an, als wollte er sagen: »Was geht Sie das an?«, entschied sich dann aber für eine höflichere Version: »Ist noch nicht klar. Nach dem Gesetz ist er der Besitzer und kann darüber verfügen, wie er lustig ist. Die Juristen müssen erst noch was zu Papier bringen, um es ihm oder seiner Familie abnehmen zu können.« Er wühlte in dem Schrankkoffer. »Die Cremedose wollen Sie?« Er zog eine unscheinbare Blechdose aus einem Innenfach. »Bittschön.« Gleich darauf nahm er ein Klemmbrett zur Hand, auf dem ein Zettel fixiert war. »Hier unterschreiben und den Empfang quittieren. Muss alles seine Ordnung haben.«

Obwohl es in den Kellerräumen sehr kühl war, begann Margarete zu schwitzen, als sie sich auf den Rückweg machte. Sie spürte, wie ihre rechte Hand, die Görings Cremedose fest umklammert hielt, feucht wurde. Zwar hatte sie die Rückendeckung ihrer beiden Vorgesetzten, und doch fühlte sie sich wie eine Diebin, nein, schlimmer noch: wie eine Kollaborateurin der verhassten Nazis.

Nachdem sie beide Gitterschleusen anstandslos passiert hatte, atmete sie auf. Als sie das Treppenhaus erreicht hatte, rechnete sie mit keinen Schwierigkeiten mehr, abgesehen von ihren wachsenden Gewissensbissen. Auch der Weg in den Gefängnistrakt dürfte dank Stringers Begleitschreiben für sie frei sein.

Doch sie hatte sich getäuscht. Auf dem obersten Treppenabsatz erwartete sie jemand. Kein Wachsoldat, der ihren Ausweis checken wollte. Es handelte sich um einen Herrn im grauen Flanellanzug, in seiner Armbeuge trug er einen Hut. Seine Miene drückte Streitlust und Ungeduld aus. Margarete ahnte, dass sie gleich ein Problem haben würde.

35

Julian hing an den Lippen seiner Gastgeberin wie ein Kind an denen eines Märchenerzählers. Die packende Schilderung von Margarete Galsters Erlebnissen hatte ihn voll in ihren Bann gezogen. Und so fragte er voll innerer Anteilnahme:

»Wer war der Mann, der Sie vor dem Asservatenkeller abfing? So etwas wie ein Geheimpolizist?«

Die alte Dame bestätigte seine Vermutung. »Ja, ich bekam es zu allem Überfluss mit dem britischen Secret Service zu tun. Man hatte mich wohl schon länger beobachtet und war argwöhnisch geworden. Der Mann – seinen Namen habe ich längst vergessen – wollte mich sprechen oder wohl eher verhören. Er forderte mich auf, ihn in sein Büro zu begleiten. Aber das kam für mich natürlich nicht infrage. Nicht mit Görings Cremedose in der Hand!«

»Aber Sie hatten doch nichts zu befürchten. Im Zweifelsfall hätten Sie sich auf den Colonel berufen können.«

»Konnte ich mich denn darauf verlassen? Was wäre geschehen, wenn er gegenüber den Engländern alles abgestritten und mich fallengelassen hätte?« Sie schüttelte entschieden den Kopf. »Dieses Risiko wollte ich lieber nicht eingehen.«

»Wie haben Sie also reagiert?«, drängte Julian. »Wie sind Sie aus der Nummer rausgekommen?«

»Indem ich nicht den Kopf verloren habe.« Stolz schwang in ihrer Stimme mit, als Margarete die kritischen Minuten Revue passieren ließ. »Ich habe mich dem Mann einfach verweigert.«

»Dem Secret Service? Aber Sie konnten doch nicht …«

»Sicher konnte ich! Mir war klar, dass ich mich um Kopf und Kragen bringen würde, wenn ich erst einmal in seinem Büro säße. Statt still und brav mit ihm zu gehen, habe ich unter den Augen der Militärpolizisten, die an der Treppe Wache standen, eine Mordsszene gemacht. Habe mich echauffiert und den Mann beschimpft. Habe mit meinen Papieren gewedelt und meinen Medizinerstatus herausgekehrt.«

»Und damit hatten Sie Erfolg?«, zweifelte Julian.

»Ja, glücklicherweise. Der Agent war völlig überrumpelt. Er hatte wohl mit allem gerechnet, aber gewiss nicht mit so einer hysterischen Reaktion. Selbstverständlich gab er mir etliche Ermahnungen mit auf dem Weg und drohte, dass er meine Vorgesetzten über meinen Ungehorsam informieren würde. Aber da war ich schon weit weg – und die Dose noch immer in meiner Hand.«

»Wie ging es weiter?«, trieb Julian, der endlich den Ausgang der Geschichte hören wollte, Margarete an.

Diese strich sich über das weiße Haar und setzte zu einer Antwort an. Doch sie kam nicht dazu, ihre Erzählung fortzusetzen, denn der Klingelton von Julians Handy fuhr ihr ins Wort.

Julian entschuldigte sich für die Unterbrechung und stoppte die Aufnahme. Er sah Ingos Nummer auf dem Display, erhob sich und fragte: »Kann ich kurz telefonieren?«

»In der Küche sind Sie ungestört«, meinte Margarete verständnisvoll.

»Ja?«, meldete sich Julian, kaum dass er die winzige Küche betreten hatte. »Du weißt doch, dass ich gerade ein Interview führe und nicht gestört werden will.«

»Ja, ich weiß«, erwiderte Ingo. »Es ist wichtig. Aber wenn du keine Zeit hast, muss es eben warten.«

»Nein, sag schon: Was ist los?«

»Ich wusste ja, dass es dich interessiert.«

»Sag endlich, warum du anrufst!«

»Heikle Angelegenheit«, deutete Ingo an. Seine Stimme klang gepresst. »Die suchen nach dir.«

»Wer sucht mich und warum?«, fragte Julian, den diese bröckchenweise Bekanntgabe von Informationen zu ärgern begann.

»Das LKA. Ich fürchte, jetzt kriegen sie dich am Arsch.«

Julian erschrak. Sofort malte er sich aus, wie eine Spezialeinheit mit Sturmhauben und schussbereiten Gewehren das Rundfunkhaus besetzt hatte und nun Ingo in Schach hielt.

»Sind sie noch da?«, erkundigte er sich mit einem mulmigen Gefühl in der Magengegend.

»Wer?«

»Na, die Leute vom LKA!«

»Nö, die waren gar nicht hier. Haben bloß angerufen.«

Erleichterung durchströmte Julian. »Weshalb machst du dann einen solchen Aufstand und jagst mir einen Heidenschreck ein?«

»Weil ich dich warnen und dir einen Vorsprung verschaffen will.«

»Wofür brauche ich einen Vorsprung?«, fragte Julian nun wieder angespannter.

»Für deine Flucht!«

Julian reagierte gereizt. »Hör auf, dich auf meine Kosten lustig zu machen. Was wollten die von mir? Rück endlich raus damit!«

»Deine Handynummer«, antwortete Ingo verschnupft. »Und du weißt hoffentlich, dass sie dich damit orten können. Die könnten jeden Moment vor der Tür stehen.«

Ein Piepton signalisierte einen zweiten eingehenden Anruf, und Julian würgte den Kollegen ab. »Danke für die Warnung.

Kannst mich ja mal im Knast besuchen kommen«, meinte er schnoddrig, schmiss Ingo aus der Leitung und nahm den zweiten Anruf an:

»Seel«, meldete sich eine sonore Männerstimme, »Landeskriminalamt.«

Julian blieb für einen Moment die Spucke weg. Das ging aber schnell, dachte er. Dieser Anruf konnte für ihn nichts Gutes bedeuten. »Ja bitte? Sie wünschen?«, fragte er und versuchte, seine Sorge zu überspielen.

»Wir waren neulich bei Ihnen.«

»Ja, ich weiß.« Glaubte Seel etwa, Julian hätte diesen Überfall vergessen? Nie im Leben!

»Inzwischen haben wir den Sachverhalt überprüft.«

»Und das bedeutet – was genau?«, tastete Julian sich vor.

»Die Daten Ihres Computers wurden ausgewertet. Diese Prozedur ist somit abgeschlossen. Ebenso wie die Auswertung Ihrer Telefongespräche.«

Julian schnappte nach Luft. »Sie haben mich abgehört?«, fragte er aufgewühlt.

»Temporär.«

»Was soll denn das heißen?«, rief er ins Telefon.

»Jedenfalls sind wir zu dem Ergebnis gekommen, dass Sie nicht in das Profil passen.«

»Welches Profil?«

»Täterprofil.«

»Bitte?«

»Ihre Festplatte ist sauber, Ihre Telefonate unverdächtig. Sie müssen sich keine Sorgen machen.«

Julian hielt sein Handy kurz auf Abstand, dann sagte er: »Wollen Sie mir erzählen, dass Ihr Aufkreuzen bei mir, die Durchsuchung meiner persönlichen Sachen und die Beschlagnahme meines Laptops für die Katz waren?«

»Seien Sie froh über ein solches Ergebnis. Es hätte für Sie weit schlimmer ausgehen können.«

Julian brauchte einen Moment, um sich zu sammeln. »Na schön«, sagte er. »Wann kriege ich meinen Rechner zurück?«

»Jederzeit. Sie können ihn bei uns abholen.«

»Abholen? Wo?«

»Maillingerstraße 15, München.«

»Das liegt ja nicht gerade um die Ecke.«

»Wir können Ihnen das Gerät zuschicken. Aber dafür müssen Sie einen Antrag ausfüllen und die Portokosten in Höhe von ...«

Weiter kam Herr Seel nicht, denn Julian unterbrach die Verbindung.

So etwas Unverfrorenes! Eine Unverschämtheit, dachte er auf dem kurzen Weg zurück ins Wohnzimmer. Allerdings verflog sein Gram schnell und die Erleichterung überwog. Denn nach der Schlappe für das LKA konnte er hoffen, mit diesem Verein nicht so bald wieder zu tun zu bekommen.

Margarete erwartete ihn in derselben großmütterlichen Sitzposition, in der er sie verlassen hatte: gerader Rücken, die Knie aneinandergepresst, die Hände im Schoß gefaltet. Mit gutmütigem Lächeln wartete sie, bis er sich neben sie gesetzt hatte.

»Kann ich fortfahren?«, fragte sie.

»Ja, bitte.« Er schaltete den Digitalrekorder wieder ein. »Sie sind den Geheimdienstmann also losgeworden und befanden sich mit der Cremedose in der Hand auf dem Weg in den Zellenblock. Kamen Sie den Rest des Weges ungehindert bis in Görings Zelle?«

»Beinahe«, sagte Margarete, und ein Schleier legte sich über ihre Augen. »Man kannte mich ja, und dank des Begleitschreibens nahm mir keiner der Posten die Dose ab. Ich habe es tatsächlich bis in den Zellenblock geschafft. Ich stand vor Görings Tür, und einer der Wärter wollte schon den Riegel nach oben schieben. – Aber dann …« Sie stockte. »Verzeihung«, sagte sie mit belegter Stimme. »Mein Hals ist wie ausgetrocknet.«

»Soll ich Ihnen ein Glas Wasser holen?«, bot Julian an.

Margarete nahm dankend an. Julian ging abermals in die Küche, fand ein unbenutztes Glas neben der Spüle und füllte es mit Leitungswasser. Er trug es ins Wohnzimmer und stellte es vor Margarete auf den niedrigen Sofatisch.

»Danke sehr«, sagte sie und trank fast das ganze Glas leer.

»Geht es besser?«, erkundigte sich Julian.

»Ja, danke.« Sie räusperte sich, um weiterzuerzählen. »Ich stand also vor der Zelle und wäre fast schon eingetreten. Doch dann hörte ich Schritte. Jemand lief den Mittelgang entlang und rief laut meinen Namen.«

»Wer war das?«, wollte Julian wissen. »Etwa doch wieder dieser Mann vom Secret Service?«

Sie schüttelte den Kopf. »Zuerst konnte ich ihn nicht erkennen, denn die Sonne stand schon tief und blendete mich durch die Oberlichter. Ich weiß noch genau, wie ich darauf wartete, endlich sein Gesicht sehen zu können. Obwohl er rannte, erschien mir alles wie in Zeitlupe, verzögert und verlangsamt.«

»Aber dann erkannten Sie ihn«, griff Julian vor.

»Ja. Ich sah den Ausdruck in seinem Gesicht und wusste, dass sich alles verändern würde.«

36

Sie war so dicht vor dem Ziel! Nur die eisenbeschlagene Zellentür trennte sie von dem Mann, der über Leben und Tod ihres kleines Bruders gebot. Als sie hörte, wie im Flur ihr Name gerufen wurde, durchfuhr sie ein heilloser Schreck. Ihre Finger umklammerten verzweifelt die Cremedose, die sie unter allen Umständen bei Göring abgeben wollte. Denn – da war sie sicher – nur auf diesem Wege würde sie Harald befreien können.

Doch das Tor der Hoffnung, das sich eben erst ein kleines Stück für sie geöffnet hatte, fiel krachend ins Schloss. Der Wächter schob den Riegel zurück in die Arretierung und ließ sich von Margaretes flehenden Blicken nicht erweichen.

Sie wandte sich nach demjenigen, der sie aufhalten wollte, um, erfüllt von Zorn und Enttäuschung. Erst kurz bevor er sie erreicht hatte, erkannte sie ihn – und war überrascht.

»Sergeant Stringer?«, fragte sie mit bebender Stimme. Warum nur fuhr er ihr in die Parade? Die Gedanken überschlugen sich in ihrem Kopf. Stimmte etwas nicht mit der Cremedose? War ihr Inhalt doch gefährlich? Dann gehörte Stringer vielleicht auch zu einer Art Sicherheitsdienst und ließ sie nun als Görings Helfershelferin auffliegen? Auf frischer Tat ertappt?

Statt ihr Handschellen anzulegen, wie sie es für den Moment erwartete, griff Stringer sie in die Armbeuge und dirigierte sie einige Schritte vom Wachpersonal fort.

»Es ist etwas geschehen«, teilte er ihr in drängendem Tonfall mit.

»Was ist los?«, fragte sie, hin- und hergerissen zwischen Furcht und plötzlich aufkeimender neuer Hoffnung. Denn Stringers Miene ließ trotz der angespannten Situation Optimismus erkennen.

»Es geht um Harald«, sagte er leise.

Margarete entglitt die Cremedose, als sie die Hände hochriss und vor den Mund presste.

Stringer bückte sich nach der Dose und ließ sie in einer Tasche seines weißen Kittels verschwinden. »Man hat Ihren Bruder gefunden. Er ist wohlauf.«

Margarete spürte, wie eine große Last von ihren Schultern glitt. Unbändige Freude stieg in ihr auf. »Hat man das Versteck entdeckt, in dem er gefangen war?«, fragte sie mit sich überschlagender Stimme.

»Er wurde nicht gefangen gehalten«, klärte Stringer sie auf. »Eine Streife der Militärpolizei in Augsburg hat ihn aufgegriffen, als er nach der Sperrstunde ziellos durch die Stadt irrte.«

»O mein Gott, was hatte Harald denn in Augsburg verloren?« Margarete konnte sich keinen Reim auf Stringers Worte machen.

»Nach allem, was ich bisher weiß, wollte Ihr Bruder zusammen mit einigen Kumpanen Kohlen stehlen. Am Nürnberger Rangierbahnhof passten sie einen Zug ab und füllten ihre Taschen. Dabei wurden sie von einer Razzia überrascht und mussten sich auf dem Waggon verstecken. Der Zug fuhr ab, und Ihr Bruder verpasste den Absprung.«

»Er ist auf dem Kohlenzug bis nach Augsburg gefahren«, begriff Margarete.

»Ja, bis zum nächsten regulären Halt. Dort hielt er sich verborgen, aus Gram über das, was er getan hatte. Und wohl auch aus Angst vor den Konsequenzen. Schließlich wurde er geschnappt und in ein Heim gesteckt, bis seine Identität geklärt werden konnte.«

»Er ist doch noch so jung«, sorgte sich Margarete. »Geht es ihm wirklich gut?«

»Den Umständen entsprechend. Man wird ihn heute oder morgen in einen Zug nach Hause setzen.« Er zwinkerte ihr aufmunternd zu. »Ich besorge Ihnen einige Extrarationen, damit Sie den kleinen Strolch wieder aufpäppeln können.«

Margarete nickte noch immer wie benommen. Dann fiel ihr die Mission ein, wegen der sie sich im Zellentrakt aufhielt. »Was ist jetzt mit der Cremedose?«, fragte sie unsicher.

Stringer beugte sich dicht an ihr Ohr und flüsterte ihr etwas zu.

Göring, im Reiterdress und mit sorgfältig zurückgekämmtem Haar, sah sie erwartungsvoll an, als Margarete kurz darauf die Zelle betrat. Er musterte zunächst ihr Gesicht, dann senkte sich sein Blick auf ihre Hände. Sie waren leer.

»Wollten Sie mir nicht etwas mitbringen, Fräulein?«, fragte er höflich, jedoch mit forderndem Unterton.

Margarete antwortete nicht. Stattdessen sah sie ihn an. So offen und intensiv, wie sie es nie zuvor gewagt hatte. Dabei fiel ihr das nervöse Zucken auf, das Görings Augen umspielte. Und sie stellte fest, wie leer sein Blick war. Die Furcht vor dem einst zweitmächtigsten Mann im Reich wich plötzlich einem Gefühl der Gleichgültigkeit. Nicht einmal mehr Wut konnte sie ihm gegenüber empfinden.

Auf dem Tisch an der Zellenwand entdeckte sie Görings Schreibzeug, das ihm für seine persönliche Korrespondenz zur Verfügung stand. Sie nahm es und drückte Göring mit energischer Geste Papier und Füllfederhalter in die Hand.

»Hier! Schreiben Sie Ihrer Frau«, sagte sie mit fester, ruhiger Stimme.

Göring, für den Moment überrascht, hielt den Stift zwischen Daumen und Zeigefinger, in der anderen Hand den Bogen Papier. »Das ist nicht das, worum ich Sie gebeten hatte«, sagte er.

»Nein«, entgegnete Margarete tonlos. »Das ist es nicht.«

Göring sah sich den Federhalter ohne Interesse an, legte ihn ebenso wie das Papier beiseite und trat vor das vergitterte Fenster. Er kehrte Margarete den Rücken zu und schaute hinaus in den Abendhimmel, als er sagte:

»Die Zeit, oder was wir dafür halten, ist ein seltsames Phänomen. Man sieht Dinge sein Leben lang, aber eines Tages weiß man, dass es das letzte Mal gewesen ist.«

Göring wirkte nachdenklich, nicht so zynisch wie sonst, als Margarete sich kurz darauf leise verabschiedete. Bevor sie ging, sprach Göring sie noch einmal an: »Danke für den Hinweis mit dem Brief. Meine Frau und mein Kind bedeuten mir alles. Wir mögen uns sehr. Kinder sind etwas Besonderes, ein Wunder. Zwei Menschen, die sich lieben, und schon ist es passiert. Ein Wahnsinn. Es muss schon irgendetwas Heiliges daran sein. Das ist meine Ansicht.«

Margarete verzichtete darauf, sich noch einmal nach ihm umzusehen.

37

Das Klirren der Gläser vermengte sich mit dem Klacken von Billardkugeln, ausgelassenem Gelächter und dem bierseligen Plaudern einer Schafkopfrunde. Der Eckplatz in ihrer Lieblingskneipe war zum Glück noch frei, sodass Julian es sich mit Lea, Ingo und Vic gemütlich machen konnte. Obwohl Ingo ein dunkles Bier bevorzugt hätte, bestand Julian zunächst auf Sekt für alle. Immerhin gab es etwas zu feiern:

»Die Hamburger haben die Story gekauft«, verkündete er mit dankbarem Blick in die Runde. »Sie bringen sie über mehrere Wochen verteilt als Serie. Aufhänger wird Görings Jagd auf Hitlers Erbe sein: die Alleinherrschaft über Nachkriegsdeutschland. Ich zeichne, angelehnt an die Zeitzeugenberichte und Melanie Schmitz' Quellen, Görings Weg vom potenziellen neuen Kanzler zum gescheiterten Möchtegerntyrannen und Selbstmörder nach.«

»Das wird dein überregionaler Durchbruch«, war sich Vic sicher und klang ein bisschen neidisch.

»Nur dank eurer Hilfe«, relativierte Julian den Erfolg, »und die meiner kompetenten Interviewpartner, an erster Stelle Margarete Galster.« Er lächelte versonnen. »Eine bemerkenswerte Frau.«

»Erzähl von der Romanze!«, forderte Ingo ihn auf.

Julian ließ sich nicht lange bitten, zu schön war dieser Aspekt, der Margaretes weiteren Lebensweg geprägt hatte. »Nach Abschluss der Prozesse heiratete sie ihren Vorgesetzten Sergeant Stringer. Sie siedelte in die Vereinigten Staaten über und kehrte erst nach dem Tod ihres Mannes nach Nürnberg zurück.«

»Sei nicht so kurz angebunden«, beschwerte sich Vic. »Wir wollen die ganze Liebesgeschichte hören!«

»Genau!«, bekräftigte Lea und streichelte ihm den Arm. »Ein paar mehr Details könntest du schon rausrücken.«

Julian schmunzelte. »Nachdem die Prozesse gelaufen waren und sich das ganze Team in Auflösung befand, trafen sich die beiden noch einmal. Margarete hat mir dieses Rendezvous sehr anschaulich geschildert. Stringer lud sie in ein Café in der Königstraße ein, das gerade erst wieder eröffnet hatte. Eines, das seinen Vorkriegscharme bewahren konnte mit all dem Stuck an der Decke und einem wunderschönen Kristallleuchter, an den sie sich erinnerte. Stringer brachte eine rote Rose mit.«

»Und machte ihr einen Antrag«, folgerte Ingo.

»Ja. Doch Stringer war ja um einiges älter als sie – und Ausländer. Wie zu erwarten war, sprach sich die strenge Mutter strikt gegen die Verbindung aus. Aber Margarete setzte sich darüber hinweg und reiste aus. Eine Schifffahrt von Hamburg über London nach New York, gleichzeitig ihre Hochzeitsreise. In Roselle Park, einem Vorort des Big Apple, ließ sich das Paar nieder. Stringer arbeitete weiter als Psychologe, aber nicht mehr fürs Militär, sondern in einer Klinik in New Jersey. Margarete wurde Oberschwester in derselben Klinik. Die beiden blieben kinderlos. Als Stringer starb, wurde ihr die neue Heimat fremd und sie kehrte nach Franken zurück.« Er schaute in die Runde. »War das detailliert genug?«

»Nicht ganz«, reklamierte Ingo. »Wenn die Gute verheiratet war, warum trägt sie noch ihren Mädchennamen?«

»Bei den Amis ist der ›Middle name‹ nicht unüblich: Sie nannte sich dort Margarete Galster-Stringer. Zurück in Deutschland verwendete sie der Einfachheit halber wieder ihren Geburtsnamen. Zufrieden?«

Nein, Ingos Wissensdurst war mitnichten gestillt: »Spielte ihre gemeinsame Vergangenheit später noch eine Rolle für das Paar?«

»Den Vorfall mit Göring hatten beide lange Zeit verdrängt. Sie sprachen wohl kaum über die alten Zeiten.« Er wandte sich an Victoria, die die ganze Zeit gebannt zugehört hatte. »Umso glücklicher bin ich, dass du mich auf Margarete Galster gebracht hast, Vic. Sonst wäre ihr Wissen für immer verloren gegangen.«

»Zeig doch mal ein Foto von der Alten«, forderte Ingo ihn auf. »Langsam werde ich neugierig, wie sie aussieht. Hast doch sicher eins gemacht für deinen Artikel.«

Hatte er, ja. Zwar nur mit der Kamera seines Mobiltelefons, aber Julian gab die Aufnahmen gern in die Runde.

»Ist das in ihrem Wohnzimmer? Ist ja scheußlich spießig«, meinte Ingo. Damit war sein Interesse an den Bildern auch schon erloschen. »Wie genau ist es denn gelaufen?«, wollte er nun wissen. »Was ist mit der Mordtheorie, auf die Melanie Schmitz angeblich sensationelle Hinweise gefunden hatte? Die fällt doch nun sang- und klanglos in sich zusammen.«

Das wollte Julian so nicht stehen lassen: »Zugegeben: Für das Wenige, was Melanie tatsächlich herausgefunden hat, lehnte sie sich sehr weit aus dem Fenster. Ihr Professor hatte recht: Es war voreilig und leichtfertig von ihr, sich an die Presse zu wenden. Denn wirklich bewiesen wird durch ihre Arbeit nichts. Wichtiger aber ist: Melanie hat einen Prozess angestoßen, der dazu beiträgt, dass die Lücken in der Geschichtsschreibung hoffentlich bald geschlossen werden. Das öffentliche Interesse daran ist in jedem Fall gegeben, und vielleicht hilft die Berichterstattung auch dabei, die noch vorhandenen steinernen Zeitzeugen zu erhalten, etwa den Zellentrakt im sogenannten Sternbau, in dem die Naziverbrecher auf ihre Urteile warteten. Der modert vor sich hin und ist vom Abriss bedroht.«

Diese Antwort war Ingo zu abstrakt. »Red nicht herum, Julian: Wie sah Görings Plan aus, um die Herrschaft zurückzuerlangen? Und hat er sich am Ende wirklich selbst das Leben genommen?«

»Es schlugen wohl zwei Herzen in seiner Brust«, begann Julian seine Sicht der Dinge zu erklären. »Einerseits rechnete sich Göring sogar nach der Niederlage und Kapitulation noch gute Chancen für ein politisches Comeback aus. Er sah sich in der Rolle des künftigen Staatsoberhaupts. In dieser Hinsicht war er ein unerschütterlicher Optimist. Auf der anderen Seite erkannte er durchaus, wohin die Nazidiktatur die Welt gebracht hatte. Da halfen all seine Verdrängungskünste nichts.«

»Ein komischer Kauz war das«, kommentierte Ingo.

»Komisch?« Julian verzog den Mund. »Wohl kaum. Immerhin – manche behaupten, Göring habe einen weichen Kern gehabt, den er durch sein ständiges Bramarbasieren zu verbergen versuchte. Ganz sicher war er zerrüttet durch die Opiate, die er zur Betäubung seiner Schmerzen brauchte. Unter denen litt er seit seiner schweren Verwundung, die er sich 1923 beim Münchner Putsch zugezogen hatte. Und Morphinist zu sein, heißt eigentlich so viel wie Selbstmord verüben – jeden Tag geht ein kleiner Teil des Körpers und der Seele verloren.«

Der Sekt wurde serviert. Die vier Kollegen stießen miteinander an, bevor das Gespräch wieder Fahrt aufnahm.

»Um zurück auf Margarete zu kommen: Wofür genau wollte Göring sie einsetzen?«, erkundigte sich Vic.

»Sie sollte die Rolle des Todesengels spielen«, lüftete Julian das Geheimnis. »Es heißt, dass Göring bei seiner Einlieferung ins Gefängnis mindestens drei Zyankalikapseln bei sich hatte. Die erste war in seinen Kleidern eingenäht, wurde jedoch bei einer Kontrolle entdeckt. Die zweite steckte in seinen Reiterstiefeln. Für den Fall, dass auch diese gefunden worden wäre, hatte er eine dritte in der Hautcremedose deponiert. Margaretes Aufgabe war es, ihm dieses Backup in die Zelle zu schmuggeln. Offenbar hatte er sogar noch für weitere Absicherungen gesorgt. Angeblich sollen ein Wachsoldat und ein Journalist den gleichen Auftrag erhalten haben wie Margarete. Deshalb ist auch bis heute nicht klar, auf welchem Wege das Gift wirklich in Görings Zelle gelangte. Nur das Ergebnis ist bekannt: sein Freitod.«

»Also tatsächlich Selbstmord – das feige Ende eines miesen Schurken«, bemerkte Ingo.

Wohl wahr, pflichtete Julian ihm im Stillen bei und sagte: »Du fragtest vorhin nach Görings Plan, Ingo. So wie ich es sehe, hat es keinen gegeben, jedenfalls nicht mehr in der Schlussphase seines Lebens. Er mag noch Wünsche und Hoffnungen gehegt haben, vielleicht hatte er sogar eine vage Strategie. Doch am Ende blieben ihm nur sein Zynismus und die Rechthaberei eines Hauptschuldigen auf der Anklagebank. Da hat Göring noch einmal Schattentheater gespielt und versucht, das zu sein, was er einmal war. Seine einzige Planung bestand zuletzt darin, sicherzustellen, dass er an sein Zyankali kam, weil er Angst vor dem Strang hatte. Seine letzten überlieferten Worte sprechen dafür, dass er mit dem Leben abgeschlossen hatte: ›Wenigstens zwölf Jahre lang anständig gelebt‹, soll er kurz vor seinem Tod gesagt haben. Ziemlich bezeichnend für seinen Charakter.«

»Keinen Plan? Das will ich nicht glauben«, protestierte Ingo. »Göring hat doch schon versucht, Margarete zu kaufen, als er noch gar nicht an ein Todesurteil glaubte. Wie ist das zu verstehen? Als Todesengel konnte sie zu diesem Zeitpunkt nicht vorgesehen gewesen sein. Wollte er sie ganz allgemein als Helferin gewinnen oder was?«

»Ja, das nehme ich an. Und so sieht es Margarete selbst auch. Göring hat sie mit Gold geködert, um sie später je nach Bedarf einsetzen zu können. Man kann es nicht anders sagen: Er spielte mit ihr und nutzte die Unsicherheit und Naivität dieser sehr jungen Frau schamlos für seine eigenen Zwecke aus.«

»Gehörte es auch zu seinem Spiel, zu suggerieren, es würde weitere Mitverschwörer geben?«

»Gutes Stichwort«, meldete sich Lea zu Wort. »Mir ist nämlich die Rolle von diesem hohen Offizier nicht ganz klar, diesem Hutchonson. Zählte er zu den Verschwörern, falls es sie gab? War er ebenfalls von Göring bestochen worden, zum Beispiel um das Einschleusen der Cremedose durchzuwinken? Denn seine Untersuchung der Creme war doch wohl nur eine Farce.«

Julian hob und senkte die Schultern. »Welche Rolle der Colonel gespielt hat, das kann heute niemand mehr beurteilen. Der Mann starb vor zwölf Jahren, hochdekoriert und mit gutem Leumund. Hutchonson ist nie unter Verdacht geraten.«

»Kommen wir mal in die Ist-Zeit. Auch da bleiben ein paar Fragezeichen im Raum stehen«, monierte Ingo. »Zum Beispiel, was Hufnagels Tod anbelangt, das Flammeninferno auf dem Campingplatz.«

»Das ist geklärt«, winkte Julian ab »Man hat, wie du weißt, diverse Zigarettenstummel gefunden, von denen einer höchstwahrscheinlich den Brand ausgelöst hat. Und Hufnagels Promillegehalt, den man bei der Autopsie ermitteln konnte, lag jenseits von Gut und Böse. Er hatte keine Chance, sich aus eigenen Kräften aus dem Wohnwagen zu retten.«

»Aber wie sieht es mit dem anderen Todesfall aus? Der Brückensprung dieser Studentin …«

»… war wohl wirklich ein Suizid«, nahm Julian den Faden auf. »Es gibt jedenfalls keinen Hinweis auf Fremdeinwirkung, ein Abschiedsbrief liegt vor, und die Angehörigen bestätigten Melanies depressive Schübe. Dass sie ihr Professor der Möglichkeit beraubt hat, sich mit der Göring-Nummer zu profilieren, hat Melanies ohnehin angeschlagenen Psyche womöglich den Rest gegeben.«

»Und das glaubst du?«

»Es erscheint mir plausibel.«

Ingo neigte den Kopf. »Gib endlich zu, dass du das Rätsel nicht restlos lösen kannst.«

Julian musste die Waffen strecken und zugeben: »Ein gewisser Raum für Spekulationen wird wohl bleiben. Aber damit kann ich leben. Ich werde mit meiner Reportage dazu beitragen, die Person Hermann Görings weiter zu entzaubern. Mir liegt viel an einem verantwortungsvollen Umgang mit der Thematik, und keinesfalls möchte ich die Arbeit des Tribunals in Misskredit bringen. Denn egal, was Kritiker wie Professor Hufnagel für vermeintliche juristische Schwächen oder Fehler ausgemacht haben wollen, die Nürnberger Prozesse bleiben doch Wegbereiter für jedes Verfahren gegen ein Unrechtsregime, den es seitdem gab.«

»Wow, wie pathetisch!«

»Mag sein, dass es so klingt. Aber wir dürfen nicht vergessen, dass 1946 in Nürnberg Weltgeschichte geschrieben wurde. Es waren mutige Männer, die versuchten, das Unrecht mit Recht zu bekämpfen.«

Ingo, der wohl gern noch ein wenig im Trüben gefischt hätte, trank seinen Sekt auf ex und murrte ein wenig enttäuscht: »Es lässt sich also nicht wirklich eine Verschwörungstheorie daraus stricken – mit einem bis heute geheim operierenden, von den Regierungsorganen gedeckten Nazinetzwerk im Hintergrund, finanziert durch einige Großindustrielle und reaktionäre Drahtzieher?«

»Ganz sicher nicht«, lächelte Julian. »Und nachdem ich sogar meinen Computer zurückbekommen habe, hat sich auch der letzte Verdacht dieser Art in Rauch aufgelöst.« Versöhnlich fügte er hinzu: »Ich denke, gerade bei solchen Themen neigt man dazu, die Dinge zu überinterpretieren. Trotzdem ist allein der historische Part spannend genug, um anhand der neuen Zeitzeugenberichte eine solide Reportage zu schreiben, für die sich viele Leute interessieren werden.«

»Wenn du von ›schreiben‹ redest, bekomme ich ein böses Bauchgrummeln«, meinte Ingo. »Hoffentlich sagst du dem Mikrofon nicht leise Servus.«

Julian sah ihn nachdenklich an. »Um ehrlich zu sein, ich spiele mit diesem Gedanken. Nach all dem, was inzwischen passiert ist, denke ich mehr denn je an eine berufliche Veränderung. Lea und ich haben schon darüber gesprochen, dass eine Auszeit genau das Richtige wäre, um für die Zukunft zu planen.«

»Wie jetzt – Auszeit?« Ingo wirkte irritiert. »Willst du ein Sabbatjahr einlegen? Und wer moderiert dann die Sendung?«

Julian zwinkerte ihm zu. »Für mich sind Victoria und du das neue Dreamteam. Bei euch ist die Morning Show in guten Händen.«

Es war spät geworden an diesem Abend. Nur zögerlich löste sich die Runde auf. Nachdem Julian die Rechnung beglichen hatte, ging er zusammen mit Lea als einer der letzten Gäste zur Garderobe.

Als er die Kneipentür aufstieß, wehte ihm ein kühler Luftzug entgegen. Lea schmiegte sich dicht an seine Seite, während sie die nächtlich leere Straße entlangschlenderten. Ein feiner Sprühregen hatte eingesetzt und ließ den Asphalt im Licht der Straßenlaternen funkeln.

Julian genoss die frische Nachtluft, Leas Nähe und das Bewusstsein, ein guter Reporter zu sein. Er hatte seine erste große journalistische Herausforderung bewältigt und dabei eine Entwicklung vollzogen, die ihn beruflich wie persönlich ein ganzes Stück weiterbringen sollte. Selbst wenn am Ende seiner Recherchen nicht die große Sensation stand, konnte er doch ein solides Stück redaktioneller Arbeit abliefern und eine Lücke in der Zeitgeschichte schließen, indem er bislang ungehörten Stimmen Gehör verschaffte. Zum ersten Mal seit Langem fühlte er sich durch seine Tätigkeit ausgefüllt und in seinem Selbstanspruch bestätigt. Das war ein verdammt gutes Gefühl!

Wenn sich jetzt auch privat noch alles einrenken ließe, würde er ein rundum glücklicher Mensch sein, dachte Julian und küsste seine Freundin zärtlich auf die Wange. Lea blieb daraufhin stehen, stellte sich auf die Zehenspitzen und erwiderte seinen Kuss. Julian spürte ihre Lippen warm und feucht auf den seinen und schloss wonnevoll die Augen. Es war ein langer und intensiver Kuss. Wenn es nicht so kalt geworden wäre, hätten sie die ganze Nacht an Ort und Stelle verbringen können.

Nachdem sich beide zögernd voneinander gelöst hatten, sagte Lea: »Zeig mir doch bitte noch einmal die Fotos.«

»Welche Fotos?«

»Die von Margarete Galster.«

Julian wunderte sich ein wenig, zog aber mit klammen Fingern das Handy aus der Manteltasche und ließ eine der Aufnahmen auf dem Display erscheinen. »Eine bemerkenswerte Frau«, stellte er noch einmal fest.

»Was sind das für Bilder, die bei ihr an der Wand hängen?«

Julian vergrößerte mit Daumen und Zeigefinger den Bildausschnitt, sodass die Gemälde besser zu erkennen waren. »Ein paar alte Schinken. Heimatkitsch mit Alpenidylle.«

Lea sah genau hin und ließ sich Zeit dabei. »Woher hat sie die?«, wollte sie wissen.

Julian zuckte mit den Schultern, steckte das Gerät wieder weg und lächelte seine Freundin an. »Keine Ahnung. Ist doch auch egal.«

»Na ja«, bemerkte Lea, »seit der Sache mit dem Münchner Kunstsammler, diesem Cornelius Gurlitt, werde ich hellhörig, wenn es in einer gewöhnlichen Privatwohnung mehr als drei Bilder gibt.«

Julian schmunzelte noch immer. »Sei nicht albern. Bei der Galster hängt nichts Wertvolles, das kannst du mir glauben. Und gewiss nichts, was Göring gefallen hätte, falls du das meinst.«

Lea sah noch etwas skeptisch drein, stimmte dann aber in Julians unbeschwertes Lachen ein.

Sie wollten gerade weitergehen, als Julian auf ein Auto aufmerksam wurde, das am Gehsteig gegenüber parkte. Es war ein dunkelblauer VW-Kombi. Er fiel Julian auf, weil zwei Männer darin saßen und zu ihnen herüberstarrten. Als er sie ansah, wandten sie ihre Blicke ab.

Was taten diese Männer hier?, fragte sich Julian. Um diese Uhrzeit war doch sonst fast niemand mehr unterwegs. Ob sie auf jemanden warteten? Womöglich auf ihn?

»Ist was, Juli?«, fragte Lea, die seine plötzliche Anspannung spürte.

»Ach, nichts weiter«, tat er die Sache ab und belächelte diese albernen Anzeichen von Verfolgungswahn. Entschlossen legte er seinen Arm um Leas Schulter und strebte dem Ende der Straße zu.

Kurz bevor sie um die Ecke bogen, hörte er, wie hinter ihnen ein Motor ansprang.

Epilog

Die Morgenröte tauchte den Himmel in ein zartrosa Licht. Die Luft war kühl und feucht. Ganz am Rand des Münchner Ostfriedhofs hielten zwei Lieferwagen vor einem mausgrauen Haus mit gewölbtem Dach und ziegelrotem Kamin. Männer in der Uniform des US-Militärs hievten einen Sarg heraus und trugen ihn in das Gebäude. Auf den Deckel war ein Zettel geheftet worden, der den Namen George Munger trug. Das Feuer züngelte bereits wild, als die Soldaten den Sarg in den Ofen schoben.

Geduldig und schweigsam warteten sie ab, bis ihnen nach gegebener Zeit eine schlichte Aluminiumdose überreicht wurde.

Der Tarnname war gewählt worden, damit der Transport der Leiche ohne öffentliches Aufsehen erfolgen konnte. Dem Vollzug der Todesstrafe – der Galgen war bereits in der Gefängnisturnhalle der Nürnberger Justizvollzugsanstalt aufgebaut worden – hatte sich Hermann Göring am 15. Oktober 1946 durch Selbstmord in seiner Zelle entzogen. Neben ihm auf seiner Pritsche fand man die zerbissenen Scherben einer Glasampulle.

Die Soldaten verluden die schlichte Urne in ein bereitstehendes Armeefahrzeug. Ein paar Straßenzüge weiter, in einer prächtigen weißen Villa in München-Solln, die den Amerikanern als diskreter Tagungsort diente, wurden sie bereits erwartet. Das herrschaftliche Gebäude verfügte über einen weitläufigen Garten, an dessen Ende der Conwentzbach floss.

Kein Außenstehender sah zu, als die Soldaten ans Ufer des Bachs traten, den Verschluss der Dose öffneten und die weißgraue Asche ins Wasser rieseln ließen. Anschließend zerhackte einer von ihnen die Dose mit einer Axt. Seine Kameraden traten das zerfetzte Metall mit ihren Stiefeln platt und schmissen es in den Abfall.

Die Asche Hermann Görings trieb eine Weile auf der Oberfläche des Conwentzbaches, der in die Isar mündete und sie in vielen wilden Strudeln auflöste. Wenige Reste strömten weiter bis in die Donau.

Die letzten winzigen Spuren verliefen sich im Schwarzen Meer.

Danksagung

Dieses Buch ist ein Roman, dessen fiktive Handlung in historischer Kulisse spielt. Den Rahmen der Nürnberger Prozesse sowie das Alltagsleben im Nürnberg des Jahres 1946 habe ich so authentisch wie mir möglich geschildert. Der Person Hermann Göring näherte ich mich durch die Auswertung von Mitschriften aus Zellengesprächen sowie Tonbandmaterial der Prozesse. Die weiteren handelnden Personen entspringen meiner Fantasie, ebenso wie der Handlungsverlauf.

Mein Dank gilt allen, die die Entstehung dieses Buches begleitet und es mit vielen Vorschlägen, aber auch mit Kritik bereichert haben: Dr. Hanna Stegbauer, Dr. Uwe Meier, Sabine Gräwe und Werner Hellwig, Dr. Dieter Johannes, Axel Eisele, Christiane und Karsten Naumann, Dietlind und Peter Beinßen und meiner Frau Susanna.